少"可"读水浒：

——文化自信视域下《水浒传》少儿版改编与接受研究

刘艳梅 ⊙ 著

中国海洋大学出版社

·青岛·

图书在版编目（CIP）数据

少"可"读水浒：文化自信视域下《水浒传》少儿版改编与接受研究 / 刘艳梅著 . —青岛：中国海洋大学出版社，2025.4

ISBN 978-7-5670-3754-0

Ⅰ . ①少… Ⅱ . ①刘… Ⅲ . ①《水浒》研究 Ⅳ . ① I207.412

中国国家版本馆 CIP 数据核字 (2024) 第 015587 号

SHAO "KE" DU SHUIHU——WENHUA ZIXIN SHIYU XIA《SHUIHUZHUAN》SHAO'ERBAN GAIBIAN YU JIESHOU YANJIU

少"可"读水浒——文化自信视域下《水浒传》少儿版改编与接受研究

出版发行	中国海洋大学出版社
社　　址	青岛市香港东路 23 号
邮政编码	266071
出 版 人	刘文菁
网　　址	http://pub.ouc.edu.cn
电子邮箱	1922305382@qq.com
订购电话	0532-82032573（传真）
责任编辑	曾科文　周佳蕊　　　　　　　　　　电　话　0898-31563611
印　　制	潍坊鑫意达印业有限公司
版　　次	2025 年 4 月第 1 版
印　　次	2025 年 4 月第 1 次印刷
成品尺寸	170 mm × 240 mm
印　　张	14.25
字　　数	285 千
印　　数	1—1500
定　　价	78.00 元

如发现印装质量问题，请致电 0536-8809938 调换。

前　言

本书是在 2020 年度山东省社会科学普及应用研究项目（项目编号：2020-SKZZ-25）的研究成果基础上，进行了完善补充而最终成书的。全书共有十一章，其中，第一、第二、第三、第六、第九、第十一章是项目的原有成果，后来随着对少儿版《水浒传》研究的深入和扩展，资料越来越丰富，思考也越来越深广，就有了第四、第五、第七、第八、第十章的内容。而后又对各章内容进行了整合梳理，才最后定稿。

因缘际会下，笔者在本科、研究生阶段读的都是中文专业，毕业后从事的却是学前教育专业的教学工作，刚开始工作的时候，经常一方面为不能继续自己的专业而遗憾、伤感，另一方面又为做好学前教育专业相关课程的教学工作而战战兢兢、勤勤恳恳，不断努力弥补短板。很多时候，笔者感觉自己好像就是在夹缝中生存，很难看到自己的出路。不过，祸福相依，悬崖峭壁间也会有花儿开放，这种尴尬处境给了自己一些意外的收获。得益于多年从事学前教育专业教学工作而有了对学龄前儿童群体更多的关注，笔者在中国语言文学和学前教育的学科交叉中找到思路，有了灵感，成功申报了山东省社会科学普及应用研究项目"文化自信视域下《水浒传》少儿版改编与接受研究"。所以，我们一定要始终坚信生活就像一个多棱镜，只要努力寻找，总会找到属于自己的那一片光亮。

少年儿童对古典名著的阅读与接受是中华优秀传统文化得以传承的关键，对国家文化自信的建设、全民阅读计划的开展及山东省文化强省战略的推进等有着重要而深远的意义。少儿版《水浒传》的改编与接受是水浒研究中不可忽视的文化现象，全书在文化自信视域下，努力突破"少不读水浒"的文化自困，从少儿群体对《水浒传》的阅读现状切入，进而延伸到水浒文化在少儿群体中的教育和接受现状，重点从少儿版《水浒传》的改编出版现状调查、少儿版《水浒传》代表作品与百回本版《水浒传》原作的比较分析、少儿版《水浒传》插图的设计与运用、水浒文化对少年儿童的影响与引领策略、水浒文化如何融入中小学课程等方面对少儿版《水浒传》的改编与接受进行了研究和分析，并针对存在的相关问题提出了合理化建议和解决路径。更基于"在文化自信视域下利用优秀传统文化构建少年儿童文化自信"的核心要旨，引领少儿读者将历史观照与当代社会语境及世界发展形势紧密结合起来，深入挖掘《水浒传》中充满正能量的积极因素，弘扬作品中符合社会主义核心价值观的当代价值和现实意义，光大作品中具有人类共识效应的共同价值，促进少年儿童对传统文化的记忆建构和内在吸收，实现中华优秀传统文化与少年儿童文化自信现实建构的契合。以期在丰富水浒研究、服务少年儿童、传承优秀文化、提升齐鲁文化影响力等方面起到一定的促进作用。

本书的完成预示着"文化自信视域下《水浒传》少儿版改编与接受研究"项目的研究暂时告一段落，整体来说在理论和社会实践方面取得了一定的成绩，也算是为水浒研究开拓了一个新思路，寻找到一个新视角，做出了一份努力和贡献。整个项目的推进和本书的完成离不开同仁朋友和项目组成员的大力支持与热心帮助。时至今日，新书得以顺利付梓，衷心感谢大家的鼎力相助与帮衬。尤为感谢孙琳先生在我迷茫时的指点迷津，每每让我醍醐灌顶。感谢时凤玲女士的一路相助，时凤玲女士不仅是同事，更是挚友，感恩与你的相遇相知。

最后，本书在写作过程中，参阅了学界同仁相关的文献资料，在此一并致以诚挚的谢意！同时，鉴于笔者学术造诣不够精深，成果可能存在一定的局限性，学理深度不足，敬请各位同仁批评指正！

刘艳梅

2023 年 2 月 14 日于菏泽

目　　录

第一章 项目的基本情况

党的十八大以来，以习近平同志为核心的党中央高度重视社会主义文化建设，并特别把文化自信和道路自信、理论自信、制度自信并列为中国特色社会主义"四个自信"；习近平总书记在党的十九大报告中指出，要坚定文化自信，推动中华优秀传统文化创造性转化、创新性发展；在党的二十大报告中，习近平总书记又站在国家发展、民族复兴的高度，对推进文化自信自强，铸就社会主义文化新辉煌提出了新要求、做出了新部署。这充分彰显出党中央对我国社会主义文化建设的持续关切和深刻反思。

党的十九届六中全会通过的《中共中央关于党的百年奋斗重大成就和历史经验的决议》指出，文化自信是更基础、更广泛、更深厚的自信，是一个国家、一个民族发展中最基本、最深沉、最持久的力量。这深刻揭示了文化自信的重要地位和作用，文化自信是凝聚和引领一个国家、一个民族胜利前行的强大精神力量；坚定文化自信，是事关国运兴衰、事关文化安全、事关民族精神独立性的大问题。因此，基于对中华优秀传统文化的坚定自信，对"少不读水浒"文化自困的深刻反思，以及对少年儿童对少儿版《水浒传》阅读接受现状的关注，笔者和项目组成员于2020年5月向山东省社会科学界联合会申报社会科学普及应用研究项目"文化自信视阈下《水浒传》少儿版改编与接受研究"，并成功获批立项。

2020年9月以来，本项目研究按计划深入有序地展开。首先，项目组成员以"文化自信""少儿版《水浒传》""水浒文化"等为检索词，在中国知网、维普、万方等网络平台上搜集了大量文献资料，同时也在校图书馆内检索借阅了丰富的图书、论文等资料，还对儿童读书的APP、凯叔讲故事品牌、不同版本的少儿版《水浒传》等资料进行了搜集和检索，建立了文化自信视域下少儿版《水浒传》改变与接受的资料库。其次，项目组成员以多样化的方式不断进行专题学习，提高认识，树立项目研究意识，稳步推进项目研究。而且，针对项目研究中的问题，项目组成员严格遵守山东省社科联项目管理的有关程序和要求，确定了研究主题统摄下的少儿版《水浒传》的改编出版现状调查、少儿版《水浒传》代表作品与百回本版《水浒传》原作的比较分析、少儿版《水浒传》插图的设计与运用、少儿版《水浒传》改编的经验总结和问题分析、水浒文化对少年儿童的影响与引领策略、水浒文化融入中小学课程的路径探索等研究子项目，并拟订了翔实的实施方案保证项目顺利进行。此外，项目组成员深入调研少儿图书市场，撰写项目研究报告，逐项落实项目研究实施方案。自项目研究开展以来，项目组举行讨论、调研和报告等研讨活动 10 多次，积极交流探讨，分享所思所得，效果很好。项目组还严格执行考勤制度，从时间上和组织上保证项目的顺利完成。目前，项目组已经顺利完成各项研究任务，在学术方面和实践方面取得了一定的成果。现将研究的基本情况整理如下。

第一节　研究背景

文化自信是"四个自信"的重要内容，也是道路自信、理论自信的重要前提。习近平总书记提出，文化自信是中国特色社会主义的"第四个自信"，也是更基础、更广泛、更深厚的自信。亨廷顿提出，如果一个国家或民族缺乏"内聚力"，是无法长久存在和持续繁荣的。党的十六大报告指出，当今世界，文化与经济和政治相互交融，在综合国力竞争中的地位和作用越来越突出。文化的力量，深深熔铸在民族的生命力、创造力和凝聚力之中。因此，大力推进文化自信建设是实现中华民族伟大复兴的重要任务之一。从基本内容上看，文化自信不仅体现为对中国特色社会主义文化的自信，还体现为对中国优秀传统文化的自信，以及对传统价值观、传统文化精神的认同。

一、文化自信已经成为新时代社会主义文化建设的重要目标

唯物辩证法认为，物质与意识之间是相互联系、相互影响的，意识对物质有反作用，这就意味着，作为意识形态的社会文化对经济发展和科技创新有巨大的反作用力，如果一个国家的社会文化落后、文化自信缺失，就必然会影响这个国家的经济发展、科技进步和综合国力提升，进而影响民族和国家的未来。约瑟夫·奈就提出了软实力的概念，并将文化软实力作为国家软实力的重要内容。在约瑟夫·奈看来，文化软实力体现了国家的凝聚力、文化认同、文化资金等状况，影响着国家的吸引力和长期竞争力。文化自信是文化软实力的重要表现形式，直接影响着社会成员对民族传统文化、社会主流文化的思想认同和价值信仰。同时，文化自信能够以潜移默化的方式创造"柔弱胜刚强"的竞争力和引领力，影响国家的政治、经济、科技等方面的发展。首先，文化自信是道路自信的前提。党的革命实践表明，只有坚定文化自信，不断发展先进文化，提高中华文化的凝聚力、先进性和时代性，才能更好地走发展社会主义道路。中国共产党人

始终坚持文化自信，推动马克思主义与中国传统文化相融合，建构了有中国特色的马克思主义文化，从而实现了革命成功和社会进步。此外，文化自信也是理论自信的重要依据。长期以来，中国共产党人始终以文化自信为前提推动理论创新，一方面批判地吸收了西方国家的先进理论成果，另一方面又推动马克思主义的创新发展，从而形成了中国特色社会主义理论体系。

在社会主义新时代和中国式现代化道路的新征程上，文化自信建设不仅能够提高人们对优秀传统文化、先进时代文化的自信心，还有助于提高人们对中国制度、中国道路的自信心，这些对实现中华民族伟大复兴的中国梦具有重要意义。2015年，习近平总书记在北京大学座谈会上就提出，要培养文化自信，提振中华民族的文化自信心。在庆祝中国共产党成立95周年大会上，习近平总书记将文化自信视为中国特色社会主义的"第四个自信"。显然，文化自信是新时代文化建设的重要内容，也是小学生价值观教育、传统文化教育的重要内容，在这种情况下，从文化自信的视角研究古典名著、传承优秀传统文化具有重要的时代意义，探索古典名著的改编和接受问题具有重要现实意义。

二、文化自信建设需要加强对古典名著传承的拓展性研究

中国已成为世界第二大经济体，军事、经济、科技等实力有明显提升，国际地位、国际影响力等也在不断提升，人民生活水平也发生了巨大变化，特别是在党的十八大以后，党和政府大力推动精准扶贫、共同富裕、民生建设等重大工程，不断缩小社会贫富差距，改善人民生活状态，这些都深刻改变了中国人民的物质生存状态。不过，中国虽然在经济、社会等领域取得卓越成就，但是在文化建设领域还是存在许多不足之处。如，部分外国人对中国传统文化不认同，少数国人对优秀传统文化信心不足。显然，这些都是文化自信缺失的重要表现，也体现了人们对优秀传统文化的认识不够、理解不深、信仰不足。

传统文化自信是文化自信的重要内容，也是推动中华文化创新发展的重要动力，只有人们提高对传统文化的情感认同和增强自信，才能不断推动优秀传统文化的创新发展。近年来，国家文化自信建设得到前所未有的重视和推进，对中华传统文化的研究也已经非常深入而广泛。《关于实施中华优秀传统文化传承发展工程的意见》中就明确指出，要实施古籍保护工程，加强中华文化典籍整理，编写中华文化幼儿读物，实施优秀传统文化出版工程，推动优秀传统文化的创造性转化和创新性发展。事实证明，这些工作确实取得了很好的成绩，一大批高质量文艺作品火爆出圈，广受欢迎，"博物馆热""非遗热"蔚然成风，国潮国风成为年轻人的新时尚。然而，学术界对某些古典文学名著的研究似乎进入瓶颈期，拓展性、创新性的研究成果和传承活动比较少见，比如对少年儿童在古典文学名著

传承与接受方面的研究就颇为不足。少年儿童对中华优秀文学经典的阅读与接受是中华优秀传统文化得以流传的关键，而我们当下对少年儿童传承中华优秀文学经典的研究与探索主要集中在诗词歌赋方面，如"经典咏流传""中华诗词大会"这些文化娱乐类节目，做得非常成功，效果不错，对其他文体尤其是古典文学名著在少年儿童群体中的传播与推广的研究却显然不够，这大大影响了此类作品在新时代的传播与推广。在新时代背景下，应当深入推动古典名著研究工作，探索古典名著的时代性转化和创造性发展，让古典名著走进每个学生的内心世界，滋养每个少年儿童的心灵。

三、"全民阅读"计划应该关注少年儿童的阅读现状

阅读是人类获取知识、启智增慧、涵养精神的重要途径。中华民族自古提倡阅读，讲究格物致知、诚意正心，传承中华民族生生不息的精神，塑造中国人民自信自强的品格。人人好读书、读好书，是推进文化自信自强、铸就文化新辉煌的源泉和基础。全民阅读计划是提高公民文化修养和科学素养的重要方式，也是提升国家文化软实力、培育社会创新能力的重要途径，对于传承中华优秀传统文化、提升公民道德素养等具有重要意义。2014年国务院首次将全民阅读写入政府工作报告，2019年政府工作报告进一步提出推动全民阅读。如今，全民阅读已经成为国家文化自信建设的重要内容之一，国家新闻出版广电总局印发了《全民阅读"十三五"时期发展规划》，党的十八大、十九大、二十大都对"全民阅读"做出专门的部署安排，党的十八大历史性地将"丰富人民精神文化生活""开展全屏阅读活动"写入党的全国代表大会报告，党的十九大报告进一步提出"培养民族文化自信""传承优秀传统文化"，党的二十大第二次将"深化全民阅读活动"写进党的全国代表大会报告，并明确强调"推进文化自信自强，铸就社会主义文化新辉煌"，这为全民阅读计划的开展指明了方向，全民读书环境因此不断得到改善。

不过，虽然党和政府大力提倡全民阅读，在全民阅读上也投入了许多财力和人力，但是我国全民阅读事业仍然面临许多问题，依然存在局部性的矛盾，在图书事业建设方面问题尤为突出，表现为公共图书馆的数量比较少，服务能力不足；图书出版针对性差，不适合或不能满足读者的实际需求；家庭亲子阅读缺乏科学指导；等等。少年儿童是全民阅读计划的重要主体，少儿的阅读能力、知识素养、阅读素材、阅读习惯等直接影响着国民文化素质的提升，决定着国家发展的未来。同时，少年儿童是重要而特殊的阅读群体，他们的认知能力比较差、阅读能力缺失、是非辨别能力不足、模仿和学习能力比较强，很容易受到外部环境影响和塑造。这些对少儿阅读相关方提出了较高要求，如少儿出版物应当内容

健康、有较强的教育性和引导性，能够培养少年儿童正确的价值观和道德观；少儿读物应当符合少年儿童的阅读心理、认知能力和年龄特征，满足少年儿童的好奇心和求知欲，能够以童趣化、生活化和通俗化的语言吸引少年儿童的眼球。然而，少儿图书出版市场的发展现状却并不乐观，虽然关于少儿传统文化教育的图书种类繁多，但是少儿图书的质量却是参差不齐，许多少儿图书的内容雷同、相互模仿，缺乏创新性和新颖性；有些出版社只在乎表面功夫，将少儿图书设计得图画新颖、装帧精美，内容和质量方面却不能细看；还有些少儿图书出版商过于关注商业利益，忽视了少儿图书的教育性、思想性和特殊性等，甚至将暴力、色情、杀戮、迷信等内容融入少儿图书，这些严重影响了少儿的身心健康。在这种情况下，国家应当高度重视少儿图书出版市场的发展现状，不断净化少儿出版市场的秩序和改善发展状况，提高少儿出版物的童趣性、创新性和新颖性，满足少年儿童多样化的阅读需要。从传统文化自信的视角看，少儿阅读状况直接影响着传统文化传承的效果，特别是少年儿童对古典名著的阅读与接受是传承中华优秀传统文化的关键。要想真正推动全民阅读，提高大众参与阅读活动的有效性，吸引更多少年儿童参与阅读活动，必须想方设法创建多元的发展与进步渠道，为少年儿童提供一批适合其接受特点、导向正确、内容健康，具有引导、塑造和鼓励人作用的优秀作品和高质量读物，提高古典名著改编的针对性，满足少年儿童的实际需求。

四、水浒研究需要破除"少不读水浒"的文化自困问题

水浒研究成果显著，但是很少有学者从少儿阅读视角研究《水浒传》，当代《水浒传》少儿版改编与接受的研究几乎处于空白状态。从总体上看，《水浒传》在少年儿童群体中的传播与接受，自该书诞生之初就一直备受非议。许多学者认为，《水浒传》的传播与接受历史悠久，但是《水浒传》原作中有太多打打杀杀、暴力血腥、杀戮复仇、封建迷信、情色暗黑等画面和细节描写，这些并不适合少年儿童阅读，很容易影响少年儿童的价值观，甚至会对少年儿童的价值观和道德观产生负面影响，让少年儿童产生暴力崇拜、江湖义气、校园欺凌等不良思想认识，从而产生适得其反的传统文化教育效果。因此，人们常说："少不读水浒，老不读三国。"即便有家长让孩子读《水浒传》，但是因为《水浒传》体量庞大、人物众多、主题复杂，孩子往往理解不透，只是学习一些皮毛知识，无法理解作品的思想精髓和文化意蕴。在这种情况下，《水浒传》原作的阅读和研究多是成人世界的事情，与少儿基本无关，关于少儿版《水浒传》的相关研究自然十分薄弱，这不得不说是一个巨大的遗憾。时至今日，人为地对少年儿童阅读《水浒传》、了解水浒文化构建藩篱、修筑壁垒，实在是十分遗憾的事。不过，不可回

避的现实状况是：《水浒传》正以各种不同的版本被少年儿童阅读着，因为《水浒传》作为四大名著之一，一直是中小学孩子必读书单里无法绕过的一部经典，语文教材中也一直有《水浒传》选文，而且近几年还出现了少年版《水浒传》影视剧，引起了社会的广泛关注和巨大热议，再加上《水浒传》自身一直以来所携带的争议特性，使得许多家长、教师面对《水浒传》这份传统文化大餐充满了隐忧和困惑，不知如何让孩子下口，不知孩子吃下会不会消化不良。

事实上，《水浒传》中有许多有利于儿童道德成长、价值观培育、心理健康的思想内容，如武松、鲁智深、林冲等梁山好汉，敢于抗争命运、勇于面对磨难、始终坚持正义，这些对儿童的抗挫折能力培养有重要意义。此外，《水浒传》中鲁智深、宋江、林冲、卢俊义等一众梁山好汉反抗官府的横征暴敛，在水泊梁山上替天行道，这些都体现了追求正义、维护公平的价值理念，有助于培养少年儿童正确的价值观。《水浒传》中宋江、武松、晁盖、林冲等人物形象非常鲜明，往往能够给少年儿童留下深刻印象，有利于培养少年儿童的文学修养和审美能力。在这种情况下，应当突破《水浒传》研究中的各种迷雾和历史拘囿，对《水浒传》的当代少儿版改编与出版现状及其在少儿群体中的传播做深入的调查研究，以便拨开迷雾、厘清现象，为《水浒传》在少年儿童中的传播找出规律、指引方向。

五、诸多少儿版《水浒传》为拓展水浒研究创造了良好条件

从总体上看，《水浒传》是一部传统经典名著，整部小说的故事情节复杂、人物形象众多、思想意蕴丰富，这些特点都不太适合少年儿童阅读，因为少年儿童的认知能力有限、知识积累较少、人生阅历不足，无法准确把握《水浒传》这样的宏大著作。同时，知识储备和身心发展特点决定了少年儿童在接受传统文化的过程中，往往缺乏理性意识和辩证眼光，容易囫囵吞枣、断章取义、以偏概全、偏信误读、迷信权威。而且古典名著有其特殊的时代阅读背景，对少年儿童而言存在历史久远、语言晦涩、主题多元、背景深厚、内容驳杂等阅读障碍，所以《水浒传》及水浒文化依然存在着传播困境。但是，近年来市场上出现了诸多少儿版《水浒传》，如郑渊洁版《水浒传》、凯叔版《水浒传》、富强版《水浒传》、张原版《水浒传》，这些少儿版《水浒传》在文学叙事、语言运用、人物取舍、角色处理、情节变动、插图融入等方面做了更贴近少年儿童的改编和设计，更符合少年儿童的阅读心理、认知能力、思维方式、阅读习惯。显然，这些经过“绿色改编”的《水浒传》更符合少年儿童的年龄特点和接受能力，有利于对少儿进行价值观教育和传统文化教育，可以有效增进少年儿童对优秀传统文化的情感认同，提高中华民族的传统文化自信。在这种情况下，深入研究少儿版《水浒传》

改编的基本原则和整体特点，探寻适合少儿身心特点的高质量改编之法，探寻古典名著在少儿群体中传承和发展的有效途径，有助于推动传统经典名著的时代化发展，使古典名著的人物形象、故事情节等更加立体化和时代化，更符合现代人的价值观和思维方式，从而提高古典名著的生命活力。同时，还有助于净化少年儿童图书市场，为少年儿童营造一个良好的读书环境，对优化新时代社会主义文化环境也有巨大促进作用。

这些充分说明我国的文化自信建设虽然已经取得了重大成就，但仍然面临诸多问题和挑战，任重而道远。要深入推动文化自信建设，就需要从娃娃抓起，增强少年儿童对民族优秀传统文化的亲近感和认同感。四大名著是中华优秀传统文化的结晶和精华所在，内蕴了中华民族的传统知识、伦理道德、价值信仰、历史传统、文化精神等宝贵资源。在党的二十大精神指引下，依托新的基础教育课程方案和课程标准，将以水浒文化为代表的中华优秀传统文化转化成丰富的课程资源融入中小学课程，引导少年儿童科学阅读《水浒传》等古典文学名著，能够切实提高少年儿童对传统文化的认识和了解，提高少年儿童对传统文化的认同感和亲近感，增强少年儿童对以水浒文化为代表的中华优秀文化的自信心、自豪感和自强意识。

第二节　研究目标

文化是一个国家、一个民族的灵魂。没有高度的文化自信，没有文化的繁荣兴盛，就没有中华民族的伟大复兴。人民日报社社长庹震认为："文化自信是一个民族、一个国家、一个政党对自身文化理想、文化价值的高度信心，对自身文化生命力、文化创造力的高度信心。"因此，坚定文化自信，必须深入挖掘中华优秀传统文化中蕴含的深刻内涵与宝贵精华，并结合时代要求不断优化传播渠道和创新发展路径。《水浒传》作为中华优秀传统文化的重要组成部分，凝聚着中华民族的价值取向和精神追求，是增强文化自信的力量源泉，对国家文化自信建设和山东省文化强省建设具有非常重要的作用。少年儿童作为社会中重要而特殊的阅读群体，他们对古典文学名著的阅读与接受是中华优秀传统文化传承与发展的重要渠道。基于此，本研究拟定以下目标任务。

一、传承优秀文化，助力文化强省建设

山东省是儒家文化和水浒文化的发源地，拥有悠久的历史和灿烂的文明，但是山东省文化事业往往是大而不强，缺乏具有全球影响力的文化品牌和高质量的文化产业。为了推动山东文化产业发展，山东省委、省政府提出了文化强省的重

大战略目标，明确了山东文化建设的基本思路。如要打造优秀传统文化的"双创"先行区、世界文化中心、文化创意产业集聚区，打造具有国际影响力的文化服务品牌。毫无疑问，水浒文化是山东省优秀传统文化的重要内容，也是山东省优秀传统文化"双创"发展的重要内容。在文化自信视域下，《水浒传》少儿版改编与接受研究从传承中华优秀传统文化和构建少年儿童文化自信的关系出发，通过少年儿童对《水浒传》及水浒文化的接受与国家文化自信建设的关系研究，在继承中谋创新，重点分析与挖掘《水浒传》及水浒文化在新时代背景下重要的当代价值和现实意义，提出利用优秀传统文化构建少年儿童文化自信的实践策略是本研究的核心要旨，这对提升齐鲁优秀传统文化的影响力、助力文化强省建设和构建少年儿童文化自信有重要价值。

二、突破思想窠臼，丰富水浒文化研究

近一个世纪以来，关于《水浒传》的文化研究、艺术研究、实证研究、宏观研究、个案研究、文献研究成果显著，数不胜数，但对《水浒传》在少儿群体中的传播与接受研究远远不够，这种貌似无心、实则有意的忽视严重影响了少年儿童对《水浒传》的阅读学习和对水浒文化的接受传承。《水浒传》的少儿版改编是《水浒传》传播与接受研究中不可忽视的文化现象，水浒文化在少年儿童群体中的教育与接受状况也是值得引起学界的关注和研究的重大项目，但囿于"少不读水浒"的文化自困，学界在此方面的拓展性、创新性研究显然不够，这对以水浒文化为代表的中华优秀传统文化的继承、国家文化自信的建设和全民阅读计划的开展都是十分不利的。本研究在对中华优秀传统文化充满坚定信心的基础上，努力突破文化自困和既有的思想窠臼，不断推陈出新，寻求《水浒传》传承的新路径、新思路和新方向，以期为丰富和完善水浒文化研究成果，开拓水浒研究的新局面做出一定的贡献。

三、进行"接受"引导，服务少年儿童阅读

少年儿童是祖国的未来，少年儿童对中华优秀传统文化的情感认同、对传统文化的自信程度直接决定着中华民族文化自信的建立、文化软实力的增强和文化自强能力的提升，决定着中华民族伟大复兴梦想最终能否顺利实现。然而，《水浒传》《西游记》《诗经》《尚书》等传统经典是在农耕文明、小农经济和传统社会中形成的，与当代人的阅读心理、审美习惯、文化心理等有较大的时空落差。同时，传统经典往往内容丰富、思想深奥、语言晦涩难懂，对读者的生活经验、阅读功底、文化修养、语言能力等有较高要求。少年儿童往往阅读能力比较差、认识水平比较低、生活经验比较少、注意力不集中，难以阅读和理解这些优秀传

统经典名著。在这种情况下大力推动传统经典改编，激发少年儿童对传统经典名著的阅读兴趣，提高少年儿童对传统经典的接受度，变得越来越重要，成为新时代少儿阅读教育必须予以关注的重要内容。

《水浒传》作为经典文学名著有其特殊的时代背景、历史局限，如《水浒传》是以北宋末年的农民起义为故事情节，距今已近千年，书中所描写的故事场景、社会习俗、生活方式、打斗场面等与现代社会也有很大差异。而且《水浒传》中确实存在一些暴力杀戮、色情迷信等不适合少年儿童阅读的内容和情节。作为文化传承主体的当代少年儿童，知识储备和身心发展特点决定了他们在阅读《水浒传》等传统经典名著时往往缺乏理性意识和辩证眼光，容易囫囵吞枣、断章取义、偏信盲从、迷信权威，亟需科学的指导和引领。本研究拟在正确价值观和批判性吸收原则的指导下，在分析少年儿童对古典名著接受规律的基础上，对少年儿童的《水浒传》接受进行正确引导，并将之融入以文化人、以文育人、以文立人的实践，促进少年儿童对传统文化记忆建构和内在吸收，实现中华优秀传统文化与少年儿童文化自信现实建构的契合，并为古典文学名著入课堂做好前期渗透和经验铺垫，服务于国家文化自信建设伟大目标。

四、优化传播路径，助推古典名著传承

传统经典文学名著在当下有着多样化的传播渠道，其中影视化、网络化的改编与创作尤为突出，如电视剧、游戏、电影、短视频都是传播古典名著的重要平台，呈现出压倒传统图书传播的趋势。以《西游记》为例，人们公认《西游记》是四大名著中最适合少年儿童的作品，因此，它被改编成影视作品、网络游戏、动画动漫的产品是最多的，几乎成为中国文化符号的重要代表。比如，以《西游记》为蓝本的网络游戏就有《中华大仙》《西游记世界》《西游记》《无双大蛇：魔王再临》《奴役：奥德赛西游》《大圣归来》《黑神话：悟空》《西游释厄传》等版本。这些影视作品、网络游戏虽然大大推动了优秀古典名著的传承发展，也提高了社会大众对优秀传统文化的认识和理解，但也往往充斥着浓厚的商业气息，在质量上参差不齐，在内容上教育性不强，并不适合少年儿童。而反观纸质图书市场，虽然针对少年儿童的古典名著改编或创作数量不算少，但同样存在很多问题。比如，少儿版《水浒传》虽然数量大、版本多，但良莠混杂，泥沙俱下，代表性、经典性改编难寻，少有适合少年儿童接受特点的高质量改编版本。

在这种情况下，深入研究不同的少儿版《水浒传》，比较少儿图书《水浒传》、少儿影视《水浒传》等少儿版《水浒传》的内容、风格、特征，考察它们的差异，有助于提高人们对少儿版《水浒传》改编的思想认识，也有利于创作更多符

合少年儿童需要的、高质量的少儿版经典名著。鉴于此，本研究通过对少儿版《水浒传》尤其是改编版本的优秀案例与原著进行比较分析，探寻适合少年儿童身心发展规律和阅读接受特点的高质量改编之法，对少儿版《水浒传》改编提出合理化建议，探寻古典名著在当代合理转化、积极创新与理性传播的有效途径，进而达到净化少儿图书市场、永葆古典名著生命活力的目的。

第三节　研究方法

本项目在文化自信视域下，通过文献研究法、比较分析法、调查研究法，调研少儿版《水浒传》改编与接受现状，在少儿版《水浒传》代表性案例与《水浒传》原作的比较分析中，探寻少儿版古典名著改编的规律和特点，进一步发掘《水浒传》所蕴含的文化精髓和思想内涵及其与少年儿童文化自信意识建构的紧密关系，为提升当代少年儿童人文素养和文化强省建设贡献力量。

一、文献研究法

围绕本研究项目的主题 "文化自信" "少儿版《水浒传》" 等，在知网、万方、校图书馆等平台上检索文献资料，对国内外已有相关文献资料和实践材料进行收集与整理，主要包括相关文献的检索、查阅、购买和复印。同时，大量查阅关于文化自信的政策文本、传统文化教育的政策文本等，深化项目组对项目研究内容的认识和理解。在深入研读的基础上，对《水浒传》的传播与接受研究资料进行归纳整理，撰写文化自信视域下《水浒传》少儿版改编与接受的文献综述，并利用内容分析法对《水浒传》及其所蕴含的优秀文化思想内涵做进一步发掘，奠定本研究的理论基础。

二、比较分析法

项目组在对《水浒传》的改编版本进行收集和整理的过程中发现，文化出版市场上的少儿版《水浒传》有多个版本，如郑渊洁版《水浒传》、凯叔版《水浒传》、富强版《水浒传》，还有各类针对少年儿童的《水浒传》动画片、电视剧，这些少儿版《水浒传》的语言风格、思想主题、人物形象、装帧设计等各不相同。在这种情况下，项目组以比较分析法对各种版本的《水浒传》进行了研究，通过少儿版《水浒传》代表性案例与《水浒传》原作之间的比较分析，进而提出少儿版《水浒传》改编的可行性策略。

三、调查研究法

为深入了解《水浒传》少儿版改编与接受的真实状况，根据《儿童权利公约》和发展心理学有关年龄阶段划分的科学依据，项目组成员精心编制了《关于〈水浒传〉少儿版改编与接受现状的调查问卷》，问卷从少儿和家长两个维度，针对调查对象的基本信息及其对《水浒传》的情感态度、价值判断、实际所为等问题进行调查。在调查实践中，项目组通过线上问卷调查的方式对少儿版《水浒传》在少儿群体中的阅读现状、影响状况与接受效果进行了调查。项目组在研究期间深入实体和网络少儿图书市场，对少儿版《水浒传》的版本和传播现状进行调研和访谈，并采取多种方式收集少儿版《水浒传》改编案例，通过深入的内容分析和理性归纳，挖掘《水浒传》的当代意义和现实价值。

第四节 研究过程

本书是在 2020 年度山东省社会科学普及应用研究项目（项目编号：2020-SKZZ-25）的研究成果基础上，进行了完善补充而最终成书的。因此，本书的成书过程分为两个大的阶段，一是研究项目的进行和开展阶段，即书中第一、第二、第三、第六、第九、第十一章研究成果的完成阶段；二是对项目成果的拓展和完善阶段，即书中第四、第五、第七、第八、第十章内容的撰写，以及对全书各章内容的整合梳理阶段。第一阶段共分以下 4 个次阶段，第二阶段在此不做详述。

一、准备阶段（2020 年 9 月至 2020 年 12 月）

在这一阶段，项目组主要对文化自信视域下《水浒传》少儿版改编与接受问题进行研究准备工作。首先，项目组在知网、万方、维普、校图书馆等平台上检索并搜集了文化自信、少儿版《水浒传》的研究资料，并对这些研究资料进行了梳理、总结、归纳和分析，并建立了文化自信视域下《水浒传》少儿版改编与接受研究的资料库。其次，项目组撰写了文化自信视域下少儿版《水浒传》研究的文献资料综述，从总体上把握了文化自信、少儿版《水浒传》的研究内容、研究现状、研究趋势等。此外，项目组进行了研究方案的制订与规划、文献资料的搜集与梳理、调查问卷的编制与修订、《水浒传》少儿版本的查阅与归纳，为项目的具体实施做好铺垫与准备。

二、实施阶段（2020 年 12 月至 2021 年 3 月）

这一阶段是项目具体实施的关键阶段，是后期所有研究成果的基础和前提。首先，项目组在对文献进行分析梳理的基础上，主要进行了少儿版《水浒传》改编与接受现状的具体调查、案例拣选和比较分析。比如，对郑渊洁版《水浒传》、凯叔版《水浒传》、富强版《水浒传》等进行了深入研究，总结了不同版本的少儿版《水浒传》的装帧排版设计、情节内容缩减、叙事结构变化、角色形象处理、语言风格调整等，对少儿版《水浒传》的主要特征进行了分析和概括。其次，项目组对少儿版《水浒传》的相关资料进行归纳和数据统计，初步找出了少儿版《水浒传》的改编特点与接受规律。

三、发展阶段（2021年3月至2021年6月）

在这一阶段，项目组在前期文献梳理、现状调查和比较分析的基础上，深入进行了少儿版《水浒传》改编规律总结、价值探析和策略研究，并结合时代和社会要求找到其与当今社会的联结点，进一步发掘和论证了《水浒传》所蕴含的优秀文化精神及其当代意义和价值。

四、总结鉴定阶段（2021年6月至2021年9月）

项目组在前期研究成果的基础上，认真撰写结项报告，仔细进行校对修改，聘请专家对项目成果进行审定、验收。

第二章　少儿版《水浒传》改编与出版现状调查

虽然古典文学名著在当下有网络媒体、连环画、影视剧、电竞游戏等多样化的传播渠道，但对于少年儿童而言，纸质版阅读依然是主要方式。在国家文化自信建设和山东省文化强省战略的重大历史背景下，随着中国经济文化的发展和全民阅读计划的广泛推进，以《水浒传》为代表的古典文学名著越来越多地进入少儿视野，成为少儿读物的重要内容之一。因此，对以《水浒传》为代表的古典名著少儿版图书的改编和出版市场进行深入的调查研究具有重要的理论意义和实践价值。

第一节　少儿版《水浒传》改编与出版的基本情况

教育部基础教育课程教材发展中心颁布的《中小学生阅读指导目录（2020年版）》将《水浒传》列在初中学段书单里，但项目组《关于〈水浒传〉少儿版改编与接受现状的调查问卷》（简称《调查问卷》）第 7 题显示 66.6% 的少年儿童是在 3 年级之前接触到水浒故事的（见图 2-1），而且第 11 题显示其中 80.6% 的少年儿童没有读过原著（见图 2-2），也就是说大多数的少年儿童接触的《水浒传》读本是经过改编加工的少儿版《水浒传》。这种绝对的大比例差要求我们必须对少儿版《水浒传》给予足够的重视和充分的研究，才能更好地加以引导。

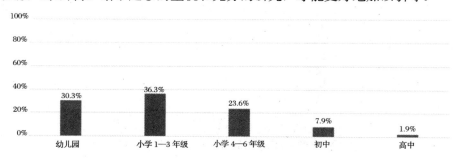

图 2-1 第 7 题：您的孩子是什么时候开始接触水浒故事的

图2-2 第11题：您的孩子是否完整读过《水浒传》原著

为此，项目组通过网络数据搜集、问卷调查分析、实体少儿图书市场调研等方式对《水浒传》的少儿版改编和出版现状进行了调查，基本情况概括如下。

一、改编版本数量庞大、种类繁多

少儿版《水浒传》改编版本众多，数量庞大。《调查问卷》第12题数据显示78.9%的少年儿童读过至少1种少儿版《水浒传》（见图2-3）。检索关键词"少年儿童 水浒"，各大权威销售网站都能搜到数量庞大的图书链接，京东图书商城搜到7100种商品链接，当当网是国内相对权威、专业的图书销售网，其图书销量有着重要的参考价值，在当当网上能搜到18484种商品，而且一直处在持续增加的状态。截至2023年1月26日，在京东图书商城上能搜到"共2.3万+"个相关商品链接，在当当网上能搜到的相关商品链接数量已经增至27659个。考虑到接受对象的特殊性及古典文学名著本身的特点，很多少儿版《水浒传》在保留故事精髓的前提下，做了更适合少年儿童阅读的改编和加工，根据目的不同可以做以下分类。

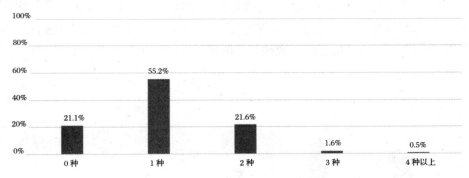

图2-3 第12题：您孩子目前读过几种版本的《水浒传》

（一）启蒙普及版本

此类版本定位的受众年龄比较小，一般为小学中低学段及以下的儿童群体。为降低接受门槛，将历史久远、艰奥晦涩、博大精深的古典名著送达少年儿童面前，让少年儿童畅通、轻松、快乐地阅读，此类版本对装帧设计形式尤为重视和关注，主要表现在增加注音、配有插图、全彩印刷、环保耐用、精美装帧，可谓精心细致、花样繁多。其中主打图画丰富和印刷优质的版本尤其多，黑龙江美术出版社出版的七色光童书坊四大名著合集（见图 2-4）就以高品质插图内容生动、大字注音清晰标准、变色解词容易理解、课后练习拓宽视野、环保纸张保护视力为卖点。

图 2-4 黑龙江美术出版社出版的七色光童书坊四大名著合集

车艳青改编、上海科学普及出版社出版的美绘注音版《水浒传》（2020 年 7 月版）也是将产品特色定位为大字注音、字迹清晰；加厚纸张、环保印刷；精美彩图、颜色鲜艳；名师导航、便于赏析。吉林大学出版社亲子启蒙绘本、彩色注音版《水浒传》（2019 年 9 月版，见图 2-5）的定位非常具体，是"7—10 岁儿童书籍、一二年级少儿文学"，主打特色是原创彩色插图，一页一图；全文逐字注音，扫除阅读障碍；语言通俗易懂，情节生动有趣；版面疏朗，字大清晰，保护视力。就连中国唯一的国家级专业少年儿童读物出版社中国少年儿童出版社也不能免俗，由其推出的白话美绘青少版《水浒传》（2020 年 4 月版，见图 2-6）大力宣传"白话美绘装帧和大豆环保油墨印刷，大字印刷，字号适中不伤眼，根据内容配有插图"等卖点。当然，也有个别版本为了营造古朴怀旧的风格反其道而用之，如何秋光改编、北京少年儿童出版社出版的中华典藏全套48册四大名著连环画（2015年1月版，见图2-7），不仅采用墨绘这种传统彩绘方式来绘图，还特意设计成章回体连环画、小人书的方式，古朴气息中蕴藏着新意，非常别致。四川美术出版社、河北少年儿童出版社、黑龙江美术出版社也都相继推出了连环画式的少儿版四大名著，响应了传承优秀传统文化的号召，显示出东方式审美的回归，让人们重温了小人书的美好。

图2-5 吉林大学出版社亲子启蒙绘本、彩色注音版《水浒传》

图 2-6 中国少年儿童出版社出版白话美绘青少版《水浒传》

图 2-7 北京少年儿童出版社的全套 48 册四大名著连环画

此外，为了实现少儿能够无障碍阅读的目的，此类版本除了通过标配注音、阅读引导、难点注释快速帮助孩子理解全文外，还会对《水浒传》原作内容做大幅度改动，表现在很多改编版本选取《水浒传》原作前 70 回的精要篇章来改编，内容大量缩略、情节高度概括、人物删减、语言难度降低等。比如，云南教育出版社出版的儿童彩图注音版《水浒传》（2014 年 7 月版，见图 2-8），旅游教育出版社出版的《四大名著：水浒传（青少版）》（2019 年 9 月版），管大龙改编、安徽少年儿童出版社出版的少儿版《水浒传》（2015 年 9 月版），郑渊洁改写、学苑出版社出版的少年儿童版《水浒传》，字数大多是七万到三十万。

图 2-8 云南教育出版社的儿童彩图注音版《水浒传》

云南教育出版社的儿童彩图注音版《水浒传》总字数 78 千，章回目录如下：

第一章　王教头私走延安府

第二章　鲁提辖拳打镇关西

第三章　花和尚大闹五台山

第四章　豹子头误入白虎堂

第五章　林教头风雪山神庙

第六章　汴京城杨志卖刀

第七章　东溪村七星聚义

第八章　吴用智取生辰纲

第九章　梁山泊义士尊晁盖

第十章　宋江怒杀阎婆惜

第十一章　景阳冈武松打虎

第十二章　武二郎怒杀潘金莲

第十三章　武松醉打蒋门神

第十四章　浔阳楼宋江题反诗

第十五章　梁山泊好汉劫法场

第十六章　祝家店时迁偷鸡

第十七章　宋公明三打祝家庄

第十八章　黑旋风怒杀殷天锡

第十九章　入云龙斗法败高廉

第二十章　呼延灼梁山大摆阵

第二十一章　钩镰枪巧破连环马

第二十二章　取青州众虎归水泊

第二十三章　晁天王中箭曾头市

第二十四章　吴用智赚玉麒麟

第二十五章　宋公明夜打曾头市

第二十六章　梁山泊好汉排座次

旅游教育出版社出版的《四大名著：水浒传（青少版）》章回目录如下：

第一回　洪信放妖魔

第二回　大闹少华山

第三回　拳打镇关西

第四回　醉闹五台山

第五回　倒拔垂杨柳

第六回　误入白虎堂

第七回　雪夜上梁山

第八回　比武大名府

第九回　七星小聚义

第十回　智取生辰纲

第十一回　怒杀阎婆惜

第十二回　景阳冈打虎

第十三回　杀嫂祭长兄

第十四回　醉打蒋门神

第十五回　血溅鸳鸯楼

安徽少年儿童出版社出版的少儿版《水浒传》章回目录如下：

而有一些所谓的幼儿启蒙版本字数则更少，如浙江少年儿童出版社、湖北美术出版社出版的漫画版《水浒传》不仅在内容上仅选取了原作的前70回来改编，而且都采用四格漫画的形式将每回故事高度压缩在三个版面之内，整本书字数总共不超过3万，内容删减非常明显，在某种程度上仅能被称为一个故事梗概而已。另外，有些少儿版《水浒传》盲目追随现代漫画夸张变形、戏谑搞笑的画风，迎合当代儿童某些审美取向，对原作语言做了颠覆性的处理，现代感极强，有改编过度或处理不当的嫌疑。

虽然改编的水平参差不齐，装帧设计也良莠并存，但经过以上两方面的加工处理，古奥难懂的《水浒传》确实变得浅显易懂、图文并茂、鲜活形象、充满趣味，也确实更加贴近当代少年儿童的审美趣味，适合其接受水平。借由此类版本，少年儿童更容易接近经典，喜欢阅读，爱上名著，在很大程度上为传播普及中华优秀传统文化起到了助推作用。

（二）考试应用版本

《水浒传》作为古典文学名著的代表性作品，历来就是语文学科必考的内容之一，因此此类版本出版量非常大。考试应用版本的目的非常明确，一般都打着核心知识点介绍、名家名师解读、符合新课标要求等醒目卖点来吸引买家。

如由彭学军改编、希望出版社出版的全套小学生版全4册《四大名著》，除了文前导读、多风格插图、多方位注释之外，还强调"多角度旁批，全面实现教学大纲阅读目标；名家小课堂，解析深刻主题，补充有趣小知识"等售卖亮点。该作品2022年8月重新出版，除了突出"彩色图绘，图文并茂，印刷清晰，字大护眼"外，依然延续其具有实用功能的特色，重点强调"名家经典、教材同步，随文批注、名师导读，有利于提高学生的写作水平"，还特意附赠4本考题册即《阅读指导手册》。

开明出版社2019年10月出版的无删减、无障碍的少年儿童文学读物故事书《水浒传》（见图2-9）则设置"名师导读""名师批注""名师精评""模拟测试"等栏目，还附赠《核心考点专练》。

人民文学出版社出版的百回本版《水浒传（上下）》也不免俗，为了提升销量，在强调"原版无删减、生僻字有注解注音"等特点的基础上，还附赠人物关系图、路线图和精讲视频。

一些出版社在购书赠品《考点大全》中宣称：一册在手，考试无忧！实用功利的意图十分明显，对引导少年儿童树立正确的阅读观存在不利影响。

此类版本以经典文学名著为载体，在培养孩子识字能力、锻炼独立阅读能力、提升语文写作能力等方面着实取得了一定的成绩和效果，很多家长会因此去购买，很多孩子因此去阅读，对于古典名著的传承与接受起到了不错的促进作用。

图 2-9 开明出版社的《水浒传》(2019 年 10 月版)

二、改编人群和出版机构复杂多样

　　少年儿童阅读群体在每年的阅读群体调查中占比很大，这意味着巨大的市场潜力和销售利润。2022 年 1 月 3 日，中金易云科技有限责任公司依托其大数据平台监控 8500 ＋实体和网络书店，对 2022 年图书市场的发展情况和问题进行了深度扫描，发布了 2022 年年度图书市场数据报告。报告显示 2022 年动销码洋同比 2021 年下降 2.65%，但是文教和少儿类码洋同比仍呈上升势态，少儿读物码洋是 2022 年总排名第二、同比增幅最高的类别（见图 2-10）。2022 年短视频电商平台发展势头强劲，市场份额达到 18%，少儿类读物仍是平台销售支柱，成为短视频电商渠道最为热销的品类。

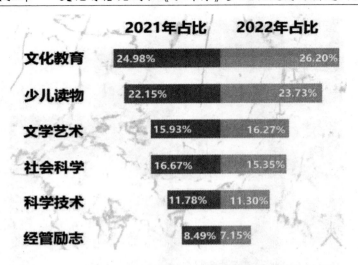

图 2-10 2021 年 2022 年各类别图书码洋占比情况

这丰厚的销售红利是吸引很多出版社、书店、书商涉足少儿读物改编出版的根本原因，进而也使得少儿版《水浒传》的改编状况与出版机构呈现复杂多样乃至于无序的状态。"目前，在全国 583 家出版社中，约 556 家参与出版少儿图书。"[1] 而当当网上与《水浒传》出版直接相关的出版社也有近百家，其中，中国少年儿童出版社、安徽少年儿童出版社、浙江少年儿童出版社、明天出版社、二十一世纪出版社、云南少年儿童出版社等专业少儿出版机构占据大半壁江山。除此之外，越来越多的非专业少儿出版社、数字公司及教育公司也参与到少儿图书市场的竞争中来，更多的严肃文学作家、科教从业者、行业专业人士参与到少儿读物的创作中来，如云南教育出版社、江西教育出版社等教育出版社，江苏凤凰美术出版社有限公司、浙江人民美术出版社、吉林美术出版社、上海人民美术出版社等美术出版社，中国戏剧出版社、吉林摄影出版社、北方妇女儿童出版社、译林出版社、民主与建设出版社、中国人口出版社、外语教学与研究出版社等非专业少儿出版机构也相继出版了各种版本的少儿版《水浒传》。值得注意的是，虽然改编人群和出版机构数量庞大，但是资质和水平却参差不齐、高下悬殊，这也为少儿版《水浒传》的改编和出版埋下了隐患。

①李一慢.文化自信，童书先行：2017 年中国少儿图书出版盘点 [J].科技与出版，2018（3）：22-26.

三、制作工艺、技术更新迭代快速

自世界上第一本图画书（1658 年由捷克教育家夸美纽斯所著的儿童启蒙读物《世界图解》）问世以来，儿童阅读图画书的特点和规律等问题，就成为心理学家和学前教育专家们一直探索的问题，儿童图画书的编写与出版从此也成为相关从业者不断关注和研究的热点。当代社会科技日新月异，源于读者群体的特殊性，儿童图书出版技术也日益精湛，在装帧排版、插图设计、印刷纸张等方面都力求达到上乘工艺，比如山东美术出版社出版的小学生课外阅读经典、有声朗读彩绘版《水浒传》（2018 年 12 月版，见图 2-11）在销售网页（见图 2-12）推出时就重点介绍了图书纸质和设计装帧特色：食用级铜版纸质，同步国际品质；锁线精装，不掉页，不易损坏；硬壳精装纸质佳，绿色印刷放心读；纸质细腻光滑，保护宝宝视力。可谓颇具匠心，尽显诚意。

图 2-11 山东美术出版社的小学生课外阅读经典《水浒传》（2018 年 12 月版）

图2-12 山东美术出版社的小学生课外阅读经典《水浒传》（2018年12月版）的销售网页

湖北美术出版社出版的《漫画水浒》采用国家绿色印刷基地印刷、原生木浆纸张、国际环保认证油墨、新装订技术（见图2-13）。这些操作可谓精益求精、力求优质。

图2-13 湖北美术出版社的《漫画水浒》的销售网页

　　更重要的是随着融媒体时代的到来，人们的阅读、学习方式变得越来越全媒体化，IP 全线产品和增强现实（AR）、虚拟现实（VR）等影音新技术不断被运用到少儿图书的编绘装帧、出版营销之中，形成了少儿图书出版的新业态。少儿版《水浒传》的音像版本也随之越来越多，这类图书被称为"会说话的书"，稍早一些的版本提供有声朗读光盘，新近版本多采用扫码收听的形式。

　　如福建少年儿童出版社出版的《水浒传（有声版）》（见图 2-14）除了有全彩注音，更提供有声伴读，配图丰富鲜活，配音优美动听，能带给孩子视觉与听觉的双重体验。

　　前文所提北京少年儿童出版社出版的少儿版四大名著连环画就提供扫码阅读功能，更是将"走路运动中可以听音频，睡前休息时可以听音频，随时随地可以听音频"打造为销售亮点（见图 2-15）。

图 2-14　福建少年儿童出版社的《水浒传（有声版）》

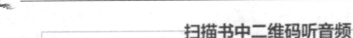

图 2-15 北京少年儿童出版社的少儿版四大名著连环画的销售网页

四川美术出版社出版的中国古典四大名著连环画全套 48 册（2021 年 7 月版，见图 2-16）将"有声故事，可以听的连环画"作为亮点展示，同时更加强调"扫码伴读，像爸爸妈妈一样的温情朗读"（见图 2-17），营造亲子阅读的温馨氛围，比较有特色。

图 2-16 四川美术出版社的中国古典四大名著连环画全套 48 册

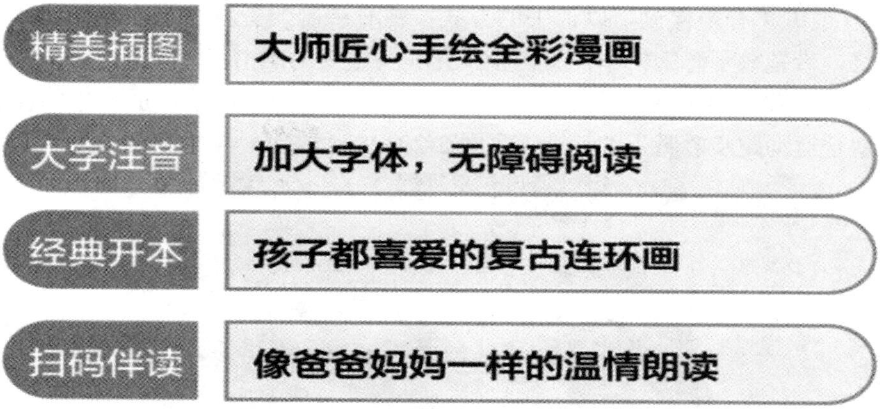

精美插图	大师匠心手绘全彩漫画
大字注音	加大字体，无障碍阅读
经典开本	孩子都喜爱的复古连环画
扫码伴读	像爸爸妈妈一样的温情朗读

图 2-17　四川美术出版社的中国古典四大名著连环画全套 48 册的销售网页

山东美术出版社出版的小学生课外阅读经典《水浒传》（2018 年 12 月版）是有声朗读彩绘版，被定位为"听读结合的故事书""耳听、眼看的故事书"，彩色注音，甜美配音，将"有声朗读"的卖点做了更精细化的处理，所有伴读配音都是"标准广播主持发音"，可以很好地实现"有声伴读，无障碍阅读"的目标（见图 2-18）。

图 2-18　山东美术出版社的小学生课外阅读经典《水浒传》的销售网页

幼福改编、河北少年儿童出版社出版的小学生课外阅读书籍、儿童漫画书、小学生绘本、古典小人书经典怀旧珍藏版《水浒传》（2021 年 2 月版，见图

2-19），也以"有声伴读，以评书的方式，精心录制的音频故事，带你回味儿时的记忆，带领孩子感知中华优秀传统文化"为重要的图书特色，大力宣传该书可以为读者提供听觉和视觉的盛宴，具有"适合睡前亲子阅读，适合午间休息静听，适合运动跑步聆听"的特点（见图2-20）。

图 2-19 河北少年儿童出版社的少儿版《水浒传》

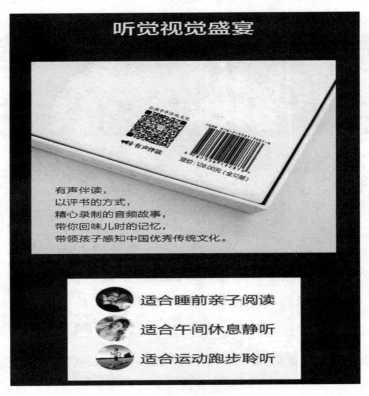

图 2-20 河北少年儿童出版社的少儿版《水浒传》的销售网页

岳麓书社向中小学生推出的名家演播、阅读无障碍版《四大名著》（2020年10月版，见图2-21）在销售上主打"数字化名著新体验，让声音唤醒经典"，不仅有"导读、注音、释词"，更是"可听可看（名家演播、讲解）"，其中，讲解者是北京师范大学教授郭英德，《水浒传》的演播者是中央戏剧学院表演系教授徐平，可谓殿堂级大师的配置。而且，该套书还采用时下新兴的VR技术，精选名著经典场景制作全景内容，给读者以亲历大观园、武侯祠、清明上河园等名胜古迹的"VR实景体验"（见图2-22）。

图2-21 岳麓书社的名家演播、阅读无障碍版《四大名著》

听读结合的少儿版《水浒传》，简单又快乐，可以有效激发孩子主动阅读的兴趣，开阔少儿视野。相信原声触摸发声书《听，什么声音》（开明出版社出版，当当网童书畅销榜排名15位、183204条评论[①]）、AR版精装美绘《西游记》（中国人民大学出版社出版，周墅洋编绘）、电子版少儿读物等的不断出品一定会给《水浒传》少儿版的改编与出版带来新的启发和新的思路，因为相较于灌输知识，这些新技术、新手段的应用可以很好地吸引少儿读者，激发其阅读的积极性和主动性，给他们全新的阅读体验，形成巨大的市场潜力和可观的发展前景。

①此处引用数据为截至2021年1月17日的实时数据。

每一章节开头都附一个二维码，打开微信扫描二维码，即可收听。

采用 VR 技术，精选名著经典场景制作全景内容；扫描扉页二维码，带您亲历大观园、武侯祠、大雁塔、清明上河园。

图 2-22 岳麓书社的名家演播、阅读无障碍版《四大名著》的销售网页

第二节　少儿版《水浒传》改编与出版的主要问题

古典文学名著的改编是新时代国家文化自信建设的必然要求，是满足少年儿童身心发展的必然需求。随着童书市场的持续火热，少儿读物的出版机构数量激增，更多人士参与到少儿读物的改编与创作中来，但因为资质、水平的驳杂参差，以少儿版《水浒传》为代表的古典文学名著改编和出版出现了诸多问题，主要表现如下。

一、水平良莠不齐，缺乏优质精品

图书市场上少儿版《水浒传》虽然版本众多，但整体水平参差不齐，五花八

少儿版《水浒传》改编与出版现状调查 ■ 第二章 ■

门，可谓泥沙俱下，一片混乱。更重要的问题是缺少精品，代表性版本难寻，乏有适合当代少年儿童接受特点的高质量改编版本，粗制滥造、质量不佳之作却有不少。

"再创作的功夫，肯定不是简单的向壁虚构，也不是大刀阔斧的析骨抽筋。"[①]但很多普及启蒙类《水浒传》版本过分强调幽默爆笑的情节叙述、愉悦轻松的阅读感受，往往删减改编过多，文字过于浅显俗白，虽然孩子阅读时可能毫无阻碍，但也几乎找不到原著的任何味道与痕迹。除了人物姓名和基本故事框架之外，经典文学名著变成了一个没有任何文学性的"古事"而已，严重违背了教育部门、教材和语文教育工作者提倡的"读整本书、读原著、读一本书的完整版"精神，大大破坏了作品内容的完整性和结构的连续性。有的少儿版在语言运用和插图编绘上则过于社会化、成人化，失却儿童性，违背了儿童文学创作的基本规律和根本原则，不适宜给少年儿童阅读。尤其是一些卡通漫画版本过分倡导用漫画解读中国名著，过度迎合部分少年儿童戏谑、轻松、诙谐、夸张等漫画审美趣味，在漫画绘制上颇为失度，导致图画喧宾夺主、哗众取宠，绘画风格标榜"简单易懂、幽默诙谐、爆笑夸张、笑到喷饭"，在诙谐搞笑、轻松幽默之余，原著神韵荡然无存。虽说是"漫言漫语"，实则有恶搞之嫌，多有不妥。漫画确实是少年儿童喜欢的阅读形式，能起到吸引读者的作用，但是对尚处在阅读技巧学习阶段、阅读能力不成熟的少年儿童群体而言，他们爱上的可能不是经典本身，而只是虚夸的图画和肤浅的对白，这种版本对于孩子接受经典不是引导反而是误导。

二、实用主义盛行，功利色彩较重

这个问题在考试应用类版本中最为严重，源于名著阅读考查出现的形式化、表面化倾向。此类版本秉承工具理性至上的理念，定位非常明确，即为应试而生，功利色彩十分浓厚，是所谓的"有用"之书。有些版本甚至为了适应学生应试的需要，按考试级别不同分为不同难度层级，功利性太强。当文学经典名著中不时出现知识拓展、思维导引、真题预测、参考答案、试题检测、练考手册等内容时，已经近似于考试参考资料，和教辅材料无异。这些版本虽然满足了很多家长、学生的应试要求，但在严格意义上来说已经失去了文学本身的特点，而且书中给出的所谓名家解读、权威答案容易限制少年儿童的思维，使他们形成先入为主的思维定式，不利于其自我解读能力的培养和文学素养的真正提升。

曾经有过在中学任教、当校长经历的全国政协委员董玉海指出："过多地'抠细节'、死记硬背，对名著进行支离破碎的解析，忽略了对名著深刻的精神内涵和超越时代的现实意义的把握，也无助于孩子们思辨能力的提升。""名著

---

①张聪聪. 盘点还有哪些"少儿版"值得出？[J]. 出版视野，2018（4）：24-25.

阅读的应试倾向极大影响中小学生阅读动机和实际成效，使经典阅读背离了初衷。"[1] 为改善这一状况，董玉海委员还在 2022 年两会期间准备了《关于避免应试化倾向，给中小学生阅读名著"减负"的提案》，相信这会给从事考试应用类少儿版古典名著改编和出版的相关机构和工作人员以警醒和启发，促使他们调整改编与出版的理念与策略。

另有一些版本为达到所谓的提升读者写作能力的目的，增设了知识拓展、素材积累等模块，将一些天文地理、民俗风情、气候生态等内容大杂烩般一股脑推给孩子，美其名曰开阔眼界、提升阅读能力，其实这对阅读能力不高、阅读习惯不佳的少儿而言无异于雪上加霜，更容易干扰其对作品本身的专心阅读，贻害无穷。

三、盲目重复跟风，市场竞争无序

2020 年中金易云平台监控大数据显示：2020 年上半年，整体图书平均定价为 39.50 元，同比上升 11.17%，其中少儿读物类平均定价增长最多，同比上升 20.62%，而且码洋同比增幅较大的多个类别（绘本类，同比增长 69.39%；少儿百科类，同比增长 42.95%；历史传记类，同比增长 42.04%；低幼读物类，同比增长 41.97%）都与少儿读者群体相关（见图 2-23 和图 2-24）。

图 2-23 2020 年上半年各类别图书平均定价与 2019 年同比情况

---

①江迪.名著能这样读吗？[N].人民政协报，2022-03-04（21）.

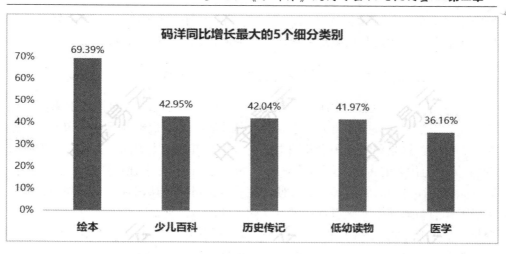

图 2-24 2020 年图书市场码洋同比增长最大的 5 个细分类别

2020 年中金易云"双 11"战报还显示：无论是在实体还是在网络零售渠道，少儿读物销量都稳居第二位，从图书标签看"童书"在两个渠道的销量也分居第三、第二位，保持着旺盛的发展劲头。2022 年少儿读物码洋占比依然保持在第二位，且同比增长 4.34%，高居第一位。可以说，少儿类图书一直占据着我国图书销售的主要市场份额。在巨大的利益面前，少儿版古典名著改编与出版出现了盲目跟风、重复出版的现象，导致版本同质化、制作粗滥化现象严重，市场陷入无序竞争的业态。自本研究开始以来，项目组一直关注当当网少儿版《水浒传》的上市与销售情况，发现从 2020 年 10 月到 12 月短短 3 个月内，搜索关键词"少年儿童 水浒"得到的链接数就从 14000 多种激增到 18000 多种，截至 2023 年 1 月 26 日，数量已增加到 27659 种，速度着实惊人。如此快速巨大的市场投入，大量低水平重复生产，不仅会导致供给过剩、资源浪费，更严重违反文化产品的生产周期。缺少时间的沉淀与打磨，图书势必在质量上大打折扣，难以避免地导致粗制滥造的书品流入市场，这种快餐生产式的图书制作业态对《水浒传》的传播而言不是好事，更为严重的是对少年儿童的成长有害，对中华优秀传统文化的传承与创新极为不利。

第三节　少儿版《水浒传》改编与出版的优化策略

少年儿童群体的阅读行为是全民阅读的基础。少年儿童对传统文学经典名著的阅读是中华优秀传统文化传承的重要渠道，是国家文化自信建设的重要组成部分，需给予特别关注。少儿版《水浒传》改编得失并存、良莠不齐，要求我们既要能以开放的心态和辩证的眼光来审视其中的"创造性叛逆",又要能针对少儿版《水浒传》的改编与出版乱象提出一定的改进建议和优化策略。

一、强化观念引导，提升书品质量

我国有重视少儿读物出版的传统，少儿出版呈现出欣欣向荣的景象，已经迈入少儿图书出版大国的行列，但是相关从业者、出版机构在行业认知上依然存在一些偏差，这是羁绊中国少儿图书向高水平发展的根本原因。要提升以少儿版《水浒传》为代表的古典文学名著改编书品的质量，就必须强化观念引导。首先，通过完善法律、教育宣传等方式，使相关从业人员清楚认识到少儿读物的编写和出版工作肩负着繁荣文化事业和发展文化产业的双重使命，少儿图书出版关系到少年儿童的启蒙教育和未来发展，具有奠基性作用，不能只追求眼前的经济利益，要有大局观、家国观、未来观，应将发展思路从依靠数量增长转到依靠质量提高的方向上来。其次，改编者要对文学的本质和创作规律有清晰明确的认识，对古典文学名著有深刻的了解和掌握，对中国传统文化有足够的敬畏和尊重，进而探寻适合少儿身心特点的高质量改编之法，懂得在改写中要取舍有度、缩减有法、酌情改编，努力提高图书改编质量，不能顾此失彼、舍本逐末。要知道改编不是乱编，如果对经典名著只是一味简单粗暴地删减压缩，毫无原则地进行所谓的创新突破，那么孩子们将根本无法从这些作品中真正感受到传统经典的味道和神韵，更不用说认同传统文化了。所有相关人员不能为了利润盲目地迎合少儿读者群体的阅读趣味，因为其阅读能力还不够成熟，缺乏科学的鉴别能力。相关人员应在充分了解少年儿童身心特点和阅读规律的基础上，树立"儿童本位"而非"儿童至上"的出版观、营销观，摒弃兜售噱头、博取眼球等浅层低级的营销手段，为少年儿童提供真正优质的、值得咀嚼回味的优质图书和阅读资源。

二、严格准入制度，优化图书市场

少儿图书是我国出版业品种、数量增长最快的书种。少儿图书出版是中国整个出版业可持续发展的推动力，历来是一个充满活力的出版领域，同时也是竞争最为激烈的市场。在激烈竞争中和利益驱使下，难免出现各种问题。要扭转这种现象，真正提高少儿版《水浒传》改编与出版的水平和质量，首先，相关管理部门和从业者必须认真学习并严格执行《出版管理条例》《图书质量保障体系》《出版专业技术人员职业资格管理暂行规定》等政策法规、制度文件对保障图书出版质量所做的严格规定，遵守出版审批许可制度，加强宏观监管，严格出品考核，合理规范价格，净化少儿图书市场。其次，古典文学名著改编虽然吸引了大批人员，但从少儿版《水浒传》的改编群体来看，文学名家、大家还是太少，存在一些不专业的改编者滥竽充数的现象，似乎什么人、什么机构都可以随意进行少儿读物的改编与制作，这真正是大错特错、贻害无穷的事情。因此，必须研究实施少儿图书出版尤其是古典文学名著改编与出版的专业限制，提高准入门槛，完善奖惩制度，优化竞争格局，限制达不到资质的非专业人员和少儿图书出版社进行此类作品的编绘和出版，这不仅能提高少儿版古典名著的改编与出版质量，对于少儿图书乃至整个图书出版的专业化和高质量发展都是有利的。再次，细化少儿版古典文学名著改编出版的审核原则和要求，如插图质量、知识逻辑、语言文明、细节处理等方面要能在保证正确的基础上，追求美学与文学、艺术与科学并驾齐驱、完美融合。如此稳扎稳打、精耕细作方能打造出优质的图书内容，永葆古典文学名著的生命活力，实现古典文学名著在当代的健康传播和有效传承。

三、避免"浅阅读"，倡导多元阅读

"浅阅读"这种快餐式阅读方式在少年儿童群体中大量存在，危害极大。"'浅阅读'大致可以分为所谓的'读图''速读'和'缩读'以及'时尚阅读'和'轻松阅读'。""'读图'是指有插图的文字图书。现在的书几乎是文图各占半壁江山了；'速读'者主要形式是'缩读'，即将天下名著'瘦身'，删砍减杀。"[①]少儿版《水浒传》的改编与出版存在同样的问题，很多版本打着导读、解读、快读、速读之类的口号招揽生意，如铁皮人美术有限公司出品的《半小时漫画水浒》力求："看半小时漫画，秒懂中国名著，开启快读新潮流！"甘肃少年儿童出版社出版的《四大名著（注音彩绘版）》倡导："让名著简单点，让阅读轻松点！10分钟读完这本书：3分钟了解人物，4分钟了解故事，3分钟了解精彩部分。"如此功利化的阅读倡导对正处在学习如何阅读阶段的少年儿童而言必定是弊大于利，对少年儿童形成良好阅读习惯、成熟阅读能力、良好思维意识、深厚人文精神是致命性的损伤。

希望后续从事古典名著改编与出版的人员充分认识到：文学从来不是如此功利的，阅读本身的意义也不是用来计量的。孩子应该多接受一些"无用"之书的熏陶，多体验多元化、沉浸式的阅读方式，真正多读书、读好书，享受阅读，在阅读中学习与成长，让阅读回归阅读本身。孩子是祖国的未来，我们必须认真做书，让孩子们能读到好书、精品书。希望未来的经典名著改编者们、少儿读物出版机构和儿童文学作家们，都能以高度的社会责任感和担当精神对待自己的工作，力求为少年儿童群体提供高质量的古典名著改编版本，净化少儿图书市场，优化少年儿童阅读环境，助力全民阅读计划和国家文化自信建设。

①程大立.中学生"浅阅读"现象剖析[J].安庆师范学院学报（社会科学版），2007（6）：138-140.

第三章　郑渊洁版《水浒传》与百回本版《水浒传》的比较分析

　　知识储备量和身心发展特点决定了少年儿童在接受传统文化的过程中，往往缺乏理性意识和辩证眼光，容易囫囵吞枣、断章取义、以偏概全、偏信误读、迷信权威。而且古典名著有其特殊的时代阅读背景，对少年儿童而言有历史久远、语言晦涩、主题多元、背景深厚、内容驳杂等特点，所以仍旧存在着传播困境。项目组在筛选众多改编版本基础上以著名儿童文学作家郑渊洁改写的少年儿童版《水浒传》（下文简称郑渊洁版《水浒传》）为靶，从文学叙事、语言运用、人物取舍、角色处理、情节变动、插图融入、发行数量等维度与《水浒传》原作进行对照分析，归纳总结少儿版《水浒传》改编的基本原则和整体特点，以期探寻出适合少儿身心特点的高质量改编之法，明确古典名著在少儿群体中传承和发展的有效途径。知道如何对古典名著进行取舍、处理，才符合少年儿童的身心特点，取得好的改编效果，这是创新传播手段、永葆古典名著生命活力、净化少儿图书市场、推进文化自信建设的必由之路。基于大多数专家认为百回本版《水浒传》是最接近水浒故事传说的版本，而且种种迹象表明郑渊洁版《水浒传》的底本也是百回本版《水浒传》，所以本研究均采用百回本版《水浒传》（人民文学出版社1997年版，2020年第61次印刷）为参照来进行作品的比较分析。

第一节　选择郑渊洁版《水浒传》进行比较分析的原因

　　作为中国古典四大名著之一，《水浒传》是中国人耳熟能详、妇孺皆知的艺术作品，不过，由于《水浒传》的思想深刻、语言抽象，而且《水浒传》所描述的封建王朝、生产方式、社会制度、语言习惯等与网络化、市场化、多元化的今天有较大差异，所以在生活富足、科技发达、自由民主、幸福安康的社会环境中的少年儿童，不仅无法很好地理解《水浒传》程式化的语言表达，同时也无法很好地理解《水浒传》中的历史场景、社会风俗、社会关系、习惯用语等。在这种情况下，各种版本的《水浒传》应运而生，其中郑渊洁版改写的少儿版《水浒传》就是深受少年儿童喜爱的版本。所以，本研究在众多少儿版《水浒传》改编版本中首先选择郑渊洁的改写版来进行对照分析，一是因为郑渊洁在少年儿童读者群体中的重要影响力，二是缘于其改写版本突出的特色和成就。

郑渊洁在中国可谓家喻户晓，在世界也是闻名遐迩，有着较大的社会影响力。在提及中国儿童文学发展情况时，必定绕不开郑渊洁。从 1979 年发表第一部儿童文学作品《黑黑在诚实岛》之后，郑渊洁就成为儿童文学作家，先后创作了《牛王醉酒》《奔腾验钞机》《猪王照相》《皮皮鲁总动员》等儿童文学作品。郑渊洁以一个人写一本期刊（《童话大王》月刊）35 年、作品印数逾 3 亿保持着世界纪录，很多人是读着他的童话长大的。从艺术风格上看，郑渊洁童话文学更注重对现实教育制度的批判，更关注差等生的心声，主张回归儿童的天性、唤醒儿童沉睡的自我意识，批判人类的贪婪心、自私性等，表达对自然、社会和人类的关爱与尊重。同时，郑渊洁习惯于从少儿视角观察问题，选取一些儿童喜欢的题材和故事，以细腻的语言处理文字，表达儿童成长中的心理变化；以夸张的笔法吸引儿童的眼球，带给儿童亦真亦幻的童话世界，十分契合少年儿童读者的心理。

郑渊洁作为一名优秀的儿童文学作家，一直坚持着"站在孩子的一边"的创作立场，一直保持着与孩子们的想法相同，因此他的文学作品深受少儿读者喜欢，中国少年儿童发展基金会还特别为此向他颁发了特殊贡献奖，郑渊洁还于 2012 年获得中国年度影响力文化类人物桂冠，这都充分说明了他在社会上尤其是少年儿童群体中的广泛影响力。再者，虽然少儿版《水浒传》改编版本众多，但缺少优质精品，卡通漫画版往往删减过多，图画有喧宾夺主之嫌，不少版本在诙谐搞笑、幽默轻松之余，原著韵味荡然无存，而考试应用版大多近似于考试参考资料，功利性太强，从严格意义上来说失去了文学本身的特性，容易限制少年儿童读者的想象力。郑渊洁版《水浒传》虽也不尽完美，但其对原著的取舍表现出鲜明的特色和独立的思考，为我们提供了很好的研究素材和参照范本。

少年儿童版《水浒传》是郑渊洁改写的古典文学四大名著系列作品之一。郑渊洁改写的《红楼梦》《西游记》一经出版，广受好评，并在第五届全国中学生读书评书活动中双双获奖，这使得郑渊洁意识到少儿读者对祖国优秀传统文学作品的渴望，所以又着手改写了《水浒传》。郑渊洁改写的少年儿童版《水浒传》自第一版第一次印刷以来，已经印刷出版多次，引起巨大反响。郑渊洁版《水浒传》目前共有三个版本，分别是 1992 年 10 月中国电影出版社出版发行版、1996 年 6 月学苑出版社出版发行版和 2011 年二十一世纪出版社发行版。基于身份的影响力和改写的优秀表现，郑渊洁改写的古典文学四大名著系列作品被很多读者买来阅读收藏，其中第 1 版第 1 次印刷的单本网络售价甚至一度高达 500 元。

第二节 郑渊洁版《水浒传》与百回本版
《水浒传》比较分析

古典文学名著少儿版改编作品要得到读者的广泛认可，并将之融入以文化人、以文育人、以文立人的实践，要求改编者必须在保留原著精华韵味的基础上树立明确的对象意识，对少年儿童这类特定读者群体的阅读需求、审美心理和接受特点有较为深入的了解，并能有意识地提高改编作品对少年儿童读者的适应性。通过细致的文本分析发现，郑渊洁版《水浒传》相较百回本版《水浒传》主要做了以下几点适应少年儿童阅读需求的改编和加工。

一、用心但很朴素的装帧排版

虽然郑渊洁版《水浒传》三个版本字数都是 25 万，但由于时代因素和技术原因，前后三版在装帧排版上有着较为明显的改变。

1992 年版，采用 850 毫米 ×1168 毫米的传统 32 开本，淡绿色封面上有聚义厅的白色剪影，整体呈现古色古香的传统风格，扉页上有竖体样式的 "水浒传" 题名，内有 10 张类似相纸厚度的彩色插图，插图设计者是中国美术家协会会员、中国书画研究院研究员孟庆江先生。孟庆江曾任《连环画报》主编、全国少儿图书奖评委、团中央全国青年刊物评委，在少年儿童出版界颇有声望，可见郑渊洁版《水浒传》首印时在装帧制作上的用心。

1996 年版，依然采用平版印刷，787 毫米 ×1092 毫米的 32 开本，酱红色封面上是一张夸张变形、略显凶恶的鲁智深卡通画像，扉页题名横版排列，除了介绍书籍基本信息外，还以聚义厅为背景进行简单的黑白色构图，书籍内部没有设计插图，整体装帧效果较简洁，甚至略显粗糙，偶有错别字，是三版中居下者。

2011 年版，由全国百佳出版社二十一世纪出版社出版，有专门的策划和装帧设计人员，在色彩、配图上做了明显调整，特意做了护封设计，封面背景采用鲜艳的蓝白两色，封面图变成四个手持兵器的人物角色的卡通画像，人物配色也更加亮丽。护封上印有 "童话大王讲经典" 字样，标明是郑渊洁改写四大名著系列作品之一。2011 版是 880 毫米 ×1230 毫米的 32 开本，行间距变大，页码数也有所增加。每章故事开始前有一幅概括本章主要故事情节的插图，虽然图片尺寸较小，色彩依然是黑白色，但能够看出其在迎合少年儿童阅读习惯上的努力和尝试。

郑渊洁版《水浒传》虽历经三变，但始终采用 32 开的平版印刷，印数都比较少，都没有过于华丽的装帧排版设计，与郑渊洁其他童话作品的装帧相比，有明显区别。相较于那些罔顾文学特性，只看重市场销量，将文学传播和文化传承与利益粗暴挂钩的作者、书商而言，郑渊洁版《水浒传》表现出了某种文学的纯粹性，这也是作者对改编古典名著的一种底线坚守和对文学经典的敬畏之心的体现。

二、大胆而有原则的内容缩减

郑渊洁版《水浒传》的前言中提到："上个世纪（二十世纪）八十年代到九十年代，中国大陆小学生的课业负担开始加重，阅读课外书的时间减少，对很多孩子来说，阅读大部头的中国古典名著成为可望（而）不可即的事情。于是我就将四大名著缩写为少儿版，让孩子们有时间看完。"① 其实不仅仅是时间问题，少年儿童的阅读接受特点和古典文学名著的特殊时代背景，都决定了少年儿童版《水浒传》的改编应该进行故事情节的删减。

第一，腰斩后 30 回。

清朝金圣叹出于自己文学观和价值观，腰斩《水浒传》招安及之后的事，把原书第 71 回卢俊义的梦作为结尾，再将第 1 回作为楔子，此为 70 回本，鲁迅称之为"断尾巴的蜻蜓"。郑渊洁同样截取百回本的前 71 回内容来改写，但相较而言，郑渊洁版《水浒传》情节改动较大，内容缩减明显，最终压缩成 50 章，目录如下：

第一章　洪太尉打开伏魔殿
第二章　王教头夜宿史家村
第三章　鲁提辖拳打镇关西
第四章　鲁智深大闹五台山
第五章　花和尚痛打小霸王
第六章　林教头误入白虎堂
第七章　野猪林鲁达救林冲
第八章　豹子头被逼上梁山
第九章　东京城内杨志卖刀
第十章　东溪村晁盖救刘唐
第十一章　智多星智取生辰纲
第十二章　宋公明私放晁天王
第十三章　豹子头水寨杀王伦
第十四章　宋公明怒杀阎婆惜
第十五章　景阳冈上武松打虎
第十六章　武二郎斗杀西门庆
第十七章　十字坡武松遇张青
第十八章　武都头醉打蒋门神

①施耐庵.水浒传[M].郑渊洁，改写.南昌：二十一世纪出版社，2011：前言.

郑渊洁自言："我将87万字的《水浒传》原著改写为25万字的少儿版，保留了《水浒传》中最精华的内容。"[1]字数缩减三分之二还要多，可以说是大刀阔斧、大动干戈。

第二，浓缩无关紧要情节。

郑渊洁版《水浒传》以水浒众英雄被逼无奈、聚集梁山，进而为铲奸除恶、报仇雪恨、巩固梁山势力，接连与祝家庄、高唐州、青州府、北京城大名府、曾头市、东昌府、东平府为战并取胜的故事为主线，对与故事整体走向和人物角色塑造意义不大、关系不紧密的情节，以及一些非主要人物的出场故事，进行浓缩，甚至干脆删掉。如：百回本版第31回"武行者夜走蜈蚣岭"试刀杀王道人的段落，与故事主线关系不密，于角色形象塑造影响不大，所以尽删。郑渊洁版《水浒传》第24章"梁山泊吴用举戴宗"是百回本版中第35回至第38回近3回

---

[1]施耐庵.水浒传（少年儿童版）[M].郑渊洁，改写.北京：学苑出版社，1996：2.

内容的浓缩，其中"话休絮烦。宋江在去江州的路上，又先后结识了混江龙李俊，催命判官李立，出洞蛟童威，翻江蜃童猛，病大虫薛永，船火儿张横，没遮拦穆弘，小遮拦暮春等八位好汉，不在话下。"① 短短 80 个字就囊括了百回本版第 471 至第 490 页的全部内容。"不几天，吴学究施计把萧让和金大坚赚到梁山泊入伙，并妥善安排了两家老小。"② 也是高度凝练之语。郑渊洁如此行文，字数大大压缩，主线情节突出，故事精炼简洁，符合少年儿童阅读的特点。

第三，删减玄幻血腥情节。

《水浒传》虽属现实主义题材作品，但其中不乏浪漫主义的因子，尤其是一些玄幻神奇传说、梦境、仙术等的描写，充满了神秘浪漫色彩。只是这些内容容易削弱作品的现实意义，而且对于少年儿童尤其是幼儿阶段的孩子树立科学世界观无益，因为他们"尚缺乏这种鉴别能力，天真幼稚，很容易接受神话的消极影响，形成错误观念，做出可怕的举动。"③ 因此，郑渊洁在不影响故事发展的基础上，对《水浒传》中的玄幻情节做了相应删减处理，如全部删减了第 42 回"还道村受三卷天书 宋公明遇九天玄女"、第 53 回"戴宗智取公孙胜 李逵砍杀罗真人"、第 65 回"托塔天王梦中显圣"。

南开大学陈洪教授曾评价《水浒传》是一首"'正义与野蛮'的交响乐"，就是因为在《水浒传》众英雄扶危济困、行侠仗义的义举中，总不免有打家劫舍、杀人放火的暴力血腥行为出现，这也是很多人反对少年儿童读《水浒传》的重要原因，认为其不利于少年儿童形成健康的心理。郑渊洁作为一名对文学性有着坚守精神的作家，除删掉"李逵刀杀小衙内"外，对此类行为并没有一刀切地全部删除，如保留第 21 章花荣"把刀去刘高心窝一剜，那颗心便献在宋江面前。"④，第 22 章燕顺"拔出腰刀，一刀（将刘高之妻）砍为两段。"⑤，第 30 章"杨雄听了大怒，手起一刀，把那女人从心窝里直割到小肚子上，取出心肝五脏，挂到松树上。"⑥，第 46 章"卢俊义得令，手拿短刀，自下堂来，打骂泼妇贼奴，将二人凌迟处死。"⑦。尤其是武松手刃潘金莲、李逵刀剐黄文炳、杨雄怒杀潘巧云等处与原作也基本无二。基于此类行为有特定时代社会背景的合理性，而且郑渊洁在细节上做了一定的淡化处理，所以并不会给少年儿童留下不良影响。

---

① 施耐庵. 水浒传（少年儿童版）[M]. 郑渊洁, 改写. 北京：学苑出版社，1996：190.
② 施耐庵. 水浒传（少年儿童版）[M]. 郑渊洁, 改写. 北京：学苑出版社，1996：210.
③ 陆兰. 给幼儿讲述神话故事的负面影响 [J]. 徐州教育学院报，2006，21（2）：141-142.
④ 施耐庵. 水浒传（少年儿童版）[M]. 郑渊洁, 改写. 北京：学苑出版社，1996：173.
⑤ 施耐庵. 水浒传（少年儿童版）[M]. 郑渊洁, 改写. 北京：学苑出版社，1996：180.
⑥ 施耐庵. 水浒传（少年儿童版）[M]. 郑渊洁, 改写. 北京：学苑出版社，1996：238.
⑦ 施耐庵. 水浒传（少年儿童版）[M]. 郑渊洁, 改写. 北京：学苑出版社，1996：346.

第四，缩略女性情色戏份。

有资料统计，《水浒传》共有女性人物 78 位，约占人物总数的 10%[①]。基于特殊的女性观，这些女性人物形象除了林娘子似的苦女人，王婆之类的坏女人，扈三娘、孙二娘和顾大嫂三个混在男人堆里的男人似的"伪女人"外，其他出现的女性形象大多和情色有关，如潘金莲、潘巧云。对这些人物和内容的阅读和判断大大超出了少年儿童的认知范畴和鉴别能力，基于少年儿童年龄小、辨别力差、自制力弱等身心特点，郑渊洁在改写时果断地对原作中的女性情色戏份做了大量缩略甚至删除。如：郑渊洁的少年儿童版《水浒传》在第 16 章"武二郎斗杀西门庆"一章中只用高度凝练的一句话"武松走后，潘金莲在隔壁王婆的串通下，和一个开药铺的财主西门庆勾搭上了"[②]就将百回本版《水浒传》中第 311 页到第 328 页共近 17 页的内容交代清楚。原作中第 597 页至第 620 页潘巧云与裴如海的故事情节也因内容"超纲"被大大缩略。

第五，简化征战打斗场景。

《水浒传》作为农民起义题材的长篇章回小说，少不了大量对征战打斗场面的描写，但是战事是一个非常复杂的系统，也有一定的模式，水浒英雄众多，战事涉及社会面广，每次交锋前的排兵布阵、交战中形势的变换、战术的调整等等都非常繁琐复杂，对于少年儿童的接受能力而言是个不小的困难和压力，所以郑渊洁在改写时将之做了概括与简化。

经过如此大胆而有原则的删减之后，一是内容字数大大减少，每章内容5000 字左右，适应少年儿童的阅读能力和阅读习惯；二是起到过滤作用，淡化、弱化暗黑内容可能的负面影响，适应少年儿童的身心特点。

三、传统但有突破的叙事结构

《水浒传》开创了中国古代白话章回体小说的先河。章回体作为中国古代长篇小说主要的外在叙述体式，改变了以诗文为正宗的文坛面貌，有着重要的文学意义和文化价值。源于宋元"讲史话本"的历史基因，章回体小说以"回"或"节"为名将全书分成若干章节，每回前用单句或两句对偶的文字作标题，称为"回目"，概括本回的故事内容。每回开头以"话说""且说"等起叙，每回末有"欲知后事如何，且听下文分解"之类的收束语，常见"话说"和"看官"等字样。章回体是中国独有的带有浓厚民族风格和民族韵味的传统文学艺术形式，对中国后世及周边国家的叙事文学有着深远的影响。

---

①文哲．七十、水浒传中的人物总概况 [EB/OL]．（2014-03-08）[2021-01-17].http：//blog.sina.com.cn/s/blog_6755590d0101hfyq.html.

②施耐庵．水浒传（少年儿童版）[M]．郑渊洁，改写．北京：学苑出版社，1996：129.

郑渊洁版《水浒传》章法结构没有改变，依然沿用章回体的叙事体例，以"章"为名将《水浒传》的故事划分为50章。这既是对传统文化坚守和传承的考量，也非常迎合中华民族特有的鉴赏习惯和审美心理。但是，相较传统章回体下每章回只是保持相对完整，末尾都设置"扣子"、留有悬念，章回之间只是相对独立的特点，郑渊洁版《水浒传》除了攻打祝家庄等极个别难以在一章内叙述完全的故事外，其他每章都是一个完全独立完整的故事，将一件事情的来龙去脉、起承转合交代清楚，故事结构更加简洁，情节更加流畅紧凑，适合少年儿童的阅读心理。如，百回本版《水浒传》第61回结尾处："只见船尾一个人从水底下钻出来，叫一声，乃是'浪里白条'张顺，把手扶住船梢，脚踏水浪，把船只一侧，船底朝天，英雄落水。未知卢俊义性命如何？正是铺排打凤牢龙计，坑陷惊天动地人。毕竟不知卢俊义落水性命如何，且听下回分解。"① 郑渊洁版《水浒传》第42章："吴学究智赚玉麒麟"结尾处理为"这时船尾部水里钻出浪里白条张顺，把船推翻，只见船底朝天，英雄落水。张顺把卢俊义拦腰抱住，拖上岸来。"② 改编版没有像原作中那样卖关子、留悬念，而是直接将卢俊义落水之后得救的结局告诉读者，这非常符合少年儿童急切关注人物命运、急于获知故事结果的阅读心理。其实这一特点在其回目的拟定上也可以看出端倪，郑渊洁版《水浒传》将回目由百回本版的对偶双句变成单句，由原来略显杂乱的七字句、八字句、九字句皆变成统一的八字句，每个回目八字单句将本章中所讲述的主人公和主要事件精要概括，其他无关人事都删节弱化，体现出一个短篇故事的特征。

不过，郑渊洁版《水浒传》虽每章都独立成篇，但章节间依然衔接紧密，浑融一体，流畅连贯，没有丢失作为一个长篇故事的特色。如：紧接第42章结尾，第43章开头写"张顺把卢俊义拖上岸来，早有六十余人点起火把，等在岸边。"③ 紧承上文，衔接自然，不枝不蔓，用笔简练，将一个个小故事连缀成一个长篇小说，孩子接受起来，不仅能从一个个小故事中获得阅读的愉悦感，又不失长篇故事的统一性和整体感。

四、尊重却不盲从的人物塑造

《水浒传》具有光辉艺术生命的重要因素之一就是对众多个性鲜明、真实可信的英雄人物的成功塑造，记录了那个遥远年代人的基本生存状态。讲述对孩子们而言真切可信的故事，塑造鲜明可感、丰富多样的人物形象，是儿童文学作品深受少年儿童喜欢的重要原因，古典文学名著改编应同此理。

---

① 施耐庵.水浒传 [M].北京：人民文学出版社，1997：816.
② 施耐庵.水浒传（少年儿童版）[M].郑渊洁，改写.北京：学苑出版社，1996：321.
③ 施耐庵.水浒传（少年儿童版）[M].郑渊洁，改写.北京：学苑出版社，1996：322.

郑渊洁版《水浒传》本着尊重原作观点、贴合角色身份的态度，对人物形象的处理基本遵从原作，不做过多修改。如行者武松，是《水浒传》中最有群众基础、最受少年儿童喜欢的角色，没有之一。武松是强壮勇武、一身英气的打虎英雄，有着崇尚忠义、勇谋双全、有仇必复、有恩必报的典型性格，是下层英雄好汉中最富有血性和传奇色彩的人物。武松也是第一个被金圣叹评为"上上人物"的角色。金圣叹对武松的评价不多，就是四个字"直是天神"。不过，在百回本版第27回"母夜叉孟州道卖人肉 武都头十字坡遇张青"中，武松在已知孙二娘开人肉包子铺、不是个省事的主儿的情况下，依然故意用言语挑衅、戏耍、激惹孙二娘，虽有惩奸除恶、抱打不平的缘故，但言行不免给人轻浮低俗之感。1998年影视剧版《水浒传》为凸显和美化武松形象，将惹怒母夜叉孙二娘的原因全推到两位押解武松的官人身上，显得刻意。郑渊洁版《水浒传》则基本依照百回本版里对武松形象的设定，没做过多处理。"鲁智深拳打镇关西"作为水浒故事的精彩段落因被选入中学语文教材而引起了广泛的争议，但是郑渊洁版《水浒传》坚持自己的主张，没有采用删减策略，而是原文照录，如此处理，水浒英雄的豪气、胆魄尽显纸上，不失原文风采，可见郑渊洁在改编古典文学名著时有着较强的原则性。只是，在李逵形象的处理上，介于郑渊洁版《水浒传》主要受众就是少年儿童，郑渊洁对"李逵刀杀小衙内"情节进行了删减，小衙内年幼无知惨遭屠杀实属残忍，于少年儿童读者而言是绝对无法接受的。删减之后，小读者首先不会对李逵形成不由分辨、滥杀无辜的印象，其次也不会因此行为乃梁山首领计谋所致而对梁山好汉起义的合理性产生怀疑。

五、通俗且儿童化的语言风格

虽然《水浒传》是中国历史上第一部用白话文写成的长篇小说，内容贴近生活，目光投向市井日常，纯熟地使用了白话（这是一种介乎于古代汉语和现代汉语之间的"近代汉语"），但水浒故事距今已900年有余，《水浒传》成书也已近700年，历史久远，世事变迁，对今天未曾受过一定训练的普通读者尤其是少年儿童读者而言仍存在阅读困难，影响其阅读感受。如何使古典文学名著走近当代少年儿童读者，得到小读者的喜欢是一件非常重要的事，因此，郑渊洁在保留原著精髓的基础上对《水浒传》原作语言做了一些加工调整。

第一，保留原作语言风味。

《大英百科全书》称："元末明初的小说《水浒传》因以通俗的口语形式出现于历史杰作的行列而获得普遍的喝彩，它被认为是最有意义的一部文学作品。"《水浒传》的通俗性得益于其来源于话本的基因，这也是普通人民大众所喜闻乐见的、中国文学文化所独有的味道。郑渊洁版《水浒传》很好地继承了这一点，只是略加调整。首先，郑渊洁将回目由原来对偶双句变成单句，由原来略显杂乱的七字句、八字句、九字句皆变成统一的八字句，这样的加工，使回目简洁化、形象化、直白化，适应少儿阅读特点。其次，故事中不时穿插着"故事从何说起，读者朋友慢慢往下看。""话休絮烦""你道这闹的人是谁？下章便知。"等类似话本的语词，交流感十足。再者，郑渊洁作为儿童文学创作高手，深谙少年儿童的胃口，在故事叙述上确是做到了口语化、通俗化，语言风格非常贴合当今少年儿童的欣赏口味。

第二，诗词的删减最明显。

"中国古典小说与诗歌有着密切的关系，引用数量之大，是其他文体难以并驾齐驱的。据有关资料统计，《水浒传》引诗 556 首、词 54 首。"[①]郑渊洁版《水浒传》对原作中的开场诗、收场诗、人物的出场诗、景物战事特写诗等做了大量删减，极少全部留用。保留下来的有以下几种：1. 节选原著中诗句的，如第 19 章开头第 3 段节选原作第 30 回中写秋景的诗句"玉露泠泠，金风淅淅，新雁初鸣，寒蛩韵急。秋色平分催节序，月轮端正照山河。"[②]，第 21 章开篇化用小李广花荣出场诗"这个军官生得齿白唇红双眼俊，两眉入鬓面常清；百步穿杨神臂健，弓开秋月分外明。"[③]，第 25 章黑旋风李逵出场节选"宋江看那人长得：黑熊般一身粗肉，铁牛似遍体顽皮；交加一字赤黄眉，双眼赤丝乱系。"[④]。2. 将开场诗、收场诗删节后换用的，如，第 19 章结尾处化用百回本版第 31 回开场诗，第 36 章"公孙胜施法破高廉"结尾处化用百回本版第 54 回开场诗的后四句。3. 个别完全引用的，如第 39 章就完全引用了原作第 57 回的"有诗为证：十路军兵震地来，呼延难免剥床灾；连环铁骑如烟散，喜得孤身出九垓。"[⑤]。

第三，骂詈之语酌情处理。

特殊的时代背景、特定的地域文化和特别的人物塑造需求使得粗俗骂詈之语在《水浒传》中比较常见，许多改编者对此颇为忌讳，认为应该给孩子一个干净的语言环境，其实过犹不及。语言是塑造人物的重要手段，《水浒传》中的人物大多来自社会底层，语言习惯自然会带有所谓的"粗鄙、粗俗"的骂詈之语。郑渊洁版《水浒传》在保留作品基本风格的基础上，对原作中的骂詈之语做了酌情取舍。为凸显性格、贴合人物心境，郑渊洁对部分角色的粗俗之语依然保留，如，第 30 章杨林笑道"哥哥，你看我结果了那呆鸟。"[⑥]，第 48 章中李逵因宋

①魏学宏. 略论明清章回小说与诗歌的关系 [J]. 甘肃教育学院学报（社会科学版），1998（2）：83-86.

②施耐庵. 水浒传（少年儿童版）[M]. 郑渊洁，改写. 北京：学苑出版社，1996：151.

③施耐庵. 水浒传（少年儿童版）[M]. 郑渊洁，改写. 北京：学苑出版社，1996：166.

④施耐庵. 水浒传（少年儿童版）[M]. 郑渊洁，改写. 北京：学苑出版社，1996：193.

⑤施耐庵. 水浒传（少年儿童版）[M]. 郑渊洁，改写. 北京：学苑出版社，1996：295.

⑥施耐庵. 水浒传（少年儿童版）[M]. 郑渊洁，改写. 北京：学苑出版社，1996：233.

江一再推让梁山泊之主的位子而发怒道"我这个人天也不怕，你只管让来让去做甚鸟！你再让，我便杀将起来，各自散伙。"①。此类语言若去掉，人物形象就失了色彩。

整体来看，郑渊洁版《水浒传》对原作文字的取舍十分得当，在保留原作风味的基础上，语言变得通俗易懂，明白晓畅；在不影响故事发展和人物形象塑造的基础上，降低了阅读难度和赏析门槛，保证了少年儿童流利顺畅地阅读。

六、明确而又积极的价值导向

诺贝尔文学奖获得主、曾翻译过《水浒传》的美国女作家赛珍珠认为："《水浒传》这部著作始终是伟大的，并且满含着全人类的意义，尽管它问世以来已经过去了几个世纪。"《水浒传》作为成人文学的典型代表，无论是哪个版本，尤其是 120 回本版，都有着复杂的内涵和多元的思想，主题解读也是众说纷纭、莫衷一是，很难做到简单同一的理论解读和价值凝练，每个读者都可由身份阅历、能力水平的差异读出自己心目中的"水浒传"。但是由于预设读者群体的特殊性，郑渊洁的少年儿童版《水浒传》是有着明确的写作目的和价值导向的。尽管少儿读者也会在阅读时带有个人的色彩，但大多数读者都能从中接受到作者本身所想传达的思想意味和价值导向。

一是张扬抗争个性，呼唤民族血性。

《水浒传》被很多国际文学家、评论家赞赏的一个重要原因，是认为其鲜明地表现出一种"人类灵魂的不可征服的、向上的不朽精神"②。郑渊洁自己本就是一位个性张扬、富有反抗精神的人，他的许多举止在世人看来都是标新立异、不苟于众的。郑渊洁曾自言："我今天的作品之所以能受到千百万读者的肯定，不能不承认《水浒》对于我的影响。""我今天的文学创作中，《水浒》潜移默化的影响处处可见。更重要的是，我的性格和我的作品中的抗争精神，很大程度是受《水浒》的影响。"③这种精神的契合使得郑渊洁在改写《水浒传》时非常注重对人物抗争个性和民族血性的凸显与强化，与此无关或有可能弱化此主题的内容一概不要。

具体表现在：其一，对统治阶级腐朽残暴统治的抨击是对起义英雄反抗行动合理性的最大认可与歌颂。郑渊洁版《水浒传》只截取前 70 回来改写，目的就是通过对北宋末年贪官污吏横行、土豪恶霸肆虐、冤假错案泛滥、剥削压迫严重等相关故事的叙写，描绘出一幅没落衰败、黑暗腐朽、残酷反动的统治所造成的衰敝凋零、民不聊生、矛盾激化的封建社会恶相，揭示出"乱自上作""官逼民

①施耐庵.水浒传（少年儿童版）[M].郑渊洁，改写.北京：学苑出版社，1996：360.
②施耐庵.水浒传（插图本）[M].辽宁：万卷出版公司，2001：4.
③施耐庵.水浒传（少年儿童版）[M].郑渊洁，改写.北京：学苑出版社，1996：1.

反"这一梁山泊农民起义的真正原因，由衷地表达出对不畏强权、敢于反抗、勇于斗争的起义英雄们的赞颂之情，从而告诫少年儿童读者要始终保持个性，勇于突破窠臼，敢于追求新知，因为"循规蹈矩、谨小慎微和逆来顺受只会阻碍历史的车轮"，"这对于我们民族的未来发展无疑是不利的"①。其二，对招安话题的回避是郑渊洁通过《水浒传》张扬抗争个性的重要论据。虽然招安是百回本版《水浒传》后 30 回的主要内容，但其实招安的线索在前 70 回中时隐时现，一直存在，如第 32 回"武行者醉打孔亮 锦毛虎义释宋江"中就有两处写到"招安"。第一次是在孔太公处，宋江邀武松同去清风寨，武松怕连累宋江和花荣，拒绝之后说："天可怜见的，异日不死，受了招安，那时却来寻访哥哥未迟。"宋江道："兄弟既有此心归顺朝廷，皇天必佑。"② 第二次是分别时宋江嘱咐武松道："如得朝廷招安，你便可撺掇鲁智深、杨志投降了，日后但是去边上，一枪一刀，博得个封妻荫子，久后青史上留得一个好名，也不枉了为人一世。我自百无一能，虽有忠心，不能得进步。兄弟，你如此英雄，决定得做大官，可以记心，听愚兄之言，图个日后相见。"③ 招安是对腐朽专制反抗的终结，与郑渊洁的改写初衷相悖，所以郑渊洁改写时把与招安相关的内容几乎删减殆尽，甚至在改写"忠义堂石碣受天文 梁山泊英雄排座次"一回时，也有意只写到众英雄歃血宣誓而止，对之后宋江乘酒兴作《满江红》诉盼招安之情和坚持要去东京的内容都直接删掉，其用意显而易见。

二是褒扬英雄情怀，彰显家国担当。

《水浒传》是一部最具备史诗特征的中国的英雄传奇和英雄史诗，郑渊洁版《水浒传》在倡导对专制和腐朽要具有"抗争个性"之外，同样蕴含秉承英雄"忠义"传统、坚守侠义精神和家国意识的浓厚情怀。

侠义精神：中国本就有侠义传统，《水浒传》更是将这种侠义精神发挥到极致，被称为中国长篇侠义小说的鼻祖，明清时期的侠义小说和当代的武侠小说都有着明显的《水浒传》的印记。郑渊洁版《水浒传》秉承这一优秀传统，将各路英雄好汉不计过往、志趣相投、慷慨解囊、患难相扶，路见不平、拔刀相助，行侠仗义、劫富济贫，扶危济困、锄强扶弱，"同心同意，同气相从，一同替天行道"④ 的壮举进行了淋漓尽致、绘声绘色的描写，帮助读者圆了正义的侠义梦想。

家国意识：虽然水浒人物大多属于草莽英雄，在梁山聚义之前有不少人迫于生计而打家劫舍、嗜赌好斗，但是在梁山聚义之后众好汉有了共同的、明确的志趣方向和奋斗目标，而且在反贪官抗强权中也透露出朴素的家国意识和爱民之

---

①施耐庵. 水浒传（少年儿童版）[M]. 郑渊洁，改写. 北京：学苑出版社，1996：1.

②施耐庵. 水浒传 [M]. 北京：人民文学出版社，1997：419.

③施耐庵. 水浒传 [M]. 北京：人民文学出版社，1997：420.

④施耐庵. 水浒传（少年儿童版）[M]. 郑渊洁，改写. 北京：学苑出版社，1996：311.

心。如，第 32 章晁盖为维护梁山泊的名声要斩杀石秀和杨雄时说："俺梁山泊好汉，自从火并王伦之后，便以忠义为主，全施仁德于民。"①；第 36 章"传下号令：不准伤害平民百姓。出榜安民，秋毫无犯。"②；第 40 章"宋江急传号令，休要残害平民百姓。"③；第 43 章石秀跳楼劫法场一章中石秀大骂梁中书"你这败坏国家，残害百姓的贼！"④；第 44 章宋公明攻打北京城时发没头帖子"今为大宋朝廷滥官当道，污吏专权，殴死良民，涂炭百姓。……剿除奸诈，殄灭愚顽。谈笑入城，并无轻恕。义夫节妇，孝子顺孙，好义良民，清慎官吏，切勿惊惶，各安职业。"⑤；尤其是第 50 章中"但愿共存忠义于心，同著功勋于国，替天行道，保境安民"⑥ 的誓词更是唱出整部书的最强音，描绘了伟大的社会理想。其实，郑渊洁本人就是一个富有社会使命、担当精神和责任意识的作家。作为一个公众人物和著名作家，郑渊洁与读者有广泛的联系，有资料显示他在新浪微博上的年度总互动数量曾高达 5106216 次，话题涉及儿童生活与教育的方方面面，显示出对社会密切关注和真正介入的热情。正是这种社会行动者的身份促使郑渊洁在改写《水浒传》时对其中蕴含的家国意识尤为关注。

郑渊洁版《水浒传》所倡导的价值观是积极的、向上的，彰显出满满的正能量，是当代少年儿童最需要、最宝贵的精神食粮，这也是其深受市场、社会、家长和孩子喜欢的重要原因。

如何在保留原著精髓和适应少儿读者的阅读需求之间取得平衡是少儿版《水浒传》改编的关键和难点所在。虽然郑渊洁版《水浒传》从多方面对《水浒传》原著做了大幅度的修改和编写，但读者仍可以鲜明地感受到《水浒传》著作的原汁原味，显示出郑渊洁对原著筋骨和精华的尊重与恪守，这种对古典名著改编的努力探索和尝试对后来者具有很好的借鉴意义，为后来的改编者和出版机构提供了很好的参照范本。

---

①施耐庵. 水浒传（少年儿童版）[M]. 郑渊洁，改写. 北京：学苑出版社，1996：246.
②施耐庵. 水浒传（少年儿童版）[M]. 郑渊洁，改写. 北京：学苑出版社，1996：278.
③施耐庵. 水浒传（少年儿童版）[M]. 郑渊洁，改写. 北京：学苑出版社，1996：303.
④施耐庵. 水浒传（少年儿童版）[M]. 郑渊洁，改写. 北京：学苑出版社，1996：328.
⑤施耐庵. 水浒传（少年儿童版）[M]. 郑渊洁，改写. 北京：学苑出版社，1996：329.
⑥施耐庵. 水浒传（少年儿童版）[M]. 郑渊洁，改写. 北京：学苑出版社，1996：374.

第四章　凯叔版《水浒传》与百回本版《水浒传》的比较分析

古典文学名著《水浒传》的人物形象鲜明、故事情节精彩，如李逵、武松、鲁智深、卢俊义、吴用等人物形象都是性格鲜明、栩栩如生，往往能够给读者留下深刻的印象；《水浒传》中的武松景阳冈打虎、三打祝家庄、鲁智深倒拔垂杨柳等故事尤为精彩，深受广大读者的喜爱；同时，《水浒传》所倡导的忠义文化、侠义精神、尚武文化等更是深深影响了一代又一代的中国人，这些都使得《水浒传》这部作品及其衍生的水浒文化在中华大地尤其是山东省内有着广泛的群众基础，真正是家喻户晓、耳熟能详。在这种情况下《水浒传》成了深受少年儿童喜爱的经典著作，也成为开展传统文化教育、思想道德教育的重要素材。因而，市场上出现了各种各样的针对少年儿童群体改编的少儿版《水浒传》，但是这些改编版的《水浒传》质量参差不齐，需要谨慎甄选。不过，凯叔版《水浒传》是在内容、主题、语言等方面都表现得比较优秀的一部少儿版《水浒传》，也是具有较大网络影响力和社会影响力的少儿版《水浒传》。与传统的改编版《水浒传》相比，凯叔版《水浒传》最突出的特色是它首先是一部网络音频类的儿童文学作品，然后在此基础上出版了凯叔版《水浒传》的纸质读本，这些使凯叔版《水浒传》与百回本版《水浒传》在思想内容、话语表达等方面有较大差异，同时也成为行业里的标杆和典型，值得研究者、同行中人等给予足够的关注和深入的研究。为此，应当从多个方面对凯叔版《水浒传》与百回本版《水浒传》进行比较研究。

第一节　读书人凯叔与凯叔版《水浒传》

凯叔原名王凯，凯叔讲故事品牌创始人、儿童故事大王、全民阅读推广大使，1979 年出生于北京市崇文区，毕业于中国传媒大学，拥有较强的语言表达能力和节目制作功底。2004 年，凯叔成为中央广播电台文艺之声频道主持人。2005 年，王凯成为央视电视台财经频道主持人，先后担任央视《财富故事会》

《走遍中国》《第一时间》《对手》等栏目的主持人。2013 年，王凯从央视辞职，加盟河北卫视，成为《中华好诗词》这一档寓教于乐节目的主持人。2014 年，王凯正式创办凯叔讲故事这一品牌，打造出"凯叔西游记""口袋神探""凯叔红楼梦""麦小米的 100 个烦恼"等优秀的儿童内容 IP。2016 年，凯叔讲故事 App 上线，用户超过 6000 万，在此期间，王凯也担任过湖南卫视《声临其境》节目的主持人。由于在相关领域的优秀表现和突出成就，王凯曾多次荣获社会的肯定和褒奖，2013 年被《南方任务周刊》评为"青年领袖"；2014 年被新浪授予最受网友喜爱作者奖；2016 年被国际早幼教峰会评为"年度儿童教育行业风云人物"；2019 年被国家出版署和北京市政府共同授予"第九届数播会影响力人物"称号；2021 年任全民阅读推广大使。凯叔善于以声音演绎儿童喜欢的文艺作品，以"快乐、成长、穿越"为儿童作品创作理念，积极进行儿童作品内容的创新，其编制、创作的作品带有十分鲜明的个人特征和较好的受众适应性。经过多年匠人似的默默坚守、用心耕耘，王凯已经成为目前有声书领域的翘楚和典范，其在古典名著、国学经典、科普百科、奇幻冒险等少儿读物的创作改编方面也颇有成绩，声誉斐然，受众广泛，成为超过 6000 万用户喜爱的"最会讲故事的人""儿童故事大王""中国孩子的故事大全"。

一、读书人凯叔的形象与个性特征的介绍

在凯叔版《水浒传》研究中，我们不仅要充分考虑凯叔版《水浒传》的文本内容，还应当深入研究"凯叔"这个有品牌辨识度的"符号"，将凯叔的外在形象、语言风格、文学修养、表达方式等作为重要研究内容。比如，凯叔自从业以来基本以光头形象出现于大众视野，这种光头形象常被主流审美视为异类，甚至被视为反主流的文化潮流，在影视作品中常常作为反面角色出现，从而让人们产生了"光头就是坏人"的刻板印象，对其作品的传播和推广似乎是不利的。

但是，光头也有很强的品牌标识度，能够让人们在第一时间记住这一人物形象，如影视界的葛优、主持人孟非，都迅速给受众留下了深刻印象。在提起凯叔讲故事时，少年儿童首先想到的就是光头凯叔，这也是凯叔版《水浒传》的重要标签[①]。在少年儿童成长中，父亲往往扮演着重要角色，对儿童的性格、习惯、心理等产生较大影响，如父亲更倾向于培养儿童的责任感、独立意识、坚韧品格、奋斗精神，这些是少年儿童成长过程中不可或缺的优秀品质。但在激烈的职场竞争和社会压力下，多数男性忙于赚钱养家，很少有时间陪孩子玩耍和学习，从而导致许多少年儿童缺失父爱。光头凯叔以一种阳刚、慈爱的父亲形象出现在少年

---

①吴瑜.自媒体儿童有声读物的品牌建构与传播策略：以《凯叔讲故事》为例 [J]. 传媒，2017（24）：68-69.

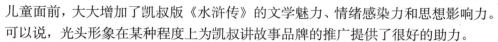

儿童面前，大大增加了凯叔版《水浒传》的文学魅力、情绪感染力和思想影响力。可以说，光头形象在某种程度上为凯叔讲故事品牌的推广提供了很好的助力。

此外，从主持风格看，凯叔博才多学、风格沉稳、生动幽默、充满智慧，在讲述儿童故事时能够以亲切有趣的方式展现丰满的人物形象，能够以磁性的语言与儿童产生情感共鸣。凯叔在"凯叔助梦　爱伴童行"的公益活动中提出，企业要兼顾商业利益和社会利益，在少儿读物产品创作中，一方面要考虑市场需求、读者心理、阅读倾向等因素，另一方面还应当考虑少年儿童的心理健康、价值成长、个性培养等特点，表现出一个负责任的少儿读物制作者的高度理性和严格态度。由此可见，凯叔版《水浒传》是商业性与文学性的统一体，既考虑了作品的市场效应、读者需要，也充分考虑了作品的文学性、审美性、思想性。凯叔版《水浒传》的这一产品定位与百回本版《水浒传》有较大差异，因为百回本版《水浒传》的创作更多聚焦于作品的思想性、文学性、艺术性等，对《水浒传》的商业效果关注比较少[①]。

二、凯叔版《水浒传》产生的时代背景

新一代少年儿童是互联网时代的原住民，他们深受网络视频、网络读物、网络有声书等的影响，且以"80后"和"90后"为主的青年父母，往往面临职场竞争激烈、工作压力大、育儿经验少等问题，不知道如何教育孩子，也无法全方位地陪伴和教育子女。在这种情况下，各种儿童有声读物应运而生，成为儿童审美教育、文学教育和人文教育的重要方式。中国儿童内容领域优质品牌凯叔讲故事就是在这种时代环境中应运而生的。在离开央视之后，凯叔曾经录制过一段故事音频，收到了意想不到的收听效果，获得了无数小粉丝的青睐。于是，2014年4月凯叔开始创办《凯叔讲故事》这一网络音频节目，致力于中国传统文化和科学知识在儿童群体中的普及推广，先后改编了《凯叔西游记》《凯叔红楼梦》等音频故事作品，发展势头迅猛，业绩非常亮眼。2020年，凯叔讲故事进行了C+轮融资，获得了1.2亿美元的投资，成为中国儿童内容领域首屈一指的优质品牌。在发挥儿童优质原创内容的优势下，凯叔讲故事始于音频而不止于音频，如今凯叔讲故事的产品已经从音频故事衍生到图书、硬件、动画片以及更多元的业务形态，形成凯叔品牌独有的多元化业务矩阵，成为儿童优质内容全领域服务商。凯叔版《水浒传》就是凯叔讲故事的原创内容，是凯叔改编的古典四大名著之一。凯叔改编古典文学四大名著的首要目的是满足有声演播的需要，因此凯叔版《水浒传》首先是以有声语言的方式讲解的少儿版水浒故事，将《水浒传》文

---

①游现洪.传播学视域下少儿电视节目主持人的角色定位研究[D].重庆：重庆大学，2019：78.

本转化为音频内容。与其他版本的少儿版《水浒传》相比，凯叔版《水浒传》是以"凯叔讲故事"这一网络平台为基础的，在文学创作等方面更注重内容的可听性，有着鲜明的特色，值得深入研究，为后来的改编者提供了借鉴。

第二节　凯叔版《水浒传》与百回本版《水浒传》比较分析

凯叔版《水浒传》是对百回本版《水浒传》网络化改编的成功尝试，是有声读物和线下图书相结合的少儿读物，该版本有网络音频版和纸质版图书两种形式，二者相互独立，又彼此映衬，取得了其他少儿版《水浒传》所没有的优异成绩，无论是销量还是口碑都非常优秀。网络音频版在音频中融入了唢呐、二胡、琵琶等背景音乐，还增加了许多中国味的戏曲元素，这是凯叔版《水浒传》相较其他少儿版《水浒传》最具特色的地方。凯叔版《水浒传》纸质版图书有 10 册，包括《虎啸景阳冈》《拳打镇关西》《风雪山神庙》《智取生辰纲》《智擒霹雳火》《大战江州城》《三打祝家庄》《梁山生死夜》《巾帼胜须眉》《英雄大聚义》，总字数 100 万（见图 4-1 和图 4-2）。

图 4-1 《凯叔水浒传》的销售网页 1

图 4-2 《凯叔水浒传》纸质版图书 10 册

　　凯叔讲故事一直坚持以"创造优质内容，让孩子在快乐中成长"为品牌使命，所以凯叔对所改编和创制作品的思想性非常关注，凯叔版《水浒传》就十分重视作品内容的思想性、道德性等。《水浒传》中有许多暴力、抢劫等犯罪行为的描写，还有一些色情方面的内容，这些让许多家长充满疑虑。在凯叔看来，《水浒传》之所以成为经典名著，就是因为写尽了历史沧桑、社会变化、人性善恶美丑等，我们不能以偏概全、因噎废食地禁止儿童阅读《水浒传》，而应当对《水浒传》进行适应性加工，变成一本少年儿童喜欢的"绿色"名著。凯叔版《水浒传》在充分尊重原著的基础上，在创作理念、设计风格、语言处理、写作体例、总体规划等方面做了大胆的创造性加工和艺术性改编，尤其是对内容进行了教育适应性改编，果断删减了暴力、色情、杀戮等故事情节和相关内容，使内容变得更健康、更有教育性，突出了《水浒传》中林冲、鲁智深、宋江等人物路见不平、拔刀相助的英雄主义色彩。正如凯叔《水浒传》的网络短视频宣传片中所写的"北宋末年，朝政腐败，贪官恶霸欺压百姓……有这样一群人，他们路见不平，一声怒吼……替天行道！"，凯叔版《水浒传》虽然是互联网时代下产生的少儿读物，也是《水浒传》数字化和网络化的产物，却能有效规避了泛娱乐化、价值失守等不良社会现象，展现出鲜明的时代性、明显的针对性、突出的思想性、充分的文学性和优质的设计感等优秀特色，以生动形象、儿童化的语言向少年儿童讲述了水浒故事,塑造了梁山好汉的人物形象,从而带给小读者一种独特的阅读体验,成为许多少年儿童和家长非常喜欢的少儿读物。

下面就从版面插画富有 "水浒气质"、"绿色改编" 把好内容关口、传记体例创新叙事结构、鲜活生动塑造英雄形象、粗粝细腻彰显语言之美、以价值引导助力少儿成长等维度对凯叔版《水浒传》相较百回本版《水浒传》做出的调整和改变做出分析。

一、版面插画富有 "水浒气质"

虽然凯叔版《水浒传》以网络音频作品为主打,但是也出版了设计感十足的纸质凯叔版《水浒传》。本部分就对凯叔版《水浒传》图书的版面、插画设计进行分析,从版面、绘画、色彩、装帧等方面把握其插画风格、艺术特色。

与百回本版《水浒传》相比,凯叔版《水浒传》的读者群体有明确的针对性,主要针对的是 7—14 岁的少年儿童,而这个读者群体的阅读能力较差,好奇心较强,对图画等非常敏感,往往需要借助插图等理解故事情节和思想内容,把握水浒人物的性格特征、行为习惯。在这种情况下,凯叔版《水浒传》对绘画插图、版面设计非常重视,专门聘请知名绘本大师、第十届信宜图画书奖评委田宇和 2020 年中国 "最美的书" 获奖设计师张志奇联手倾情制作近 150 张气势恢宏的精美插画,四色全彩印刷,装帧非常精美,打造热血水浒传(见图 4-3 和图 4-4)。如第 1 册《虎啸景阳冈》中 "魔君降世" "三碗不过冈" "呼啸景阳冈" "怒马十字街" "义结十字坡" 等章节都有精美的插图,让少年儿童阅读图书如同观看纸上电影般沉浸过瘾。这些大大降低了少年儿童的阅读难度,也提高了少年儿童的阅读兴趣[①]。

图 4-3 《凯叔水浒传》的销售网页 2

①游现洪.传播学视域下少儿电视节目主持人的角色定位研究 [D].重庆:重庆大学,2019:78.

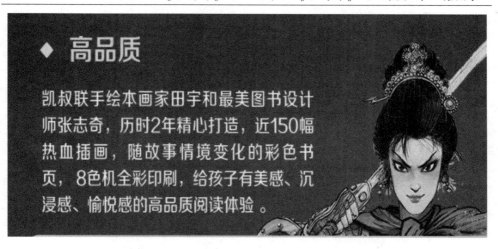

图 4-4 《凯叔水浒传》的销售网页 3

第一，凯叔版《水浒传》在版面设计上十分用心，专门聘请张志奇工作室对图书进行设计，图书从封面到目录、正文，从整体配图到每回目的导引页细节，都进行了精心的装帧设计，可谓少儿读物中的匠心制作。凯叔版《水浒传》采用 700 毫米 ×900 毫米的 16 开本，相较郑渊洁版的 32 开本显得更大气一些，8 万字左右的内容被安排在 160 页纸上，图书正文的字体大小、行间距都非常合适，对少儿读者的阅读体验来说是非常舒适的。而且从字体设计来看，面封上除了小写楷体的单册书名和每册主要人物的画像外，最突出的就是"凯叔水浒传"五个大字，这五个大字没有运用传统的楷体、宋体、黑体等字体形式，而是采用棱角分明、苍劲有力的手写体，并进行加粗、竖写样式的编排，这一字体风格能够很好地凸显鲁智深、武松、李逵等梁山好汉的棱角分明、敢爱敢恨等性格特征，富有"水浒气质"。底封有对本册主要人物的简介，如，《虎啸景阳冈》（见图 4-5 和图 4-6）的底封上采用了 120 回本版《水浒传》中对武松的赞诗："直裰冷披黑雾，戒箍光射秋霜。额前剪发拂眉长，脑后护头齐项。顶骨数珠灿白，杂绒绦结微黄。钢刀两口逬寒光，行者武松形象。"；《智擒霹雳火》的底封上有对本册主要人物宋江的赞诗："起自花村刀笔吏，英灵上应天星，疏财仗义更多能。事亲行孝敬，待士有声名。济弱扶倾心慷慨，高名水月双清。及时甘雨四方称，山东呼保义，豪杰宋公明。"而且每册的底封上都有竖写的"逆风向上，做自己的英雄"字样，这也是凯叔改编《水浒传》的精神主旨和初心使命。

图4-5 《凯叔水浒传》之《虎啸景阳冈》的封面

图4-6 《凯叔水浒传》之《虎啸景阳冈》的封底

而且，凯叔版《水浒传》还有很多别具匠心的设计细节，令人印象深刻。比如在纸质版图书的销售中会附赠印有武松打虎插图的鼠标垫，在图书目录页印有生动的插图（见图4-7），很投合少年儿童的需求。再如，凯叔版《水浒传》每回目的题目页和起始页都用本册主要人物及其代表性物象为点缀，《虎啸景阳冈》一册每回目的题目页是入狱时武松的小像（见图4-8），每回目起始页开头是飞云浦牌楼的小像（见图4-9）；《风雪山神庙》一册每回目的题目页是林冲骑马的小像，每回目起始页开头是林冲的帽子；《英雄大聚义》一册每回目的题目页是董平的小像，每回目起始页开头是"替天行道"旌旗的缩小版。虽然此类图片尺寸很小，但这些小细节的设计可谓用心极细，效果极佳。凯叔版《水浒传》每回目末尾还设计了"凯叔说水浒"小环节（见图4-10）与少年儿童进行互动，根据水浒故事中的事件情节向少年儿童提出问题，而且问题都紧密贴合少年儿童的生活实际，容易引起共鸣，引发思考，帮助少年儿童由故事学做人，由读书学做事，这也是凯叔版《水浒传》不仅深受少年儿童喜欢，同时也赢得了社会广泛认可的重要原因。另外，凯叔版《水浒传》还在每册的最后设计了"小兵说大宋"（见图4-11），10册图书正好从"爱美的宋代男子""大宋将门的代表""丹书铁券""宋徽宗""北宋中秋""食在宋代""最牛的足球运动员""宋代的交通运输工具""交椅背后的秘密""宋代的五星级大饭店"10个方面介绍宋代的风俗人情、生活常识、社会百态等，很好地将故事讲演与知识渗透融合起来，将艺术性和教育性统一起来。

图4-7 《凯叔水浒传》之《虎啸景阳冈》的目录页

图 4-8 《凯叔水浒传》之《虎啸景阳冈》第 1 回目的题目页

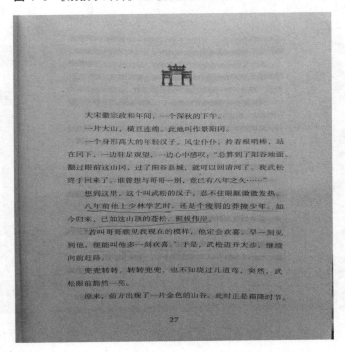

图 4-9 《凯叔水浒传》之《虎啸景阳冈》第 1 回目的起始页

图 4-10 《凯叔水浒传》之《虎啸景阳冈》第 1 回目的"凯叔说水浒"

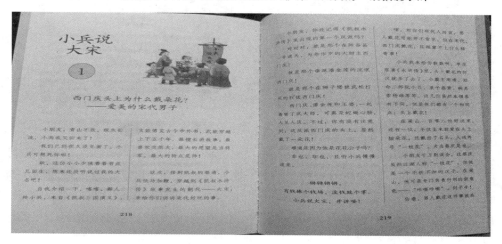

图 4-11 《凯叔水浒传》之《虎啸景阳冈》的"小兵说大宋"

第二，凯叔版《水浒传》配有丰富的插画、采用浓重的色彩，使整个图书更充满氛围感、设计感和时代感。凯叔版《水浒传》在正文中运用了 147 张精美插图，将故事情节、人物形象等与彩色插画紧密联系在一起，使孩子能够在娱乐中学习。从插画设计风格上看，凯叔版《水浒传》有较强的现代感，既有当代电子动漫的色彩风格，又不失中国古典神韵，形象棱角清晰，画风犀利遒劲，色彩绚烂夸张，人物形象更加符合现代人审美倾向，梁山好汉的"颜值"都比较高，这些与儿童的审美心理更加吻合，更加契合少年儿童对水浒英雄形象的审美想象。以凯叔版《水浒传》中的林冲这一人物形象为例（见图4-12），线条和色彩的运用恰到好处地将一个外表英俊潇洒、眼神忧郁深沉、头戴青纱抓角儿头巾、整体流露出一丝凛冽杀气的林冲勾勒出来，很好地展现了林冲这个角色的冷峻、隐忍和胆识。而且凯叔版《水浒传》里的插图有侧影、正像，有俯视图、仰视图，有远景、近景，有单页、双面，变化多端，样态丰富，整体呈现出电影镜头拍摄的画面感。此外，因为变化丰富，插图还具有了某种鲜明的动态感，似乎活了起来，具有很强的吸引力。

图4-12 《凯叔水浒传》图书内页插图之林冲画像

以《虎啸景阳冈》中的武松景阳冈打虎为例，凯叔版《水浒传》在将武松打虎故事的文字内容做大量改编的基础上，还配以两个连页的武松打虎得插画，插画形象夸张、充满张力，将武松与老虎的博弈扭打展示得淋漓尽致、生动饱满，让少年儿童在读书中还能观看到生动形象的武松打虎画面，能够创造一种文字与图画互动映衬的传播效果，大大降低了少年儿童的阅读难度，也有利于少年儿童深入理解故事内容、人物形象、故事场景。再如，在《智擒霹雳火》《拳打镇关西》中，凯叔版《水浒传》都非常巧妙地将文字内容和插画配图融合在一起，让少年儿童边看书、边读图，以文字和图片相结合的方式理解霹雳火秦明、花和尚鲁智深的性格特点、人物形象，了解故事发展的来龙去脉和人物行为的是非对错，这不仅有效地激发了少年儿童的阅读兴趣，更能大大降低少年儿童的认知和接受难度，也有利于儿童深刻把握故事情节和人物形象。显然，凯叔版《水浒传》的封面设计、文字设计、插画设计等与百回本版《水浒传》有巨大差异，着重突出了以儿童为中心的图书创作主题。

图4-13 《凯叔水浒传》图书内页插图之武松打虎

第三，凯叔版《水浒传》的纸质版图书在色彩运用上绝对称得上独具匠心、颇具特色，与郑渊洁、富强、张原等改编的少儿版《水浒传》有极大的区别。色彩是最具有冲击力的视觉语言，它能够在第一时间吸引受众眼球，激发受众的阅读欲望，影响受众的心理情感和价值判断。同时，色彩还有强烈的象征意义和情感色彩，比如红色与抗争、血性、流血、暴力、杀戮等相联系，也有正义、热情、活力、温暖、吉祥、喜庆等意味；白色与白雪、冰霜、寒冷等相互联系，也象征着纯洁、忧伤、死亡等；黑色传递出恐怖、黑暗、阴冷、暗沉等情境氛围，也寓意着困难、挑战与困境，更能给人庄重、严肃、力量的感觉；紫色是由温暖的红色和冷静的蓝色化合而成，是极佳的刺激色，既能提升图书的色彩张力，又带来一种高冷、忧郁、神秘、深沉、成熟、浪漫的气息。

凯叔版《水浒传》在色彩运用上非常大胆夸张，追求极致，可谓绚烂。凯叔版《水浒传》整体是红色系，以红色为主色调。从前面引用的图片可知，凯叔版《水浒传》每册的面封、底封、书脊采用亮红色，书名页、衬页、序言页和目录页都是暗红色，书中每回目题目页都是橙红色，给读者一种热血张扬、激情澎湃的感觉，非常符合水浒故事的抗争精神和英雄气质。红色往往让人感觉充满活力和热情，能够吸引儿童的眼球，同时也与梁山好汉反抗压迫、替天行道的思想主题相一致，同时红色张扬的不竭斗志、正义呼声能够给少儿积极向上的精神暗示，激励少年儿童为正义发声，为自由抗争。这种以红色为主的色彩设计，有效地提高了图书的阅读效果。

而且，凯叔版《水浒传》的色彩处理也更加情绪化，除红色主基调外，作品还能够以色彩变化表现人物心理的暗流涌动和故事情节的曲折跌宕。人物的外在形象、角色的心理变化、情节的起承转合、环境的转换挪移、关键场景矛盾的处理等等，凯叔版《水浒传》都会采用相应的色彩与之相对应，如用灰色代表悲伤与无奈，用红色象征愤怒和冲动，用绿色暗示快意和轻松，用黑色预示压抑与愤恨，起到很好的烘托、映衬、渲染的作用，有助于读者进入故事情节，感受人物心理。从总体上看，凯叔版《水浒传》充分发挥了各种颜色的最大效果，整部作品虽然不是绘本，但依然能给读者图文并茂、交相辉映的审美感受，极大地提升了叙事、抒情的质量，改善了读者的阅读体验，这种色彩运用非常符合少年儿童的阅读心理。下面的图书内页充分展示了凯叔版《水浒传》的色彩运用特点（见图 4-14 至 4-17）。

图 4-14 《凯叔水浒传》图书内页插图之花荣战秦明

图 4-15 《凯叔水浒传》图书内页插图之火烧瓦罐寺

图 4-16 《凯叔水浒传》图书内页插图之三阮戏何涛

图 4-17 《凯叔水浒传》图书内页插图之七星聚义

　　第四，凯叔版《水浒传》中的在人物形象的设计上也都注意凸显每个角色的个性特征（见图 4-18）。《水浒传》中的人物形象非常鲜明，如鲁智深、武松、宋江、吴用、卢俊义、关胜等梁山好汉的家庭出身、人生遭遇等各不相同，秉性、脾气、习性等也各不相同，这些往往能够给读者留下深刻的印象。凯叔版《水浒传》从儿童的认识和审美习惯出发，对梁山英雄的性格和习惯进行了典型化处理，对人物的某种性格特征、角色形象等进行夸张式描写，使人物形象独具风格、异常鲜明，能够在儿童心中留下深刻的印象。并且，凯叔版《水浒传》插画中的人物形象也拥有独特的 "水浒气质"，彰显了江湖豪杰的快意恩仇、粗犷等气质神韵。凯叔版《水浒传》对人物形象设计进行了个性化处理，如，豹子头林冲英俊潇洒，但是略带隐忍，给人一种沉稳大方的感觉；行者武松器宇轩昂、英俊硬朗，而且非常帅气，帅气中还透露着坚韧与果敢，让少年儿童产生一种崇拜敬慕的感觉；花和尚鲁智深膀大腰圆、彪悍威猛、肃穆庄严，看上去就是疾恶如仇的好汉；尤其是梁山三女将的设计，也颇令人感到惊艳，孙二娘面容姣好并着红装很显艳丽，扈三娘体态轻盈并着绿衣透露素雅，顾大嫂体格健硕并着紫衣难掩彪悍，但三位女将身上都穿着盔甲，配着战马和武器，立于千军万马之中，透露出一种丝毫不输于男人的英气。这些人物形象的设计非常符合人物角色的性格特点，应该说是非常成功的。

图 4-18 《凯叔水浒传》图书内页插图之梁山英雄群像

二、"绿色改编"把好内容关口

文化是民族的精神血脉，也是中华儿女的精神家园。《水浒传》是中国四大名著之一，体现了中国人的理想、情感。在古典文学名著的少儿版改编中，内容的删减压缩是绕不过的话题。尤其是《水浒传》这样本身就充满争议的作品，对改编者提出了更高的要求。《水浒传》在问世以后的几百年中，一直受到世人的喜爱，但是《水浒传》是否适合少年儿童阅读，人们往往莫衷一是。俗语"少不读水浒，老不读三国"或许就是许多人的认识和心态。多数家长都认为《水浒传》是一部古典名著，内容丰富、思想深邃、博大精深，但不可回避的是，百回本版《水浒传》中不少打打杀杀、暴力血腥、复仇滥杀等情节内容，还有一些封建迷信、妖魔玄幻的情节，并不适合少年儿童尤其是低龄儿童阅读，容易对自制力不强、缺乏正确引导的少年儿童造成一定的负面影响，有可能影响少年儿童的价值观，甚至让少年儿童产生暴力崇拜、校园欺凌等不良思想认识，从而产生适得其反的传统文化教育效果。也有许多家长认为，《水浒传》有 100 多回，几百个人物形象，超出了少儿的接受范围，少年儿童根本看不懂、吃不透这些故事情节。针对广大家长的困惑和焦虑，凯叔版《水浒传》对百回本版《水浒传》严格把控好内容关口，在故事情节、思想内容等方面进行许多"绿色"改编，删除了许多无关紧要的、不适合少年儿童的故事情节，使内容更健康、更正面、更积极，形成了适合儿童阅读的新版《水浒传》，也更符合儿童的阅读心理和个性成长需求（见图 4-19 和图 4-20）。凯叔版《水浒传》在内容情节的处理方面显示出了自己的特别用心和独到思考，具体分析如下。

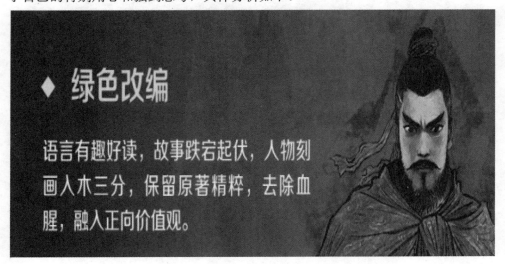

图 4-19 《凯叔水浒传》的网络销售页面 1

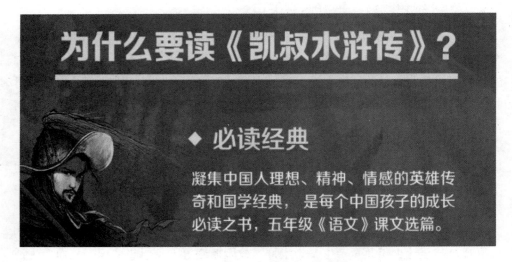

图 4-20 《凯叔水浒传》的网络销售页面 2

第一，凯叔版《水浒传》删除了百回本版《水浒传》中少儿不宜的故事情节。凯叔版《水浒传》的受众群体定位非常明确即 7 — 14 岁的少年儿童。不得不承认的是，少年儿童普遍缺乏独立思考能力和分析判断能力，价值观不成熟，比较容易受到封建迷信、杀戮暴力、色情等不良思想文化的影响，甚至极端者会因阅读武侠小说、暴力小说等误入歧途。在这种情况下，凯叔版《水浒传》不仅要考虑受众的阅读心理、阅读需要等，还需要坚持正确的改编方向，将《水浒传》改编为有助于少年儿童身心健康、道德成长的佳作。此外，在百回本版《水浒传》中梁山好汉最终走上水泊梁山的原因各不相同，如林冲、杨志等是因为走投无路，不得不投奔梁山。原著中这些跌宕迂回的故事情节、错综复杂的人际关系、复杂多样的人物性格等，很容易影响儿童的价值观，甚至对儿童的思想观念、价值信仰、人生原则等产生负面影响。在百回本版《水浒传》中，黑旋风李逵、行者武松、菜园子张青等都有盲目杀戮、草菅人命之嫌，这些与当代社会的依法治国、以德治国等价值观并不一致，定当删减。

因此，凯叔版《水浒传》在故事情节上进行了许多改编。

首先，凯叔版《水浒传》以"绿色改编"为原则，删除了许多血腥暴力的杀人打斗情节及露骨的情色场景。如，潘金莲与西门庆之间的色情挑逗、奸淫关系等，在百回本中比较露骨和敏感，很容易产生负面影响；武松杀死潘金莲、西门庆等故事情节，过于血腥和暴力，也会对少年儿童产生不利影响。显然，少儿版《水浒传》应当删除这些故事情节，或者对故事内容进行创造性改编。凯叔版《水浒传》就以"绿色改编"为基本理念，删除了武松杀死潘金莲的细节，消除了此类故事情节对少年儿童产生负面影响的隐患。

其次，对百回本版《水浒传》的改编非常考验作者的文学功底，如果不能对这些故事情节和思想内容进行巧妙处理，往往会产生适得其反的效果。凯叔版《水浒传》对武松这一人物形象的设计处理就颇为巧妙。在百回本版《水浒传》中，武松为武大郎报仇的故事情节比较血腥、暴力，还涉及色情、通奸等内容，这些显然不利于少年儿童阅读，甚至会对少年儿童的阅读造成困扰，也可能会对少年儿童的价值观产生负面影响。凯叔版《水浒传》对原著内容进行了许多巧妙改编，一方面非常着重描写了武松与武大郎之间的兄弟情深，展现了武松看重手足之情、温暖有情义的形象，在"武松为哥哥报仇"一节中重点讲解渲染了武松与武大郎之间的兄弟情深、相亲相爱，很多文字刻画放在武松如何怀念哥哥上，对武松杀人、报仇等故事情节一笔带过，这种改编突出了小朋友要有爱心、兄弟姐妹要相亲相爱等思想主题，既能够在儿童心中撒播善良、仁爱的种子，又能够消解原著内容对儿童身心健康的不利影响[1]；另一方面还突出描写了武松的智慧和果敢，树立了武松的侦探形象，如在"嫂嫂，武松请来邻之前，莫要离开……一个个战战兢兢端起酒碗都饮了"[2]这段文字中，武松对王婆、潘金莲进行了质问，从邻居那里获得了一些关于兄长的信息，进一步推断出武大郎被害的内幕，这些都展现了武松的思考力和洞察力。即便在武松为民除害却被下狱时，作品也

①吴瑜.自媒体儿童有声读物的品牌建构与传播策略：以《凯叔讲故事》为例 [J]. 传媒，2017（24）：68-69.
②凯叔.凯叔水浒传：英雄大聚义 [M]. 长沙：湖南文艺出版社，2022：95-96.

没有重点描写其惨状，而重在讲述武松面对生活中的诸多不顺、不平时是如何应对的。显然，凯叔版《水浒传》与郑渊洁版《水浒传》在这一部分的改编就有所不同，凯叔版改编思想和手段更加灵活，通过对武松形象和故事情节的创造性改编，使内容更贴近儿童心理和审美倾向，也更加突出了改编作品的思想性、趣味性及可读性。

再者，凯叔版《水浒传》删除了百回本版《水浒传》中影响少年儿童树立科学的世界观的少儿不宜内容，防止对少年儿童产生负面影响。源于特殊的文体形式、时代背景和成人受众的需求，百回本版《水浒传》设计了很多带有封建迷信色彩的神秘人物和玄幻情节，如开篇就是"张天师祈禳瘟疫，洪太尉误走妖魔"，故事情节大致如下：天下有瘟疫，皇帝派洪太尉到龙虎山请张真人，在上清宫中洪太尉看到了"伏魔之殿"，洪太尉坚持要将"三十六员天罡星，七十二员地煞星"放出来，于是就出现了水泊梁山一百单八将的故事。如果让少年儿童阅读这段鬼怪故事，很容易对孩子造成困扰，影响他们对世界的认知判断，有可能让孩子产生迷信鬼怪的错误观念。凯叔版《水浒传》删除了这一段具有浓重妖魔鬼怪色彩的故事，并在第 1 集就讲述了北宋末年的政治黑暗、社会矛盾、官府腐败、民不聊生等凄惨混乱的社会状况，引出替天行道的梁山好汉，歌颂了梁山好汉杀富济贫、替天行道、惩恶扬善的道德合理性，赞扬了梁山好汉勇于反抗腐败统治、能够不屈不挠斗争的精神。再如，在百回本版《水浒传》中武大郎被潘金莲、西门庆所害，在武松为大哥武大郎守灵时，武大郎的灵魂现身向武松讲述了自己被害的经历。这种带有虚幻、迷信色彩的描写，对成年人来说影响并不大，但是对少年儿童的价值观、道德观、思想认知等往往会产生较大影响，许多低龄儿童很可能会将人的灵魂再现、冤死托梦等视为真实存在。凯叔版《水浒传》对这一部分内容进行了巧妙改编，将故事情节聚焦于武松如何发现蛛丝马迹、如何从众人表情中发现端倪等，细腻充分地描写了武松的观察力和判断力。其他如，宋江在逃避官府追捕时，获得九天玄女的庇护，并从九天玄女那里获得天书；罗真人在李逵面前展示道法，卖弄神通，这些故事情节往往会对少年儿童产生负面影响，凯叔版《水浒传》就删除了这些故事情节①。在这一点上，凯叔和郑渊洁是不谋而合的。

第二，凯叔版《水浒传》对百回本版《水浒传》中的人物形象和故事情节重新进行提炼，以突出故事的人文性和思想性。《水浒传》究竟能够带给人们什么？多数人都会毫不犹豫地回答，文学名著带给人的是文学美、人性美、艺术美。凯叔版《水浒传》就是围绕文学美、人性美等进行改编的，这种改编首先集

①游现洪. 传播学视域下少儿电视节目主持人的角色定位研究 [D]. 重庆：重庆大学，2019：18.

中体现在人物形象塑造上。凯叔版《水浒传》将原著中的经典故事情节进行修改、完善和放大，能够带给少年儿童深刻的印象，提高儿童对善良勇敢、抱打不平、替天行道、追求正义的认识和理解。以百回本版《水浒传》第23回"横海郡柴进留宾 景阳冈武松打虎"为例，凯叔版《水浒传》将这一回改编为《呼啸景阳冈》，不仅以浓重的笔墨描写了武松打虎的原因、上山遇到老虎的心理变化、武松打虎的具体细节等，能够让少年儿童听得津津有味，沉浸于故事情节之中；更重要的是不同于原作地把重心放在氛围的营造、打虎的细节描述等上，客观塑造了武松的英勇无畏。凯叔版《水浒传》以塑造人物形象为重心，能够将儿童从紧张刺激的故事情节中拉回来，通过武松打虎这一故事情节让少年儿童从文字中感受武松的勇敢、不怕困难等品质，有助于培养少年儿童的价值观、人生观和道德观等。

此外，凯叔版《水浒传》对故事情节进行重新梳理和提炼，大大增强了故事情节的可读性、精炼性和典型性，更加符合少年儿童的阅读心理和审美倾向。以《水浒传》中重要的人物形象武松为例，武松景阳冈打虎、武松为哥哥武大郎报仇、武松醉打蒋门神等都是耳熟能详、脍炙人口的民间故事，但是这些故事散落于《水浒传》的多个章节，连贯性不强，对于阅读能力尚不成熟的少年儿童而言，很难把握故事情节的脉络、内容和重点，反而降低了内容的可读性，影响阅读体验。凯叔版《水浒传》以主要人物为中心，围绕主要人物展开故事情节，大大增强了故事情节的连贯性和可读性。凯叔版《水浒传》中《虎啸景阳冈》一册共15章（音频版称"武松"，共21节），都围绕武松这一人物形象展开。如，武松喝了18碗酒，在景阳冈打死老虎，回家后发现武大郎被害，怒杀潘金莲，在狮子楼杀死西门庆；武松为施恩报仇，醉打蒋门神；在孟州遭到陷害后，武松在飞云浦杀死两个公差和蒋门神的两个徒弟；武松返回孟州杀死张都监一家老小并逃亡到二龙山，在蜈蚣岭杀死调戏民女的道士。显然，《虎啸景阳冈》作为凯叔版《水浒传》系列的第1册，一整本都用武松的角度梳理相关故事情节，显得集中性、连贯性、流畅性强，适合少儿的阅读心理和接受能力。始终围绕武松展开故事情节，并将相关的人物形象呈现出来，大大增强了故事的紧凑性、可读性等特点，也便于充分展现武松的性格、经历、精神气质，有助于人物塑造和主题凝练。

三、传记体例创新叙事结构

凯叔对自己制作的产品的热销并不感到意外，并说道："我们是一群死磕儿童内容的手艺人。好多人表示不理解，这不就是给孩子讲故事呢，有什么不好做的？包括许多儿童内容行业的人也是这样认为的。但真的是这样吗？比如每个家长都希望孩子去听成语故事，但是那些从文献里直接翻译出来的白话文，三五百字讲给孩子听，那不叫故事，那是课程。故事要有情节的铺垫、人物的塑造，要有细节的刻画和人性的描写，这些都综合在一起才是一个好听的故事。"①这段话不仅说明凯叔在制作儿童内容时的用心，更证明他对叙事结构的看重。因此，从叙事方式上对凯叔版《水浒传》和百回本版《水浒传》进行比较是必须的，也是有价值的。分析两者在叙事视角、叙事主题、叙事顺序等方面差异，可更好地把握凯叔版《水浒传》的叙事特点②。

第一，与百回本版《水浒传》相比，凯叔版《水浒传》在原作全知叙事基础上做了突破和创新。《当代叙事学》就对叙事视角进行了论述："不同的叙事视角，可以为作品创造不同的矛盾冲突、故事悬念、故事情节。"③凯叔版《水浒传》依然延续百回本版《水浒传》的全知视角，凯叔以类似宋元话本说书人的身份和口吻来讲述水浒故事，以全知视角叙述故事情节，也就是人们常说的"上帝视角"，叙事者与《水浒传》总的人物形象、故事情节等并无任何关联，但是叙事者清楚地了解小说中故事的来龙去脉，清晰地知道过去、现在或将来将要发生的事情，具有预告故事内容、提供背景知识和必要信息、深化主题、注明事情原委、解释人物动机等作用④。这种全知全能的叙事视角能够将错综复杂的故事情节、灵活多样的人物形象呈现给少年儿童，还能对作品中的人物、事件从多方面进行评论，有助于帮助少年儿童更加全面、客观、理性地看待故事情节和人物行为。

更为重要的是凯叔版《水浒传》是为少儿读者服务的，大多数时候是以少年儿童的视角来观察人物、描写环境、铺展故事的，比其他的少儿版《水浒传》更有交流感、亲和力，说书人好似就在眼前，倾心把故事说给读者听，更贴近少年儿童的阅读心理，能把少年儿童拉进作品，让他们更容易接受作品。在凯叔版《水浒传》中，凯叔以少年儿童的视角切入水泊梁山好汉行侠仗义的人生故事，以少年儿童的思维讲解武松、林冲、鲁智深、宋江、杨志、吴用、晁盖等梁山好汉的人生故事，让少年儿童体会梁山好汉的行侠仗义、替天行道、仗义相助等英雄品质，在一个个脍炙人口的经典故事中感悟人生道理。比如，在凯叔版《水浒传》音频版的开头就是"凯叔四大名著推广曲"，以轻松、舒缓、悠长的音乐将少年儿童带入古典名著世界，紧接着"凯叔水浒宣传片"讲述了北宋末年的官府腐败、民不聊生的社会背景，自然而然地引出了杨志、李逵、武松、林冲等英雄好汉的故事……凯叔版《水浒传》以旁观者的叙事视角讲述了慷慨激昂、行侠仗

①科技快报.凯叔讲故事亮相艾瑞峰会，王凯讲述如何成就孩子未来的"国民记忆"[EB/OL].（2017-06-06）[2022-07-08]. http://news.ikanchai.com/2017/0606/137785.shtml.

②高莉.历史演义、英雄传奇、世情小说的比较研究：以《三国演义》《水浒传》《金瓶梅》为例[J].湖北函授大学学报，2017，30（8）：2.

③华莱士·马丁.当代叙事学[M].伍晓明，译.北京：北京大学出版社，1991：89.

④段江丽.论《水浒传》的叙事视角[J].湖南师范大学社会科学学报，2001（3）：115-121.

义、替天行道、抱打不平的英雄好汉，将晦涩难懂的故事情节生动地呈现出来，大大增强了故事的趣味性和可读性，也能够潜移默化地培养少年儿童观察、反思和评价的能力，提升少年儿童道德观、价值观、是非观等。

此外，凯叔版《水浒传》也从许多限知视角进行创作，能够较好地调动儿童的好奇心和学习兴趣。热奈特认为，限知视角是从故事人物的视觉、认知、听觉等角度进行叙事，借助人物的感觉、体验和意识等传递信息，表达观点和看法。这种叙事视角能够创造一种身临其境的阅读效果，激发少年儿童的好奇心和阅读欲望。为了突出水浒好汉的英雄气质和壮义之举，凯叔担任的说书人的视角会做出适时的调整。比如，为了避免描写西门庆和潘金莲的苟且之事，凯叔版《水浒传》在此处不再采用全知视角，而是改换为武松的限知视角，这样就巧妙地避开了作者不想描写的情节，达到"绿色改编"的目标，而且凯叔说书人的身份也比原作更加灵活、丰富、多元。另外，在凯叔版《水浒传》中，凯叔分别在 10 册图书中扮演了多个人物角色，分别以第一人称的叙事方式和限知视角描写了林冲、鲁智深、武松、吴用、李逵等人物形象，凸显了他们的鲜明性格。而且，因为凯叔版《水浒传》音频版能够以有声的方式呈现人物的语言风格、说话方式等，人物形象会变得更加立体、丰富、细腻、生动，容易给少儿读者留下深刻印象，使他们记住每个英雄人物的典型特征。

第二，凯叔版《水浒传》在叙事主题上对百回本版《水浒传》进行了较大调整，使内容更接近儿童的阅读心理。文学主题不仅是小说或文章的中心思想，也是谈话内容、故事情节的集中概括。凯叔版《水浒传》是有声读物和线下图书相结合的少儿读物，这些对凯叔版《水浒传》的叙事主题有较大影响。在以内容为王的多媒体时代，凯叔版《水浒传》之所以能够在众多少儿读物中脱颖而出，与其独特的叙述方式、原创性的叙事内容有密切联系，这些主要表现为传统经典时代化、故事情节具象化、文本改编趣味化、道德观与价值观的重构等①。

首先，传统经典时代化，启蒙少年儿童的思想认知。凯叔版《水浒传》中梁山好汉的故事是以北宋年间的农民起义为背景的，与现代生活相距过于遥远，少年儿童不了解当时的生活方式、社会制度、民间习俗、传统文化等。在这种情况下，凯叔版《水浒传》对内容进行了许多时代化解读，以现代话语、儿童话语讲述历史故事，这样不仅更加符合少年儿童的阅读心理、审美习惯等，而且能创造寓教于乐的传播效果。其次，故事情节具象化，便于少年儿童阅读理解。从总体上看，《水浒传》是四大名著和传统经典之一，内容深刻、思想深邃，少年儿童读完百回本版《水浒传》时往往不知所云，无法记住散乱的故事情节。凯叔

---

①吴瑜.自媒体儿童有声读物的品牌建构与传播策略：以《凯叔讲故事》为例 [J]. 传媒，2017（24）：68-69.

版《水浒传》充分考虑了少年儿童的阅读能力、认知能力、知识经验等，将百回本版《水浒传》简化成为具象化的小故事，大大降低了少年儿童的阅读和认知门槛。再次，文本改编趣味化，能够收到寓教于乐的效果。凯叔版《水浒传》以少年儿童为受众，更加重视内容的趣味化改编。从总体上看，凯叔版《水浒传》的叙事内容体现了"逆风向上，痛快成长，做自己的英雄"的改编理念，体现了让儿童快乐成长、与儿童平等对话等主旨，能够从儿童天真的视角看待水浒世界和梁山英雄。以梁山好汉武松为例，凯叔版《水浒传》对武松形象进行了许多改编，武松的人生故事、人物形象、性格特点等有了较大变化，如武松更加英俊潇洒、足智多谋、勇于担当、有情有义，不管是在景阳冈打虎，还是在为武大郎报仇、杀死潘金莲和西门庆等故事情节中，都体现了武松的这些性格、品质。少年儿童的人生经历比较少，很少受社会规则的约束，善于天马行空的想象，对新事物总是充满了好奇心。为调动少年儿童的听书和阅读兴趣，凯叔版《水浒传》就遵循了儿童的这种心理特点，以口语化的方式进行叙事，并在叙述故事情节时加入成语、谚语等，使内容更容易理解，从而收到寓教于乐的效果。最后，重构道德观与价值观，提升儿童审美教育效果。从总体上看，在不同历史时期和社会条件下，往往有不同的文化习俗、价值观念和主流认知。《水浒传》是以北宋年间的农民起义为背景的，难免被打上时代的烙印。凯叔版《水浒传》对故事情节所蕴含的价值观进行了创造性解读，使之更加符合少年儿童的审美、心理和成长需求。比如，凯叔版《水浒传》对梁山好汉行侠仗义、抱打不平的时代环境进行了描述，揭示了政治黑暗、官府腐败、民不聊生等社会现实，进而歌颂了鲁智深、杨志、武松等梁山好汉劫富济贫、替天行道、顽强斗争等行为。再如，凯叔版《水浒传》对梁山好汉性格进行了重塑，突出了英雄好汉的个性特征，赞扬了梁山好汉的坚韧不拔、勇于斗争、敢于反抗等人格特征。

第二，凯叔版《水浒传》对百回本版《水浒传》的叙事结构和叙事顺序进行了较大调整，提高了故事情节的连贯性、小说内容的可读性，同时也降低了《水浒传》的阅读难度，符合少年儿童的阅读特点。叙事结构是将故事情节、思想内容呈现给读者的顺序和风格，通常情况下文学、电影、戏剧等艺术形式往往有不同的叙事结构。凯叔版《水浒传》不仅有纸质版图书，更是一部以网络音频为主要形式的文学作品，而百回本版《水浒传》是以文字叙述为主的传统小说，两者在文学体裁和文学表现方式上的巨大差异带来了两者叙事结构上的显著不同，最突出的表现就是凯叔版《水浒传》采用了更适合少年儿童读者的传记体例。

原著《水浒传》有100回、120回等版本，整体上是按时间顺序展开故事情节的，主要人物的故事情节散落于不同的章节之中，存在故事情节复杂、回与回之间的逻辑关系不紧密的问题，不利于少年儿童对故事内容的理解和掌握。如小说的第 2 回描写了王教头遭到高俅报复,被迫出走到延庆府,在延庆府的史家村教史进武功,但是第 3 回就写到了鲁提辖拳打镇关西。对成年读者而言,这种故事情节安排并不会影响阅读,但是对逻辑能力较差、阅读能力差的少年儿童而言,这种叙事结构大大增加了阅读难度,导致许多小学生读了后面的内容,忘了前面的故事情节,无法从整体上把握《水浒传》的思想内容。凯叔版《水浒传》充分考虑了儿童的阅读能力、逻辑能力、阅读心理等,对《水浒传》的叙事结构和叙事方式进行了较大调整。

凯叔版《水浒传》采用以人物和主题为中心的叙事方式,对《水浒传》的主要内容进行大刀阔斧地情节重构、内容重排,形成 10 册图书,每册图书围绕武松、鲁智深、林冲、杨志、宋江等主要人物,以及虎啸景阳冈、拳打镇关西、三打祝家庄、大战江州城、英雄大聚义等主题展开故事情节,然后用评书的手法将 108 位英雄的传奇故事融入其中,这种以人物传记体例铺展故事的形式,非常符合少年儿童的认知特点和阅读兴趣。毫无疑问,武松、鲁智深、林冲、杨志和宋江是《水浒传》中性格特征明显、知名度较高、深受读者喜爱的人物形象,同时在这几个故事中,主要人物与其他梁山好汉的交集比较多,将这几个人物的故事讲好,就能够将《水浒传》的故事讲好。以《虎啸景阳冈》这一册为例,凯叔版《水浒传》分三碗不过冈、呼啸景阳冈、耀武阳谷、怒骂十字街等 15 章内容讲解了武松打虎、武松为哥哥报仇、醉打蒋门神、大闹飞云浦等最为精彩的故事情节,以主人公武松为主线将《水浒传》中各个人物联系在一起。显然,这种以某个人物为中心的叙事结构,大大增强了《水浒传》的故事情节连贯性、内容可读性等,让小朋友们对《水浒传》故事产生浓厚兴趣,牢牢记住人物的人生经历、重要事件、性格特点等。凯叔版《水浒传》中《拳打镇关西》这一册,分铁血黄沙、巧遇九纹龙、拳打镇关西、提辖当和尚、醉闹文殊院、禅杖和狗腿、桃花山下桃花庄、鲁智深夜战桃花山、"饿"战生铁佛、火烧瓦官寺、菜园斗泼皮、倒拔垂杨柳等 13 个小故事,展现了鲁智深的疾恶如仇、侠肝义胆、脾气火暴、粗中有细、豁达明理等。

传记体例的叙事结构调整和淡化《水浒传》原作中的故事发展的先后顺序,明显改变了百回本版《水浒传》的叙事方式。凯叔版《水浒传》虽然与百回本版《水浒传》在时间顺序上有较大差异,但每册图书的故事情节完整、连贯、集中,比如《虎啸景阳冈》一册以武松为核心串联起来《水浒传》原作的许多章节内容,不仅将武松这一人物形象和相关故事情节讲得明明白白,让武松在儿童心中的形象更加丰满和立体,更增强了水浒故事的可读性、完整性、清晰性,也更加符合少年儿童的阅读需求。

这种传记体例的叙事结构构思非常精巧,情节曲折,人物入木,引人入胜,可读性极强,而且更加亲切易懂,在众多少儿版《水浒传》中显得非常突出,值得肯定。

四、鲜活生动塑造英雄形象

在四大名著中,《水浒传》的人物形象塑造是独树一帜的,施耐庵以细腻的语言、生动的笔触塑造了一个个栩栩如生的人物形象,如黑旋风李逵、花和尚鲁智深、智多星吴用、行者武松、霹雳火秦明,这些水浒英雄性格鲜明、形象突出,让读者过目不忘。同时,一个个鲜明的人物形象也展现了不同性格特征、家庭出身、生存环境中的集体人格。这些鲜明而独特的人物形象影响了一代又一代的少年儿童,经久不衰。凯叔版《水浒传》是一部以少年儿童为阅读对象、以网络音频和图书为载体的儿童文学作品,这些决定了凯叔版《水浒传》与百回本版《水浒传》在角色形象上有较大差异。为强化少年儿童对水浒人物的正面认知,便于少年儿童对水浒人物所作所为的接受认同,凯叔版《水浒传》在充分尊重原著的故事情节、思想主题和人物描写原则的基础上,着重对水浒人物以英雄形象立传,并为此对人物进行了"儿童化"处理,使人物形象更加简单明了、形象生动,更贴近少年儿童的年龄特征。同时,又对人物形象进行了许多夸张化、"简单化"和个性化处理,使人物形象特点更加鲜明突出,贴合少年儿童的阅读心理和审美习惯。

第一,凯叔版《水浒传》对角色形象进行"儿童化"但不单薄化的处理,使角色形象更符合少年儿童的认知水平、审美心理和欣赏习惯等。从认知心理学视角看,少年儿童与成年人之间在认知心理、审美习惯、思维方式等方面有较大差异,少年儿童的世界往往是非黑即白、非好即坏的简单世界,少年儿童很难理解人性的复杂阴暗,他们更习惯于从单纯的视角看待世界,看待小说中的人物形象。比如,在许多少年儿童眼中,好人、英雄等都是勇敢无畏、不怕牺牲、不怕困难、足智多谋的,坏人、恶人等都是内心歹毒、阴险狡诈的。在这种情况下,如果将角色形象处理得过于复杂,往往会超出少年儿童的认知能力,甚至会对少年儿童产生负面影响。凯叔版《水浒传》充分考虑儿童的认知能力、认知心理、审美习惯、思维方式等,从儿童的阅读心理、审美习惯、认知能力等出发,对人物形象进行了童趣化处理,减少了很多曲径通幽、草蛇灰线的结构设计和善恶难分、真假难辨的角色处理。以宋江的形象为例,凯叔版《水浒传》对宋江的形象就进行了许多改编。在百回本版中,宋江的形象在总体上是正面的,拥有行侠仗义、足智多谋、重义轻利等特征,同时宋江也有投靠朝廷、接受朝廷招安等复杂的思想观念。凯叔版《水浒传》就对宋江的形象进行了许多处理,删除了原著中关于宋江接受招安、带兵征讨方腊等内容,使宋江的人物形象更加稳重、有谋略,犹如少年儿童心中的大

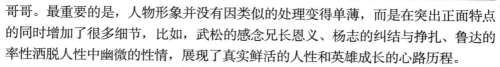

哥哥。最重要的是，人物形象并没有因类似的处理变得单薄，而是在突出正面特点的同时增加了很多细节，比如，武松的感念兄长恩义、杨志的纠结与挣扎、鲁达的率性洒脱人性中幽微的性情，展现了真实鲜活的人性和英雄成长的心路历程。

凯叔版《水浒传》对水浒人物形象进行了简单化但非"脸谱化"的处理，使人物形象特点更聚焦，性格更鲜明。在少年儿童的世界里，英雄几乎是完美无缺的，是正义、勇敢、坚强、智慧的化身，多数少年儿童很难接受英雄的性格缺陷、心理黑暗、不足之处等。比如，行者武松是百回本版《水浒传》中非常重要的人物角色，武松打虎更是家喻户晓的经典故事，在多数人心中武松就是文武双全、侠肝义胆、崇尚忠义、恩怨分明的血性汉子，明代金圣叹对行者武松的评价为"直是天神"。但从法治社会视角看百回本版《水浒传》可以发现，武松这个角色也有许多不完美之处，存在某种程度的崇尚武力、思维简单的人格短板，也有杀人过多之嫌，等等。在处理人物形象时，凯叔版《水浒传》和其他很多少儿版《水浒传》一样，对武松的形象进行了提炼和再加工，一方面展现了武松的武艺高强、有情有义、英俊潇洒、恩怨分明、智谋双全等特点，另一方面果断删除了武松杀人的细节描写和武松在人肉包子铺挑逗孙二娘的故事情节，这些虽然与原著中武松的形象有所差异，但是经过改编，武松的形象更加符合少年儿童的阅读心理和阅读需要[①]。不过，武松的形象并没有因此而变得塑料化、脸谱化，我们可以看到武松痛失哥哥后对事件来龙去脉进行细致推演的谋略，对张青、孙二娘胜似亲人的感念，等等，人物形象依然丰满立体，愈加充满光辉！

第二，之所以对许多角色形象进行"儿童化"改编，源于凯叔改编《水浒传》是以启迪智慧、启迪人生等为重要目标，更多是为了在少年儿童心中种下优秀传统文化的种子，让少年儿童在长大以后愿意读、喜欢读《水浒传》，能够重新从《水浒传》中获得启迪。所以，凯叔版《水浒传》在处理角色形象时，更加重视少年儿童的阅读心理、审美特点和成长需要。以勇者秦明的内容为例，主要内容为：梁山泊头领晁盖在攻打曾头市的时候，不幸中箭身亡，梁山好汉们纷纷要为晁盖报仇，并立下规矩"谁能够拿下史文恭，就能够当新老大"，于是梁山好汉纷纷出战史文恭。秦明在出战之后，就急切想与史文恭进行决战，或是将史文恭生擒活捉，却差点被史文恭擒拿。在百回本版《水浒传》的《宋公明夜打曾头市 卢俊义活捉史文恭》中，秦明与史文恭的打斗描写非常详细："宋江阵上秦明要夺头功，飞奔坐下马来迎。二骑相交，军器并举。约斗二十余合，秦明力怯，望本阵便走。史文恭奋勇赶来，神枪到处，秦明后腿股上早着，倒撷下马来……宋江叫把车子载了秦明，一面使人送回山寨将息，再与吴用商量。教取大

①李默.互联网环境下少儿广播发展思路探索：以儿童内容品牌"凯叔讲故事"为借鉴[J].中国广播，2018（4）：62-66.

刀关胜、金枪手徐宁，并要单廷珪、魏定国四位下出，同来协助。"①凯叔版《水浒传》则对这段打斗场面进行了改写，一方面删减了秦明与史文恭之间的打斗细节，如史文恭如何神勇、秦明如何受伤、宋江如何营救秦明；另一方面对秦明进行了许多心理描写，以口语化的语言展现了秦明的责任感、担当和勇敢，如"鸣金声，秦明听得清清楚楚。在二十回合之前，他每接下史文恭一招，心中对鸣金声的期待就更强了一次。可当鸣金声真正想起时，他心中的求生欲望却又荡然无存。秦明从鸣金声中听出了宋江的心疼。但是作为一名战士，他赢得尊重的方式，只有战斗！"②。这段描写展现了秦明的内心想法，也塑造了秦明的责任感、勇敢精神等，使秦明的人物形象更加高尚和完美，帮助少年儿童更深入、更清楚地理解了人物，并在他们的心中种下了勇敢坚持的种子，有助于少年儿童人格的发展和完善。

五、粗粝细腻彰显语言之美

在对凯叔版《水浒传》与百回本版《水浒传》进行对比分析时，应当准确把握两者在阅读对象、表达方式等方面的巨大差异。凯叔版《水浒传》以少年儿童为读者，主要面向 14 岁以下的少年儿童，而百回本版《水浒传》以成年人为阅读对象。同时，凯叔版《水浒传》除了附加插图的纸质图书，更突出的特色是以网络 APP 为媒介，以音频播放为主要传播渠道，而百回本版《水浒传》则以纯文字表述为主。在读者和传播媒介上的巨大差异，使得凯叔版《水浒传》的语言更有现代气息，在贴合原著气韵的基础上做到了语言通俗易懂、情节圆融流畅、节奏急徐有致，能够以抑扬顿挫的语言、说书式的表达方式，展现人性的幽微复杂、完整立体，情节的跌宕起伏、曲折婉转。比如，凯叔版《水浒传》就以模仿不同人物的对话，展现人物的性格、心理、情绪等，使人物形象更加丰满立体，故事情节的矛盾冲突更加明显。同时，凯叔版《水浒传》中还运用了许多背景音乐，以不同的音乐渲染场景气氛、人物形象和打斗场面等，能够创造引人入胜、欲罢不能的传播效果。

第一，凯叔版《水浒传》对百回本版《水浒传》的叙事语言进行了较大调整。

1. 对凯叔版《水浒传》图书作品的叙事语言的分析如下。

从某种意义上说，凯叔版《水浒传》与百回本版《水浒传》都是说书人的底稿，都非常口语化，但是因为受众的不同、时代变迁，凯叔版《水浒传》具备了更多的当代性，比如网络化、童趣化，同时在粗粝中又不失细腻、通俗化中不失文学性，充分彰显了中华语言之美。

---

①施耐庵. 水浒传 [M]. 北京：人民文学出版社，1997：897.
②凯叔. 凯叔水浒传：英雄大聚义 [M]. 长沙：湖南文艺出版社，2022：69.

首先，凯叔版《水浒传》以童趣化、生动化、口语化的语言将古代故事通俗化、形象化，塑造了鲁智深的有勇有谋、疾恶如仇、侠肝义胆；武松的有勇有谋、崇尚忠义、武艺高强、有仇必报；林冲的循规蹈矩、安分守己、武艺高强；李逵的疾恶如仇、直爽率真、脾气火暴。在讲到激烈的打斗环节时，语言节奏变得非常紧张，语气比较重，话语停顿变少。比如凯叔版《水浒传》第1册《虎啸景阳冈》中"武松打虎"一节，在第39到第43页的文字中大量运用短句，甚至是1字句、2字句，极少有超过10个字的句子，而且都是口语化语言，如，"不过，它晃晃头，欸，没事！""老虎把头往上顶，武松死死压住。""武松已经打红了眼，一边用拳头啪啪地打个不停，一边骂道：'你个孽畜，装死！'"，这些语言、语气真正如凯叔就在身边亲切鲜活地讲给读者听。在讲述平缓的故事情节、梁山好汉相聚的场景时，语言节奏也较为舒缓，文字间透露出来的语气也变得轻柔，话语轻快活泼，这种巧妙的处理使得凯叔版《水浒传》图书的文字远远超过了文字本身的魅力，创造了设身处地、情景融合、与读者共情的语言效果。而且，为了体现口语化，增强交流感，凯叔版《水浒传》设计了大量的人物对话，运用了大量的语气词，比如，"嗨——""噢——""吆喝！""呀、呀、呀！""啪、啪、啪、啪！"。语气词在人物对话过程中，更能很好地凸显人物角色的性格特点，如下面武松醉打蒋门神之前故意找碴儿的一段与酒保的对话。

武松高声喊叫："小二！打两碗酒来！"

酒保连忙应道："唉！来喽——客官，您要的酒。"

武松瞥了一眼，怒道："嗯，怎么是浑的？换酒！"

酒保一脸尴尬地说："唉，您稍等！"

酒保转个身，又给武松端来一碗。

武松接过，咕咚就喝。"噗——呸！这什么酒啊？酸的！给爷爷换好酒！"①

这样鲜活的生活化语言的运用，既可以增加讲述感、动态感、鲜活感，又可以拉近作者和读者的距离，更能淋漓尽致地展现人物特点。

再者，从总体上看，凯叔版《水浒传》既有叙述英雄故事的苍凉悲壮、寥廓粗粝之美，亦有描写人物内心幽微情感的细腻真切、轻柔欢悦之美，也有描写宋末社会、自然环境的古朴遒劲、末日渺茫之美，语言整体是贴合原著的，很好地体现了宋代社会的风貌和水浒英雄本身的味道与气质，给少年儿童非常丰富的语言审美体验，能够带给少年儿童阅读的愉悦和满足他们成长的需要。

总之，凯叔版《水浒传》的语言体现了"快乐、成长、穿越"等特征，即以孩子天真的视角看水浒故事，激发少年儿童的好奇心和想象力，让少年儿童在快乐中获得成长；以水浒故事提升少年儿童的认知，让孩子在阅读中获得成长；让

①凯叔.凯叔水浒传：英雄大聚义[M].长沙：湖南文艺出版社，2022：154.

每段文字都成为经得起时间检验的少儿读物经典。

2.对凯叔版《水浒传》音频作品的叙事语言的分析如下。

凯叔版《水浒传》不仅是少儿读物，也是网络音频作品，这使得其叙事语言不仅与百回本版《水浒传》有很大差异，同时也因为凯叔出色的有声语言和丰富的音乐素材的加入而与凯叔版《水浒传》图书的叙事语言也有很多不同。凯叔版《水浒传》音频作品能够综合运用有声语言声情并茂、抑扬顿挫、多角色扮演等多变性、多元化的方式，创造良好的听觉传播效果，还可以用背景音乐营造环境，创造立体感、场景感和层次感，给少儿读者更多重、更综合的体验。比如在凯叔版《水浒传》第1册的《虎啸景阳冈》中，以人声、音乐、音响等相互融合的方式，创造出一种人与老虎搏斗的紧张感，突出了武松的武艺高强、不怕困难、临危不惧等，强化了故事的可读性，也让儿童产生一种身临其境的快感。为了创造融情于景、情景并茂的传播效果，凯叔版《水浒传》音频作品就充分利用了凯叔本人的声音优势，从人物角色、性格特征、故事场景、情感表达等方面出发，进行个性化的语言处理，使故事更加逼真、角色更加生动、人物更加鲜明。如，凯叔在塑造扈三娘这样的人物形象时，多以轻声为主，展现了扈三娘温柔的一面；塑造鲁智深、武松、李逵等草莽英雄时，多以浑厚铿锵的声音，展现男性的雄壮、强悍等特点；塑造吴用、公孙胜等文人或道士时，多用平缓的语调，展现人物的睿智、理性和冷静等[①]。凯叔版《水浒传》音频作品以独特的、千变万化的声音演绎了一场场不折不扣的听觉盛宴，呈现了一段段精彩纷呈、鲜活灵动的故事场景。相较于纯文字的纸质版图书，这种听觉体验可以大大丰富这些人物角色的个性特点，同时也可以表达凯叔对不同水浒传人物的基本评价，帮助少儿读者提高对水浒人物的认识。

心理学家薛俊楠认为，"幼儿的记忆以无意识识记为主"。音乐作为一种抒发情感的艺术，可以有效提高与吸引少年儿童的阅读兴趣和注意力。儿童有声读物中的音乐能够激发儿童的想象力和创造力，创造声情并茂的传播效果。凯叔版《水浒传》音频作品十分擅长以音效营造故事情境，充分运用琵琶、大鼓等传统乐器以及现代乐器进行氛围营造和渲染，渲染故事情节，带给少年儿童丰富的想象空间，比如在梁山好汉得胜归来之时，就会用交谈声、鞭炮声、乐曲声等渲染一种喜庆欢快的场景氛围，让儿童在不知不觉中沉浸于故事情节，充分满足了儿童的阅读心理和审美需要。

而且，凯叔版《水浒传》音频作品依托"凯叔讲故事"这一IP进行内容改编而成，因而在故事场景、心理氛围营造等方面比百回本版《水浒传》有更为广

①李默.互联网环境下少儿广播发展思路探索：以儿童内容品牌"凯叔讲故事"为借鉴[J].中国广播，2018（4）：62-66.

阔的改编空间，这也是凯叔版《水浒传》音频作品与百回本版《水浒传》在语言表达和故事场景设置上的巨大差异。①

互联网音频产品的定位决定了凯叔版《水浒传》非常注重收听场景、收听时间、受众心理、网络传播效果等要素。比如，凯叔版《水浒传》音频作品以凯叔讲故事 APP 为重要传播平台，会充分考虑少年儿童的休闲娱乐、孩子哄睡、孩子听书等应用场景，并随时根据用户反馈调整故事情节、语言风格等。在这种情况下，凯叔版《水浒传》音频作品在语言风格上更加口语化、情感化和立体化，能够以抑扬顿挫、情绪饱满的语言与儿童产生情感共鸣，从而大大提升了凯叔版《水浒传》的语言感染力和思想吸引力。

凯叔版《水浒传》音频作品是在网络化、数字化时代下产生的少儿读物，在各种少儿读物泛滥、儿童游戏层出不穷的时代环境中，古典名著《水浒传》对少年儿童的吸引力大大减弱，少年儿童在学习之余更喜欢网络游戏、网络短视频等。在这种阅读环境中，凯叔版《水浒传》音频作品要吸引少年儿童的关注和喜欢，就必须调整语言表达方式、顺应少儿的阅读心理，提高少儿的阅读兴趣。因而，凯叔版《水浒传》音频作品的语言表达更加口语化、网络化和通俗化（网络化就是较多使用网络语言；通俗化就是较多使用日常用语，往往带有一些幽默调侃的语言），从而带给少年儿童良好的阅读体验。

总之，凯叔版《水浒传》音频作品更注重受众的听书体验，是一款以少年儿童读者为中心的文化产品，而百回本版《水浒传》是典型的古典小说和经典文学。也就是说，如果说前者是"下里巴人"，那么后者就是"阳春白雪"。在这种出版理念下，凯叔版《水浒传》音频作品设置了多种针对少年儿童的场景模式，如哄睡场景、教育学习场景、休闲娱乐场景。在哄睡场景下，声音会渐渐变弱，能够让孩子在听书过程中不知不觉地入睡。

第二，凯叔版《水浒传》图书与百回本版《水浒传》在语言风格上差异较大。

通常情况下，电影电视、听书产品等与少儿读物有较大差异，前者以音频或"音频＋视频"的方式传播信息，后者仅仅以语言符号的方式传播信息，这种差异对两者的语言风格有较大影响。从总体上看，百回本版《水浒传》是一本以白话文为主的古典小说，故事情节都以日常生活为主，但是梁山好汉的故事距今已经将近千年，在经过漫长的历史进程中，许多社会习俗、语言表达、文化传统等都发生了巨大变化，这些大大增加了受众的阅读难度。特别是人生经历少、认知能力较差、文学修养较低的少年儿童，在阅读百回本版《水浒传》时往往不知所云，只能一知半解地了解一些故事情节和人物形象。在这种情况下，凯叔版《水浒传》图书充分尊重少年儿童的实际阅读心理、阅读能力、文学基础，以童趣

①张璐. 从"凯叔讲故事"看音频公众号的发展之道 [J]. 采写编，2017（2）：80.

化、通俗化、口语化的语言进行表达，很多用词非常接地气，接近少年儿童的生活实际，符合少年儿童的心理特点。凯叔版《水浒传》也因此更加简洁明了、生动形象，如，"北宋末年，朝政腐败，贪官恶霸欺压百姓""他们路见不平，一声怒吼""举起大旗，替天行道"，"忍无可忍，无须再忍"，这些语言表述带有明显的口语色彩和评书风格，让小朋友读起来朗朗上口，听起来也非常容易理解。同时，在一个章节结束之后，凯叔版《水浒传》图书会设计一个"凯叔说水浒"的小模块，留下一些和少年儿童生活实际有密切关联性的问题，让儿童更深入地思考故事情节、思想内容、人物特点等问题，这在提高少年儿童对经典作品的认识和理解的同时，也有助于他们的人格完善和个性发展。

此外，凯叔版《水浒传》图书删除了许多抽象烦琐的表述，也删除了原著中的许多诗词。百回本版《水浒传》中有大量的开场诗、人物出场诗、景物描写诗，这些诗歌有独特的艺术和语言功能，其中，介绍人物的诗歌往往用来描述人物的身世、籍贯、本领、秉性、特征；还有些诗歌就像说书人的开场白，多以歌唱的方式进行表述。如"玉露泠泠，金风淅淅，新雁初鸣，寒蛩韵急"，就是一段描写梁山泊秋景的诗歌，展现了秋风徐来、大雁鸣叫、寒冬将至的水泊梁山；"九里山前作战场，牧童拾得旧刀枪。顺风吹动乌江水，好似虞姬别霸王"，这是鲁智深在五台山出家时，想要吃肉喝酒，但是没有人送酒肉，这时有人挑着酒桶路过这里，口中就唱着这首诗歌；在黑旋风李逵出场时，就有一首诗"黑熊般一身粗肉，铁牛似遍体顽皮；交加一字赤黄眉，双眼赤丝乱系"，这首诗简要地描写了李逵的体态、形状、相貌等，与黑旋风李逵的人物形象非常吻合。但是，这些诗歌超越了14岁以下少年儿童的理解能力，是他们接受《水浒传》的屏障。于是，凯叔版《水浒传》图书就果断地删除了这些难以理解的诗歌，或是将其转化为便于儿童理解的语言，这样就大大降低了儿童的阅读难度①。不过，凯叔版《水浒传》的文学性并没有因之减弱，因为凯叔将这些古奥晦涩的诗词转化为了现代的诗化语言进行写景状物、摩色画人，依然充满诗意，满蕴深情。示例如下。

大宋徽宗年间，正值深秋，大雨如注，天地间灰蒙蒙一片。满山的黄叶，被密集的雨线纷纷打落，和地上的泥水都混在了一处，让原本宽阔平坦的官道，变得泥泞难行。②

薄雾含烟，青山如黛，片片黄叶将这一片苍茫世界点染出了些许生气。官道上，那一抹绛红色的身影，渐渐走远了。③

---

① 张璐. 从"凯叔讲故事"看音频公众号的发展之道 [J]. 采写编，2017（2）：80.
② 凯叔. 凯叔水浒传：英雄大聚义 [M]. 长沙：湖南文艺出版社，2022：17.
③ 凯叔. 凯叔水浒传：英雄大聚义 [M]. 长沙：湖南文艺出版社，2022：24.

第三，凯叔版《水浒传》图书与百回本版《水浒传》在词汇选用上也有较大差异。从总体上看，百回本版《水浒传》以李逵、阮小二、张青、时迁等草莽英雄为主要人物，以梁山好汉替天行道、惩治恶霸、为底层人民伸张正义等为重要内容，这种人物形象和故事情节决定了百回本版《水浒传》非常接地气，在语言中难免出现粗俗、粗鄙的话语，贼、鸟、腌臜泼才、畜生、等词在《水浒传》中就非常常见。如鲁智深对镇关西说道，"你是一个卖肉的操刀屠户，狗一般的人，也叫做（作）镇关西！""直娘贼，还敢应口！"再如，"直娘的秃驴们，不放洒家入寺时，山门外讨把火来，烧了这个鸟寺。""巨耐这陆谦畜生！我和你如若兄弟，你也来骗我！""这贱人真个望不见押司来，气苦了。恁地说，也好教押司受他两句儿。"。这些粗俗话语固然与人物形象、故事情节等比较吻合，也符合当时的故事场景，有利于角色塑造，但并不利于新时代少年儿童的审美教育和价值观培育。如果将这些粗话俗语等完全保留下来，可能会产生不良的教育效果；如果完全删除粗话俗话等，也会影响原著的韵味，同时也不符合李逵、鲁智深、武松、时迁等梁山好汉的人物形象、性格特点和社会地位等。在这种情况下，凯叔版《水浒传》图书对百回本版《水浒传》中的内容进行了创造性改编，在保持原著的文学风格、思想内容、人物形象的基础上，对粗言俗语进行了创造性加工，以通俗易懂、简洁流畅的方式进行了表述，不仅保留了原著的文学韵味、人物形象，也降低了儿童的阅读难度。

六、以价值引导助力少儿成长

凯叔讲故事一直以来的使命是"创造优质内容，让孩子在快乐中成长"，愿景是"成为陪伴一代代中国人的童年品牌"，产品内容的价值观是"独立之人格，自由之思想，天马行空的想象力，永不磨灭的好奇心"，其创作理念中的"快乐""成长""穿越"也都颇具深意，蕴意深远。

"快乐"——凯叔讲故事的出发点。以孩子天真的视角看世界，和他们平等对话，激发孩子的好奇心和想象力，让他们在快乐中探索世界。

"成长"——用故事为孩子搭建认知的阶梯，让孩子在知识的滋养中得到可验证的逐步成长。

"穿越"——每款产品都经得住时间的检验，穿越20年、30年之后依然可以绽放强大的生命力。

以上都是保证凯叔《水浒传》思想积极、价值正确的重要因素。因此，凯叔版《水浒传》牢牢坚持"绿色改编"的原则，以儿童的价值观培育为导向，以便于少年儿童阅读为要求，从社会主义新时代的价值观念、社会习俗、道德原则等出发，对《水浒传》的故事情节进行了大幅改编，突出正面信息，进行价值引领，比如，对女性形象的创造性刻画，对梁山好汉匡扶正义行为的肯定、对水浒英雄抗挫折精神的渲染，这些可以很好地助力少年儿童成长，正如凯叔版《水浒传》图书序言中所言"逆风向上，痛快成长，成为自己的英雄！"（见图 4-21）。

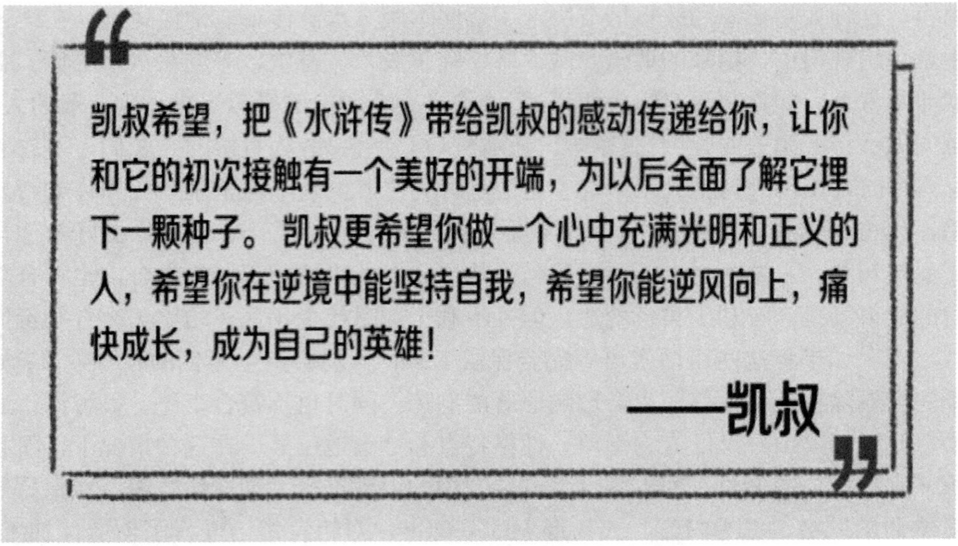

凯叔希望，把《水浒传》带给凯叔的感动传递给你，让你和它的初次接触有一个美好的开端，为以后全面了解它埋下一颗种子。凯叔更希望你做一个心中充满光明和正义的人，希望你在逆境中能坚持自我，希望你能逆风向上，痛快成长，成为自己的英雄！

——凯叔

图 4-21 《凯叔水浒传》图书的网络销售页面

第一，凯叔版《水浒传》对百回本版《水浒传》中的女性形象进行了创造性刻画和塑造，帮助少年儿童科学、理性、包容地认识《水浒传》中的女性形象。百回本版《水浒传》成书于明清时期，难免受到封建社会、男尊女卑、重男轻女等思想影响。在百回本版《水浒传》中约有 80 位女性，有一半女性是死亡结局，而且很多女性存在不正当男女关系。从总体上看，百回本版《水浒传》中的女性可分为以下几类：大胆凶狠、杀人如麻的"母大虫"顾大嫂和"母夜叉"孙二娘，逆来顺受的"一丈青"扈三娘，不守妇道的潘金莲、贾氏、阎婆惜，仗势欺人的白秀英，性情刚烈的仇琼英，歌姬或舞女李巧奴。凯叔版《水浒传》对女性形象进行了许多改编和重塑，使女性形象变得更加立体、现实和温暖。比如在描写"母夜叉"孙二娘时，百回本版中有"大树十字坡，客人谁敢那里过。肥的切做（作）馒头馅，瘦的却把去填河"，这种语言描写展现了人物的凶残、恶毒，同时也会对儿童读者产生一定的负面心理影响，凯叔版《水浒传》将这段文字修改为"大树十字坡，客人谁敢那里过？金银全不剩，沾酒不得活"，大大弱化了故事情节的恐怖性和人物形象的负面性。而且 10 册图书中还有 1 册被命名为《巾帼胜须眉》，并专门以孙二娘的画像作为封面，孙二娘的造型、妆容英姿飒爽，眉宇间透出十足的英气和笃定的意志，显示出凯叔版《水浒传》更加科学、包容的性别观，能对少年儿童起到很好的引导作用。再如，凯叔版《水浒传》将

"一丈青"扈三娘的人物形象进行了处理，突出了扈三娘英勇无敌、性格直爽的一面，并未如原著一样描写扈三娘的个性软弱、贪生怕死等。从总体上看，凯叔版《水浒传》中的女性更加正面、积极、阳光和温暖，拥有更多慈爱和母性性格特征，这不仅符合少年儿童的阅读心理和情感需要，也与男女平等、自由人权的现代社会价值观相一致[①]。

第二，凯叔版《水浒传》凸显了武松、鲁智深、林冲等梁上好汉敢于抗争命运、勇于面对磨难、始终坚持正义的高尚品格，更重视儿童的抗挫折能力和自强能力教育。当代的少年儿童大多生活在优渥的物质环境中，抗挫能力往往不足，缺少不屈不挠、敢于抗争的精神品质，水浒英雄的人格魅力可以在这些方面给予少年儿童激励和影响。从时代背景看，《水浒传》描写了北宋末年梁山好汉行侠仗义、替天行道、反抗朝廷的斗争故事，塑造了一系列生动鲜明的人物形象，如鲁智深、武松、宋江、吴用。从故事情节上看，《水浒传》描述了鲁智深、宋江、林冲、卢俊义等一众梁山好汉反抗官府的横征暴敛，在水泊梁山上替天行道，最后接受北宋朝廷的招安，在招安之后为朝廷征讨方腊起义军，最终许多梁山好汉战死沙场。百回本版《水浒传》中宋江、武松、晁盖、林冲等人物的形象非常鲜明，往往能够给读者留下深刻印象，但是故事情节过于繁杂，涉及人物非常多，少年儿童往往是前面读后面忘，无法很好地理解《水浒传》的故事情节，也无法把握《水浒传》的人物形象、思想主题等。凯叔版《水浒传》对百回本版《水浒传》的故事情节和思想内容进行了艺术加工和合理取舍，突出了故事情节、人物形象的教育性和思想性。比如，凯叔版《水浒传》对武松、鲁智深、宋江、李逵等人物形象进行了典型化处理，通过情节改编、心理描写、场景描写等方式，凸显了水浒人物的英勇无敌、行侠仗义、性情豪爽、抱打不平等精神特质，使水浒人物形象更符合社会主流价值观，也有利于培养少年儿童正确的道德观念和价值信仰[②]。

以《虎啸景阳冈》为例，百回本版《水浒传》中的武松固然有勇猛无敌、武艺超强、疾恶如仇、行侠仗义等性格特点，但是也有脾气暴躁等性格缺陷，同时武松的有些行为方式在当今社会中并不值得提倡，如武大郎被害后，武松杀死潘金莲和西门庆就不符合法治社会的要求，在当今社会中应当由公安机关、检察机关等根据法律进行处理。在对百回本版《水浒传》进行改编时，凯叔版《水浒传》有意忽略或删除了与当今社会价值观、法治观、道德观等不符合的故事情节和内容，对武松形象进行了创造性加工。凯叔版《水浒传》讲述了武松从普通少年成长为步兵都头的成长故事，传递了不畏挫折、自强不息、坚持努力、自我成长的价值观。在兄长武大郎招人算计以后，武松为兄长报仇，杀死西门庆和潘金

①李默.互联网环境下少儿广播发展思路探索：以儿童内容品牌"凯叔讲故事"为借鉴[J].中国广播，2018（4）：62-66.

②张璐.从"凯叔讲故事"看音频公众号的发展之道[J].采写编，2017（2）：80.

莲，最终落草为寇——在这一段故事中，原著用较多语言描写了西门庆和潘金莲的故事。为了让内容更加健康、适合少年儿童，凯叔版《水浒传》对这些故事情节一带而过，将重点放在武松怎样推理破案、找到杀害哥哥的真凶等方面。显然，凯叔版《水浒传》对武松形象的再加工和再创造，使武松的人物形象变得更加正面、立体和阳光，也更加符合少儿的阅读心理和审美心理，有助于培养少儿正确的价值观和道德观。

第三，凯叔版《水浒传》对人物形象、故事情节的处理更加立体化和时代化，更符合现代人的价值观和思维方式。从创作背景和故事背景看，百回本版《水浒传》都是以元末明初和宋末时期的社会背景为前提的，当时的社会是以小农经济为基础、以儒家伦理为核心、以忠君思想为重要内容的传统社会，在传统社会中忠君就是爱国，男尊女卑是天经地义的，但是在现代社会中这些传统道德观念、价值原则已经不合时宜，甚至是片面的、错误的，如《水浒传》中对女性形象的描写就不够丰满和正面，书中的女性或是像潘金莲一样的淫荡女子，或是像孙二娘一样的杀人恶魔，或是像扈三娘一样的无辜者和受害者，这一点在前文中已经论述。显然，百回本版《水浒传》的许多人物形象、故事情节等并不适合新时代的少年儿童阅读，甚至会对少年儿童的价值观和道德观产生负面影响，在这种情况下就需要对人物形象、故事情节和思想内容进行时代化处理。

首先，少年儿童尤其是高学段的少年，他们是在互联网环境中成长起来的，从小就接受纷繁复杂的网络信息，拥有了一些独立思考和判断能力，他们不愿被动接受他人的思想和观点。在这种情况下，传统的、一元化的思维方式和价值理念已经不适应时代发展需要，并成为影响儿童心理健康和价值观培育的制约因素。凯叔版《水浒传》就以故事情节改编、人物形象再塑造等方式，传递了多元化的价值观和思维方式。"凯叔说水浒"环节就是凯叔版《水浒传》践行当代"大语文"教学理念的充分证明，在增加对作品理解的同时，还可以拓展少儿读者的文史知识，更能有效引导少年儿童对人物行为、社会现象、生活细节等进行思考，提升大语文能力（见图4-22）。

再如，在每个章节结束后，凯叔版《水浒传》都会留下一些思考题，让孩子们反思故事情节和人物做法，还特意设计了"小兵说大宋"环节，帮助少年儿童拓宽视野、多元思考，在百回本版《水浒传》中，宋徽宗四处搜刮民脂民膏，"花石纲"更是蔡京从各地为宋徽宗搜刮的奇花异石，这些很容易让少年儿童对宋徽宗产生不够全面的认识，认为"宋徽宗只是一个昏庸无道、腐败无能的皇帝"。凯叔版《水浒传》在"小兵说大宋"环节对宋徽宗这位传奇皇帝进行了立体化、多元化解读，讲述了宋徽宗的艺术造诣，在书法、绘画、品茶等方面的卓越成就，这些信息刷新、补充了孩子对宋徽宗的认知，也能够培养少年儿童的辩证思维和多元化视角（见图4-23）。

图 4-22 《凯叔水浒传》图书的销售网页

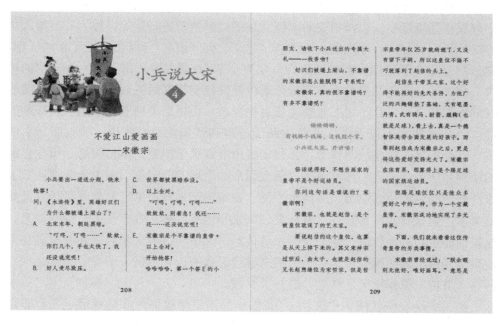

图 4-23 《凯叔水浒传》图书之"小兵说大宋"

其次，凯叔版《水浒传》对百回本版《水浒传》中武松、扈三娘、宋江、鲁智深等人物形象进行了时代化处理，不管是人物图像插画，还是人物性格刻画，都更符合新时代少年儿童的审美习惯和阅读心理。如，凯叔版《水浒传》中的武松更加英俊帅气、勇猛过人；林冲更加沉稳智慧、沉着冷静；吴用更加足智多谋、能说会道，这些都使人物形象更加突出，也更符合新时代少年儿童的价值观和审美观。

第四，凯叔版《水浒传》颂扬了替天行道、劫富济贫、匡扶正义的英雄情怀，对培育少年儿童见义勇为、坚守正义、为国为家等优秀品质有重要作用。中华传统文化是以家国情怀、自强不息、勇于担当等为重要内容的，儒家文化就倡导"修身齐家治国平天下"，这种勇于担当、维持正义、家国同构的思想情怀深深影响了一代又一代中国人。同样，百回本版《水浒传》中就渗透了这种勇于担当的文化精神，这也是《水浒传》经久不衰、深受人们喜爱的原因所在。凯叔版《水浒传》继承了百回本版《水浒传》的传统文化精神，并通过改编的方式放大了勇于反抗、替天行道、除暴安良等传统文化精神。比如，凯叔版《水浒传》对武松、鲁智深、李逵等人物形象的塑造，对梁山好汉反抗朝廷无能腐朽残暴的歌颂，对北宋末年土豪恶霸肆虐、冤假错案不断的描写，这些表现了对梁山好汉反抗官府压迫的认同，表达了对农民起义者的赞美和歌颂，体现了除暴安良、伸张正义、不向命运屈服的侠义精神。

凯叔版《水浒传》同样选取了百回本版《水浒传》的前70回来改编，把梁山好汉接受朝廷招安以及招安后南征北战的故事情节进行删除，以"一百零八位好汉，一同饮尽一百零八婉血酒，从'忠义'到'聚义'，梁山踏上了新的征程，它依然是那个照亮四方的光明所在"结束全部10册内容，留下了一个光明的尾声，非常适合少年儿童的审美期待。梁山好汉接受招安后的悲惨境遇和南征北战时的惨烈状况可以让小说的思想主题更加复杂，也提高了原著的思想性、深刻性等，但是这些并不符合少年儿童的阅读心理和认知能力。所以，凯叔版《水浒传》完全删除了这些故事情节，强化了梁山英雄勇于担当、不怕强暴、勇往直前的精神品质等。而且，在本章的"凯叔说水浒"环节，凯叔引领少年儿童回顾了水浒故事的主要故事情节，并语重心长、寄意深远地写道："《凯叔水浒传》虽然结束了，但是《水浒传》并没有结束，如果你仍有兴趣，就自己去一探究竟吧。"这段话非常巧妙地告诉少年儿童《水浒传》作为中华古典文学名著还有很多秘密值得少儿读者继续探究，为孩子们将来继续深入阅读、赏析、研究更为复杂深刻的《水浒传》原作埋下了伏笔，进行了引领。

王凯曾经在一次演讲中表示："我们做的不只是故事，都是立足于儿童非课堂教育。我们这个团队打造的所有产品，其实很简单，都是希望2岁到12岁的孩子能够心情愉悦、没有压迫地快乐成长。我们最大的成功也不是商业上的回报，而是希望我们的产品和品牌能够在未来成为孩子心目中的'国民记忆'"。正是这样的责任和担当，使得凯叔版《水浒传》成为少儿版《水浒传》中的翘楚，深得少儿读者的热切欢迎。

第五章　其他改写版《水浒传》与百回本版《水浒传》的比较分析

随着少儿教育业的快速发展，少儿图书市场呈现欣欣向荣的发展势头，吸引了众多出版社参与进来，也成为出版社获取商业利益的重要细分市场。在这种情况下，各种少儿版《水浒传》层出不穷，虽水平参差不齐，但其中部分版本颇有特色。虽不能一一详尽，但本章力图对部分其他改写版《水浒传》及其改写特点进行总结分析。

第一节　其他改写版《水浒传》

除了影响力比较大的郑渊洁版《水浒传》、凯叔版《水浒传》之外，还有金波主编、王治坤改写的少儿版《水浒传》，杨雨主编、钟锡南改编的《写给孩子的中国文化经典·水浒全传（彩图本）》，侯海博编写的少儿版《水浒传》，龚勋编写的少儿版《水浒传》，吉林出版社编著的少儿版《水浒传》，张原改写的《水浒传》等，这些版本的《水浒传》在京东、当当等网络平台上的销售量都比较高，充分说明了家长和少年儿童对改编版《水浒传》的喜爱。通过深入分析发现这些少儿版《水浒传》与原作百回本版《水浒传》相比，在装帧排版、故事情节、人物形象、叙事方式、角色处理等方面存在着明显的共性和各自独有的特色。

一、共性明显

各个版本的少儿版《水浒传》为适应少儿读者的阅读习惯、阅读能力和接受特点，以及各自的商业利益使然，在改编过程中有许多共同之处。

1.都有较强的针对性。相较原作百回本版《水浒传》，这些少儿版《水浒传》在插图、故事情节、人物形象、语言叙事等方面都做了针对少年儿童群体的调整和改写。比如，图书的装帧设计非常精美，多紧扣故事情节配以卡通画、动漫等精美彩图插画，比较迎合当代少年儿童的审美喜好；图书色彩鲜艳，以红色、蓝色等为主色调，有助于吸引少年儿童的注意力，更能增加卖点；在语言和用词上，多生动活泼、通俗易懂,口语化和童趣化比较明显,比较接近少年儿童的阅读心理和阅读风格。这些都有效提升了中小学生的阅读体验感,激发了中小学生的阅读兴趣。

2. 与百回本版《水浒传》相比,各种改写版《水浒传》在故事情节、人物形象、思想主题、语言风格等方面有了较大改变,可以总结为以下几方面:改写版《水浒传》对故事情节进行了大量删减,将将近 100 万字的《水浒传》原著根据针对群体的不同分别删减为二三十万字、几万字,甚至不足 1 万字,这大大降低了少年儿童的阅读难度;改写版《水浒传》对人物形象进行了加工和塑造,删去了许多无关紧要的人物,如《水浒传》中涉及的人物总共有 800 多个,其中有名有姓的人物多达 577 个,而多数改写版《水浒传》将人物减少为十几个或几十个,同时还对武松、宋江、鲁智深、李逵等妇孺皆知、耳熟能详的人物形象进行了夸张式、典型化处理,更符合少儿的阅读心理和阅读口味,以满足少年儿童的阅读期待和审美需求;改写版《水浒传》思想主题更加简明突出,多以行侠仗义、抱打不平、有勇有谋、肝胆相照、反抗不公等为思想主题塑造人物,展开故事情节,在思想的深度、复杂性等方面与原著相比显得简单、单薄很多。

二、各有特色

因改编者擅长风格、目的、水平高低不同,出版机构资质不一,制作者能力各异,不同版本的少儿版《水浒传》在内容取舍、语言风格、图书质量等方面依然有各自的特色,都在努力寻求自己在少儿图书市场的一席之地。比如,由于针对群体的不同表现出不一样的风格,在内容取舍上也存在差异。有些版本主要针对小学低年级儿童,配图以漫画等为主,文字较少,并且文字上都加了注音,更方便低学段儿童的拼读,如湖北美术出版社出版、关胜莲改编的带图注音版《水浒传》;有些版本主要针对小学中高学段学生甚至青年群体,故事情节则相对复杂、丰富一些,人物形象更加鲜明生动,思想性、文学性都有了大的提升,如中国少年儿童出版社出版张原改编的白话美绘版《水浒传》,作家出版社出版、富强改编的青少版《水浒传》就保留了《水浒传》原作 70 回之后的内容;有些版本为了适应语文教学和考试改革的需要,往往会紧紧贴合中小学生语文课标要求,针对中小学生阅读习惯与课业要求,设计专家指导、考点集萃、真题详解等辅助资料,如杨雨主编、钟锡南改编的《写给孩子的中国文化经典·水浒全传(彩图本)》。

金波版《水浒传》（见图5-1）目录如下。

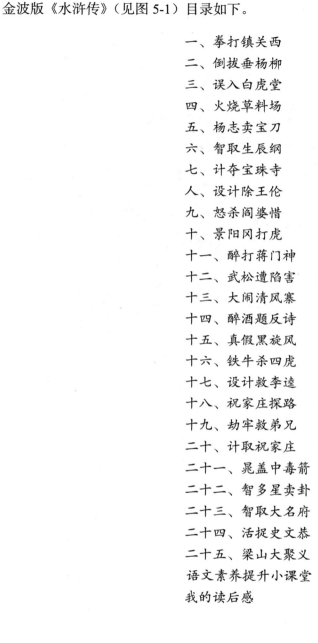

一、拳打镇关西
二、倒拔垂杨柳
三、误入白虎堂
四、火烧草料场
五、杨志卖宝刀
六、智取生辰纲
七、计夺宝珠寺
人、设计除王伦
九、怒杀阎婆惜
十、景阳冈打虎
十一、醉打蒋门神
十二、武松遭陷害
十三、大闹清风寨
十四、醉酒题反诗
十五、真假黑旋风
十六、铁牛杀四虎
十七、设计救李逵
十八、祝家庄探路
十九、劫牢救弟兄
二十、计取祝家庄
二十一、晁盖中毒箭
二十二、智多星卖卦
二十三、智取大名府
二十四、活捉史文恭
二十五、梁山大聚义
语文素养提升小课堂
我的读后感

图 5-1 金波版《水浒传》的封面

张原版《水浒传》目录如下。

第十六回　何九叔暗留证见　武都头县厅诉冤

第十七回　母夜义孟州道卖人肉　武都头十字坡遇张青

第十八回　施恩关爱感壮士　武松神力威众人

第十九回　武松醉打蒋门神　施恩重霸孟州道

第二十回　武松大闹飞云浦　宋江险误清风山

第二十一回　花荣大闹清风寨　秦明夜走瓦砾场

第二十二回　小李广梁山泊射雁　宋公明揭阳岭脱难

第二十三回　船火儿夜闹浔阳江　及时雨相会戴院长

第二十四回　黑旋风讨鱼显威风　白大汉江中见高低

第二十五回　浔阳楼宋江吟反诗　梁山泊戴宗传假信

第二十六回　梁山泊好汉劫法场　白龙庙英雄小聚义

第二十七回　假李逵剪径劫单身　黑旋风沂岭杀四虎

第二十八回　锦豹子小径逢戴宗　病关索长街遇石秀

第二十九回　石秀相助潘公开肉店　奸夫引诱 去还愿

第三十回　杨雄醉骂潘巧云　石秀智杀裴如海

第三十一回　病关索解气翠屏山　扑天雕两求祝家庄

第三十二回　宋公明一打祝家庄　一丈青单捉王矮虎

第三十三回　宋公明二打祝家庄　铁叫子义气登州郡

第三十四回　解珍解宝双越狱　孙立孙新大劫牢

第三十五回　宋公明三打祝家庄　插翅虎枷击白秀英

第三十六回　朱仝误失小衙内　李逵打死殷天赐

第三十七回　高太尉大兴三路兵　呼延灼摆布连环马

第三十八回　宋江大破连环马　三山聚义打青州

第三十九回　宋江大闹少华山　晁盖中箭曾头市

第四十回　卢员外反诗蒙难　小旋风正言搭救

第四十一回　放冷箭燕青救主　打大名宋江起军

第四十二回　呼延灼月夜赚关胜　宋公明雪天擒索超

第四十三回　时迁火烧翠云楼　吴用智取大名府

第四十四回　关胜降服水火将　宋江夜打曾头市

第四十五回　东平府误陷九纹龙　宋公明义释双 将

第四十六回　宋公明弃粮擒壮士　忠义堂石碣受天文

第四十七回　宋江慷慨话宿愿　燕青智扑擎天柱

第四十八回　活阎罗倒船偷御酒　黑旋风扯诏骂钦差

第四十九回　梁山泊分金大买市　宋公明全伙受招安

第二节　富强版《水浒传》与百回本版《水浒传》的比较分析

　　为了更好地了解市场上少儿版《水浒传》的总体特征和基本风格，本节以富强改编的青少版《水浒传》为例，与百回本版《水浒传》进行对比分析，分析众人对百回本版《水浒传》进行改编和设计的总体规律及个性特征，为其他相关从业者提供有效的借鉴。富强改写的青少版《水浒传》由作家出版社出版，是《水浒传》众多改编版本中的代表性作品，也是余秋雨、梅子涵等学界"大咖"鼎力推荐的优秀作品（见图5-2）。因为针对群体主要是青少年，所以富强版《水浒传》与前文提到和分析的众多少儿版《水浒传》存在共性的同时，也表现出鲜明的独特性，其在内容、主旨、语言、装帧、排版、叙事等方面的改编与设计稍不同于其他少儿版《水浒传》，更加适合高学段少年和青年群体。

一、装帧排版的设计

　　随着印刷技术的发展和激光排版等技术的广泛普及，少儿读物的装帧、印刷、排版等越来越精美，质量也越来越高。纵观各个版本《水浒传》的装帧排版，由人物到场景，由字体到图形，由色彩到布局，不同版本《水浒传》的装帧排版设计越来越丰富，越来越精美。即便是盗版书籍，也是装帧排版设计精美、色彩鲜艳。富强版《水浒传》初版于2015年出版，由高高国际文化传媒有限公司进行专门的策划和装帧排版设计，由于其受众定位是高学段少年和青年群体，其在装帧排版的设计方面具有了古朴隽永、简洁精致、疏朗明目的独特风格和神韵。

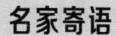

图 5-2 富强版《水浒传》销售网页

第一，富强版《水浒传》封面设计风格是古朴隽永的。与各类少儿版《水浒传》相比较，富强版《水浒传》在装帧设计上更具有创意性，既有对现代图书封面设计中简洁、均匀、有序、协调原则的利用，也有对充满传统绘画艺术气息插画的运用。比如，许多少儿版《水浒传》为了适应低学段少年儿童的审美和阅读特点，版面设计往往走卡通动漫风，选用各类动漫插画，达到吸引少儿读者眼球的目的。但是富强版《水浒传》的图书封面设计别具一格，没有用大红大紫等鲜艳色彩，而是用一种古朴的灰白色勾勒出了浓重的历史感和沧桑感，让读者一看就知道是一部具有浓厚文化底蕴的历史类图书。富强版《水浒传》采用传统32开的平版印刷，在封面视觉中心加入以武松打虎为主体的传统风格的趣味性插画，整体采用昏黄色调，显得古朴隽永，上部留白处标注《水浒传》书名，下部还特别配有对作品进行宣传评价的白色腰封，这种创意艺术化版面设计，整体呈现简洁朴素、美观实用的特点，非常符合其青少版《水浒传》的定位（见图5-3）。

图 5-3 富强版《水浒传》的封面

第二，富强版《水浒传》的插画是简约精致的（见图 5-4）。与原著相比，富强版《水浒传》的装帧设计同样做了针对青少年受众群体的适应性设计，使用了许多手绘线描插画，这些插画篇幅不大，且只是简单的黑白线条勾勒，没有卡通动漫的绚丽多彩，却足够精致秀丽，充满中国写意画的风韵，符合中国青少年的审美趣味。这些插画按照梁山好汉的性格特征、人生故事、武功风格等进行人物形象设计，让青少年读者看着插画就能对人物形象产生一定的了解，这些都降低了阅读难度。插画不仅生动描绘了武松、李逵、宋江、鲁智深等小说人物的形象，还描绘了武松打虎、拳打镇关西、三打祝家庄、林冲雪夜上梁山等故事场景，依靠形象、线条的直观形象性，辅助阐释人物心理活动，渲染文本情感氛围，推动故事情节展开，烘托故事主题思想，建构文学和绘画艺术的感性对话，进一步帮助文学语言获得新的生命，创造一个又一个令人驰骋的想象艺术境界，引导对应受众清晰认知和理解章节内容，感知文字背后的生命体验，在感情上产生巨大波动，并能在文字阅读中进行中国绘画艺术的渗透与浸润，收到一举多得的效果。因此，与百回本版《水浒传》比较，富强版《水浒传》的装帧设计要相对精美，更符合青少年群体的阅读心理和审美习惯，能让青少年产生一种爱不释手的感觉。

图 5-4 富强版《水浒传》的插画

第三，富强版《水浒传》的排版设计是疏朗明目的。与原著相比，富强版《水浒传》在装帧设计上始终坚持以青少年读者为中心，充分考虑青少年群体的阅读能力、认知心理、审美心理等特点，使整部著作更加人性化、明朗化。比如，为了使学生真正无障碍阅读作品，富强版《水浒传》往往会在页面左下方加上适量文本注释，对部分难以理解、容易产生歧义的知识点进行解释，对一些生僻字添加注音。而且，富强版《水浒传》的字体设计更加精美。相对于百回本版《水浒传》，富强版《水浒传》总字数减少为 15.5 万字，字体也比原著更大，可以很好地降低青少年的阅读难度，也顺应青少年尤其是少年儿童注意力不集中的身心发展特点，可以保护视力，提高阅读质量。

二、情节内容的取舍

不管古典名著如何优秀、如何经典，毕竟是特定时代的产物，也是特定时期历史文化的缩影。随着时代发展和历史进步，古典名著中的思想内容、故事情节、道德标准、风俗习惯等可能与现代社会相去甚远，这些大大增加了年轻读者阅读古典名著的难度。以《水浒传》为例，现代读者往往对北宋时期的社会制度、民风民俗、生活方式、价值观念和道德标准等并不熟悉，也不太习惯《水浒传》中的语言表达方式，这些都增加了现代读者的阅读难度。在这种情况下，市场上的各种改编版《水浒传》广泛流行，就有一定的社会合理性。与成年读者相比，少年儿童的生活阅历比较少、认知能力比较差、阅读能力不足、思想认知有限，他们没有能力阅读和理解百回本版《水浒传》，只能通过各种改编版本学习《水浒传》。因此，富强版《水浒传》为降低阅读难度、提高改编作品的适应性，在故事情节、思想内容上对原著进行了大量删减和改编，但因为富强版《水浒传》的定位是"青少版"，因此其在内容处理上也呈现出一些区别于一般少儿版《水浒传》的特点。

第一，与百回本版《水浒传》相比，富强版《水浒传》的故事内容改编更符合青少年群体的阅读心理和阅读习惯。富强版《水浒传》针对的阅读对象是青少年群体，需要适应青少年群体的阅读需求，充分考虑他们的阅读心理、年龄特征、认知能力和审美习惯等因素，因此在内容取舍上不仅相较原著有了较大的调整，与其他少儿版《水浒传》相比也有很大的不同。最大的特殊性在于其没有避讳梁山好汉接受招安的话题，融入百回本版《水浒传》70回之后的内容，写了梁山好汉大聚义之后南征北战、扫平内乱、损伤惨重、下场凄凉等一系列故事。而且，富强版《水浒传》除保留武松打虎、鲁提辖拳打镇关西、风雪山神庙、雪夜上梁山等传统经典章节内容外，对洪太尉误放妖魔、九天玄女授受天书、西门庆潘金莲奸情、武大郎托梦诉冤、杨雄怒起杀妻等一般少儿版《水浒传》都会删除的情节内容也没有避讳，而是在加工基础上予以保留。因此，其在内容情节、思想主题方面要比一般的少儿版丰富、复杂许多，有一定的阅读难度，符合青少年群体思维发展阶段和阅读接受特点。

富强版《水浒传》目录如下。

虽然富强版《水浒传》保留了百回本版《水浒传》原作的大多数情节内容，但是，百回本版《水浒传》篇幅过长，后半部分和一些征战情节略显冗长和模式化，部分场面的细节描写过于血腥，不适合青少年阅读。而且青少年毕竟不同于成年人，为他们改编的作品还必须考虑改编内容的教育性、思想性、接受性等问题。为了让读者有能力、有时间、有收获地阅读《水浒传》，发挥《水浒传》应有的教育价值，富强考虑到青少年的阅读接受特点、社会阅历、知识积累程度、阅读时间等现实因素，出于自身文学观和价值观考量，富强版《水浒传》在保留原作基本故事框架的基础上，将一些章节内的部分内容进行现代化压缩改写，将征战打斗的章节进行大量删减，并对一些不适宜青少年阅读的章节内容进行调整。比如，将原作中"攻打祝家庄"的第46回到第50回的内容缩减为"败走祝家庄""大破祝家庄"两回，而且字数也大大减少。富强版《水浒传》最终缩减至66回，共计15.5万字，平均每个回目2000字左右，大大降低了阅读难度。

第二，与百回本版《水浒传》相比较，富强版《水浒传》的故事内容更具有时代性。对名著的改写，向来是因时代语境之变、作者身份之变、受众群体之变而变化。其中对原作内容的取舍，既能够反映改写者对原著内容和精神内核把握之精深，也能够体现改写者的文学技巧和动机。富强版《水浒传》从青少年群体的阅读能力、阅读心理、人生经验、年龄特征等因素出发，对百回本版《水浒传》的内容进行了许多创造性改编，提高了思想内容的时代性。比如，在互联网

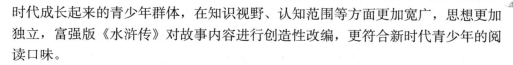

时代成长起来的青少年群体，在知识视野、认知范围等方面更加宽广，思想更加独立，富强版《水浒传》对故事内容进行创造性改编，更符合新时代青少年的阅读口味。

三、叙事方式的变化

叙事语言、叙事方式、叙事顺序等直接影响着读者的阅读体验和阅读效果。在通常情况下，对于不同的受众应当采用不同的叙事方式和叙事顺序。对于认知能力比较差、生活经验比较少、理解能力不足的少年儿童，需要采用相对简单的叙事方式，以全知叙事、时间顺序叙事等方式展开故事情节，以更好地降低少年儿童的阅读难度。从总体上看，各类少儿版《水浒传》多采用全知全能的叙事视角讲述故事情节、塑造人物形象，从少儿视角讲述林冲、宋江、鲁智深等梁山好汉的跌宕起伏和精彩人生。在叙事语言上，多采用口语化、儿童化、夸张化、通俗化的方式，展现了鲁智深、武松、林冲等梁山英雄的力大无穷、武艺高强，以天马行空的想象、曲折动人的故事激发少儿的好奇心和求知欲。在叙事顺序上，各类少儿版《水浒传》围绕林冲、鲁智深、宋江、武松等人物展开叙事，将复杂的故事情节进行简化处理，降低了少儿的阅读难度。富强版《水浒传》在叙事方式上虽依然采用全知叙事视角，沿用章回体体例，但仍表现出同中有异的特点。

第一，富强版《水浒传》的叙事方式与百回本版《水浒传》有较大差异，改变了原著中设悬念、卖关子等叙事方式，更符合青少年的阅读心理和认知能力。百回本版《水浒传》采用章回体的叙事结构，每个回目末尾都会留有悬念，每个章节前面的内容都是对前一章内容的补充和延续，且每个章回间只是相对独立，整体脉络是相互嵌套、彼此关联的。对于读者而言，如果没有读过前一章节的内容，可能就很难理清本章节的逻辑，而当读者读至章节末尾时，原著往往会将更具看点的内容转移到下一章节，促使读者产生继续阅读的动力。鉴于青少年课外阅读时间较为紧张，且接受能力有限，更倾向于一章节一内容的文本结构，因此，富强版《水浒传》虽依然沿用章回体体例，但是已经大大淡化了章回体的很多特点，比如，富强版《水浒传》并没有像原作那样每章回开头以"话说"开启，结尾时以"欲知后事如何，且听下回书分解"作终，也没有像原作那样将一个完整事件内容人为分开在两个章节，通过在每章回末尾卖关子、留悬念将事件进行衔接。富强版《水浒传》更加有序、直接、大方，往往将原作几个章节的内容压缩进一个章节，并将涉及的事件和人物的来龙去脉围绕这个章节的题目进行整体梳理，在一章节内清楚、完整地交代，中间也没有"看官听说""话分两头""不在话下""且把闲话提过"等话本式语言对章节内容进行拓展外延，每个章节间是相对独立的，体现出短篇故事的特征，故事结构也由此变得更加简洁，情节更加流畅紧凑。这样的叙事结构和郑渊洁版《水浒传》非常相似，但前者的每个章节又更加独立，话本色彩非常淡。这种处理比较符合当前青少年受众的阅读习惯，同时也能够与课外阅读教育活动实现更好的配合。

第二，富强版《水浒传》对章节题目进行了较大改编，降低了少年儿童的阅读难度。章回体小说的回目是所对应章节内容的概括。百回本版《水浒传》和富强版《水浒传》在章节题目上也有着鲜明区别，百回本版《水浒传》往往以"张天师祈禳瘟疫、洪太尉误走妖魔""王教头私走延安府、九纹龙大闹史家村"这样双主体、双事件的结构作标题。这种表达方式简洁明了，对仗押韵，有较强的文学意味，更符合成年读者的阅读习惯。但是，富强版《水浒传》的阅读对象是青少年乃至于少儿，他们大多文学修养、知识储备、阅读能力和生活经验不足，无法理解深奥的语言。在这种情况下，富强版《水浒传》对篇章题目进行了较大改编，每章回题目不像原作那样对仗工整，而都采用单句，用通俗易懂、口语化的语言替代对仗工整的文学性语言。比如，富强版《水浒传》中"高俅发迹""史进无家可归""小霸王逼婚"这样的标题简洁、明了，整体脉络更清晰，不易给其所对应受众造成阅读上的视觉负担，也更便于青少年群体的阅读和理解。不过，富强版《水浒传》每章回题目的字数从2字到8字不等，语法结构也不尽一致，有些相近章回的题目中主体角色姓名时有时无，显得相对凌乱，应该加以改进。

四、角色形象的处理

真实立体、个性鲜明的人物形象，是名著深受少年儿童喜欢的重要原因。《水浒传》在人物形象塑造、角色描写等方面有很高的艺术成就。小说中虽然有108个梁山好汉，但是各个梁山好汉都是栩栩如生，特别是武松、鲁智深、宋江、吴用、李逵、燕青等人物，都是个性鲜明、特点突出，让读者过目难忘，从而成为家喻户晓的人物形象。从总体上看，百回本版《水浒传》借鉴了诗歌写作技巧，运用现实主义和浪漫主义的创作方法，善于通过人物本身行动、特定环境、对比烘托，展示栩栩如生的人物群像，以及北宋社会不同群体、不同个人的基本生存状态，如面圆耳大、鼻直口方、身长八尺、腰阔十围，还蓄着络腮胡须的鲁智深；面黑身矮、唇方口正、志气轩昂、胸襟秀丽、为人义气、孝顺友善的宋江。

在角色形象塑造上，各类少儿版《水浒传》有许多相似之处，比如对人物形象进行夸张化、简单化处理，使人物形象更加鲜明、人物性格更加突出；删减原著中的许多角色，将角色形象塑造聚焦于宋江、武松、李逵、鲁智深等少数人物之上，使角色性格、特征等更加突出和鲜明；对人物的心理、性格等进行简化处理，使人物性格、心理、形象等更符合少儿心理。

第一，富强版《水浒传》中梁山好汉的个性更加鲜明，形象更加突出。富强版《水浒传》继承了原著的人物描写艺术，本着贴合角色身份原则，每个章节往往以单人视角进行叙事，并且在尽可能确保人物角色形象与原著相一致的前提下，促使读者能够以一种更直接、客观的途径，来理解每个人的性格。以"拳打镇关西"情节中借钱场景为例，当鲁智深向史进和李忠借钱时，原著这样描述："史进道：'直甚么，要哥哥还。'去包裹里取出一锭十两银子，放在桌上。鲁达看着李忠道：'你也借些出来与洒家。'李忠去身边摸出二两来银子。"考虑到史进和李忠二者生活环境、经济来源的不同，原著作者以一个"取"和一个"摸"两个动词，生动再现了两个人不同的行为活动及其心理状态。看似简单的借钱场景，实则是分别站在不同人物角度来展现各自心理，写出了底层人李忠的无奈，以及小富少史进掏钱的干净利索。而在富强版《水浒传》中，作者对此进行了适当地缩写："史进拿出十两银子，李忠只拿出二两银子。"在此处，富强以鲁智深的角度对借钱场景进行主观描述，重在烘托鲁智深慷慨解囊、扶危救困的形象。此外，原著中这样描述鲁智深借钱助人场景："李忠去身边摸出二两来银子。鲁提辖看了见少，便道：'也是个不爽利的人！'"而富强版《水浒传》对这一场景进行了合理解释：鲁达嫌少，把那二两银子还给了李忠，把十五两银子给了金氏父女。加入还钱的场景，突出了鲁达粗中有细、有借有还的形象，使得鲁达的形象更为丰满立体、生动鲜活。

第二，富强版《水浒传》中角色形象更加简单，更符合青少年群体的审美"口味"。从总体上看，百回本版《水浒传》中的很多人物形象是褒贬不一、毁誉参半的，不少人物角色的内心世界也是丰富多元、复杂多样的，如宋江既有出手阔绰、为人仗义的性格特征，对朝廷的腐败、官逼民反等深表不满，同时也有心机过重、善于玩弄权术、忠于朝廷等特征，这些使宋江的人物形象和人物性格比较复杂，学界对他的评价至今也没有统一答案。富强版《水浒传》对梁山好汉的性格进行了简单化处理，将武松塑造成疾恶如仇、忠勇仁义的角色；将李逵塑造成头脑简单、脾气暴躁的角色；将宋江塑造成具有领导才能、足智多谋的角色。这种角色形象改编既降低了阅读难度，也比较符合青少年群体的阅读心理，有助于青少年准确把握角色特点，评价角色行为。

五、语言风格的调整

少年儿童阅读古典文学名著既要面对文本思想之深邃、逻辑之严密，也要面对古代语言规则之变化。百回本版《水浒传》虽然是中国最早的长篇章回体白话小说，相较古代文言小说而言，其在语法体系、语法规则方面的难度是相对较低的，但终因时代久远，少年儿童阅读起来仍然面临着很大的语言障碍。所以，多数少儿版《水浒传》都对原著的语言风格、用词用语等进行了创造型加工，使语言更加时代化、童趣化、通俗化和生活化，大大降低了少年儿童的阅读难度，也提高了少年儿童的阅读兴趣。如原著中有许多诗词描写，还有许多文言词汇，这些语言多是晦涩难懂，即便是成年人也难以理解文字的意义，在这种情况下，改编版《水浒传》往往直接删除了这些语言，或改写成儿童化语言。从语言风格上看，富强版《水浒传》有以下特征。

第一，富强版《水浒传》在保留原著语言风格、行为逻辑、写作手法的基础上，对原作中的文言句式和大量诗词进行了删减和转化。以第1回"洪太尉误走妖魔"的背景介绍为例，百回本版《水浒传》以记载人物外貌、言语、行为、心理为主，叙事在其中占很大的比重。原著以一首诗作为引子："绛帻鸡人报晓筹，尚衣方进翠云裘。九天阊阖开宫殿，万国衣冠拜冕旒。日色才临仙掌动，香烟欲傍衮龙浮。朝罢须裁五色诏，佩声归到凤池头。"寥寥数字，交代了文本故事的大致轮廓，勾勒了一个充满想象但意境模糊的时代背景，体现出想象与虚构的主观意图，"史"与"事"被割裂开来。但是，对于青少年群体而言，文言文的晦涩、诗歌意境之难以捉摸，容易使其在开头就迷惑，加上自身理解能力的局限造成语义上的误读或者文本难懂，许多青少年直接放弃阅读，更不用说低学段的儿童了。在此方面，改编者富强做出明显调整，结合原诗所指内容、故事发生背景及当前青少年群体的阅读习惯和审美倾向，融合当前历史电视剧常用的视听媒介语言，即以写实性的历史学语言来代替写意性的文学语言，将原本以诗的形式呈现的引子，转换为更为生动、更富有情趣、更适合青少年阅读的历史领域风格文本："唐朝末年，天下大乱，群雄纷纷自立为王，开始了五代十国时代。经过五十多年的战乱，殿前都点检出身的赵匡胤（yìn）统一了天下，定国号为大宋。天圣元年（1023），宋朝第四任皇帝赵祯即位，史称宋仁宗（1023—1063年在位）。"此处以晚唐初宋为历史背景，通过严格资料审查、严谨历史考证，以精确性的数字、典型性的人物名称、饶有趣味的文本语言交代故事的时代背景，同时间接普及客观、准确的历史知识，也在一定程度减少历史虚无主义在所处群体的蔓延，这是富强改写的青少版《水浒传》不同于其他少儿版《水浒传》的一个重要方面。接着，此处还写道："据说，宋仁宗是天上的赤脚大仙转世，他在任期间，注意任用贤臣，使宋朝出现了五谷丰登、夜不闭户的繁荣景象。没想到乐极生悲，嘉祐三年（1058）春，天下瘟疫横行，百姓死伤无数。全国各州各府的告急文书，像雪片一样飞到了龙案上。"

第二，富强版《水浒传》因更具追求宏大叙事结构的目的，在语言运用上非常注重模拟古史风格并有所创新，配合一定神话色彩的传说，运用生动形象的比喻，表现出"文而不丽，质而不野"的文学语言审美观，在保持着一份对原著谦恭姿态的同时，尽可能实现对原著内容的润色，借助青少年及儿童群体与生俱来的猎奇本能，贯穿书与所对应读者之间多方面的联系。就整体而言，富强版《水浒传》通过古今语言转化，使得整本书结构完整、线索清晰，语言简洁易懂、生动有趣，大大降低了阅读难度，更适合青少年读者阅读，同时也能提高他们对语言美的感受能力、思维水平，以及对文字的感知与驾驭能力，使他们在阅读中获得切实的乐趣和知识能力的提升。

第三，富强版《水浒传》的语言更加浅显易懂，近似于生活语言。百回本版《水浒传》本身就是在话本艺术和民间语言基础上发展形成的，语言具有先天的口语化色彩，朗朗上口，便于理解。富强版《水浒传》延续这种语言风格，并进行现代化处理，如在对武松、鲁智深、宋江等人物的描写中，就运用了许多口语化的语言——力大无穷、足智多谋、勇猛无敌，这些语言往往浅显易懂、直白简洁，就是普通大众在生活中运用的语言，甚至连"话说""再说""却说""且说""只说""话休絮繁""有话即长，无话即短"之类的语言也基本没有保留，大大淡化了作品的历史久远感，降低了青少年读者的阅读难度，也有利于激发他们的阅读兴趣。如，第19回"武松打虎"中："武松听了，笑着说：'店家，这景阳冈我以前走过许多回，从未听说过有老虎，你留我在你店里休息，难道想在半夜三更谋财害命？'酒家说：'我是一片好心，你却如此数落我，随便你吧！'说完，摇着头走进店里。"；第22回"威震孟州"中："负责押送武松的两位公人知道武松是好汉，再加上武松经常买酒菜给他们吃，所以他们一路上也没有为难武松……酒店的门槛上坐着一个女人，她说：'客官，本店有好酒好肉，还有大馒头。'"。这样的语言极为简练、生活化，便于年轻读者理解。不过，这种简化处理也会导致一些问题出现，比如相较原作，富强版《水浒传》用不到300字就完成了对武松打虎具体过程的描写："走了一会儿，酒劲儿上来了，武松觉得浑身发热，就敞开胸怀，躺在一块光滑的大青石上，正准备睡觉，突然刮起了一阵狂风，从树背后跳出一只吊睛白额虎。武松大叫一声，翻身提起哨棒，闪到大青石旁边。那只老虎又饿又渴，径直扑向武松。武松连忙闪到老虎背后，一把抓住老虎的尾巴。老虎大吼着转身，甩开了武松。武松抢起哨棒去打老虎，却打在枯树上，哨棒断成了两截。老虎咆哮着扑向武松，武松连忙丢下半截哨棒，顺势揪住老虎的脸皮，一把将老虎按在地上，挥起拳头，照着老虎的脑门就打。老虎咆哮着，虎爪在身下刨出一个土坑。武松一个劲儿地打，打了几十拳，见老虎渐渐不动弹了才停手。老虎被打得眼睛、嘴、鼻子和耳朵里都喷出血来。武松担心老虎还活着，拿起半截哨棒又打了一阵，确信老虎断气了才作罢。"[1]这虽然将武松打虎的来龙去脉讲解得十分清楚，但总体感觉语言显得相对简略，缺少细节描摹，语言的丰富性、细致性欠佳。读完之后，读者只能了解武松打虎的经过，得

①富强.水浒传（青少版）[M].北京：作家出版社，2015：77-78.

不到更多语言的浸润和熏陶。不过，这种处理自有其妙处——语言十分紧凑，都是短句，动作突出，节奏明快，武松打虎的紧张情势与勇猛气势得到了充分的展现。

六、价值引导的凸显

古典文学名著历经悠久历史的沉淀与选择，历久弥新，其深刻的思想可以丰富少年儿童的见识，其中颂扬的中华民族传统的、宝贵的精神品质，仍然需要少年儿童来继承与发扬。对于少年儿童群体而言，《水浒传》除了能满足个体对英雄主义情怀的热爱，提供精彩的文字世界，帮助少年儿童拓展眼界、感悟人生之外，其所展现出来的家国情怀、人情世故、法律道德、勇敢独立、友爱团结等也是一笔宝贵精神财富。从总体上看，各种少儿版《水浒传》都充分考虑了文学作品的价值引领功能，在故事情节选择、人物形象塑造、语言风格和用词等方面比较谨慎，充分彰显了《水浒传》的价值引导、道德教育和传统文化教育等功能。比如，与原著中的女性形象相比较，多数少儿改编版《水浒传》对潘金莲、孙二娘、扈三娘等女性人物形象进行了重新塑造，使女性形象更加健康、积极和阳光，这些更加符合现代社会的女性观和人权观。再如，多数少儿改编版《水浒传》删除了与依法治国、遵纪守法、依法办事等不相符的故事情节，使故事情节更加符合当代社会的主流价值观。

富强改写的《水浒传》是青少版，针对的受众群体年龄稍微大一些，前文提到其在内容处理上为适应青少年群体的年龄特点保留了原作大多数情节，相较一般的少儿版《水浒传》内容更为丰富饱满，思想主题、人物形象的复杂性更为突出。但富强版《水浒传》同样重视通过改编《水浒传》构建正面价值观，以人文关怀提升受众群体的道德认知和思想修为。

第一，富强版《水浒传》大力弘扬了忠义精神、爱国情怀等传统价值观。从总体上看，家国情怀、见义勇为等是永不过时的文化精神，即便是在科技高度发达的今天，家国情怀、行侠仗义、见义勇为、反抗压迫等仍符合主流价值观。富强版《水浒传》将水浒文化中积极健康、符合时代精神的价值精神进行提炼和弘扬，凸显了《水浒传》改编版本的价值引导功能。而且，富强版《水浒传》以刻画人物和叙述故事见长，通过描述众好汉的功成身亡，延续秉承忠义的传统，认可与歌颂起义英雄，将褒扬家国情怀、呼唤民族血性、强调法治意识贯穿于文本叙事始终，在价值观导向上体现着层层递进的关系，逐渐由最初的人与人之间的交友准则，上升到小集体的安乐，最终上升到安邦定国的高度。

第二，富强版《水浒传》对原著的思想内容进行了加工和再创造。如原著中李逵、武松、时迁、关胜、晁盖等梁山好汉，不仅有行侠仗义、反抗压迫、勇猛无敌等优良品质，同时也有注重江湖义气、目无法纪等不足之处，这些往往会对青少年产生负面影响，甚至会让其产生为了哥们儿义气可不遵守纪律等不良认知。富强版《水浒传》对原著中的这些内容进行了创造性加工，凸显了《水浒传》的价值引导功能，让受众看的是不再是朋友之间的两肋插刀，不再是小团队的反叛、结社成团杀人抢劫，而是对构建公平、繁荣、正义、和平、法治、良善的理想社会的向往，表达一种理性的友谊、高尚的家国担当、朴素的社会责任意识，有助于引导青少年群体养成良好的道德和学到关于为人处世的通用知识。

总之，富强版《水浒传》因其受众定位与一般少儿版《水浒传》稍有不同，故在装帧设计、叙事方式、语言风格、价值引导等方面呈现出了与一般少儿版《水浒传》同中有异的特点，是改编版《水浒传》中一个比较特殊的个案。同时，这也说明要进行《水浒传》改编，就必须有明确的读者意识，定位清晰，目标明确，做好针对性设计与调整，才能在众多改编版本中拥有自己的特色，在市场上占有一席之地。

第六章 少儿版《水浒传》中的插图设计及运用研究

《水浒传》插图创作历史久远、形式多样，出现了一系列著名画家和典型画作，与作品本身相辅相成、彼此成就。《水浒传》插图研究也逐步拓展，成果显著，在"文学与图像关系"范式下推动水浒文化研究走得更远更好。《水浒传》插图是水浒文化的有机组成部分，《水浒传》插图研究是水浒文化研究的应有之意，对水浒文化的传承和推广有着举足轻重的意义和价值。

第一节 数据分析及价值研究

时至今日，文学图像化的趋势愈演愈烈，而且随着现代出版技术的发展和儿童审美需求的提升，声、光、电等技术手段及美术、音乐等艺术元素被广泛地运用到少儿读物的装帧设计之中，用视觉、听觉艺术对语言艺术进行形象直观的诠释，大大增加了读物的艺术氛围，使作品更具有吸引力。因此，为适于少儿的认知需求和阅读能力，当代少儿版《水浒传》绝大多数版本都采用了配备插图这种重要的艺术附加形式，或者直接采用图画书的形式来标识自己的少儿读物特性。这是在少儿版《水浒传》中运用最为普遍的两种形式，在少年儿童的版本选择和阅读接受过程中起着举足轻重的影响作用，不容小觑。从专业角度看，带插图的书和图画书是不同的书籍类型，日本图画书研究者松居直曾用"文＋画＝带插图的书、文×画＝图画书"[①]的公式来说明带插图的书与图画书的区别。

插图：也被称为插画，是指附在书籍中的图画。有的用插页方式，有的插在文中，用来形象地说明文字内容、加强文字的感染力和书刊版式的活泼性。少儿读物插图通常也被等同于少儿读物中的绘画作品，是艺术家专门为少儿创作的、适合少儿欣赏的一种绘画艺术表现形式。

---

①松居直.我的图画书论[M].郭雯霞，徐小洁，译.乌鲁木齐：新疆少年儿童出版社，2017：序言.

图画书：不同于一般带插图的书，插图是以文字内容为主、图画为辅，图画书则是以图画为主体。图画本身就具有讲述故事的功能，承担着叙事抒情、表情达意的任务。

不过，虽然带插图的书和图画书不是一个概念，但二者之间在美术的本质上是相通的，所以本书把带插图的书和图画书放在一起讨论，重在对图画本身而非书籍类型进行分析。

《调查问卷》第8题和第13题所得的数据（见图6-1和图6-2）非常符合少年儿童的身心发展特点和阅读接受规律。少年儿童尤其是学龄前儿童生活范围狭窄、社会经验欠缺、知识储备不足，对于《水浒传》这样的古典文学名著，最先获知的渠道大多是父母有意或无意的言语描述，这很容易理解。但是，"在图画与言语两条线索中，儿童更依赖前者"①。从第8题和第13题的综合数据就可以看出图画书和影视剧在少年儿童接受《水浒传》过程中所占的比重很大，这源于图画书、影视剧直观性、具象性强的特点，其夸张简洁的造型、丰富鲜艳的色彩、声画结合的光影技术等因素高度贴合少儿具象思维突出的思维特点和独特的审美偏好。

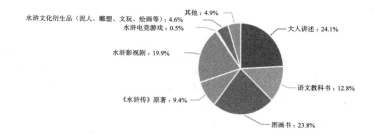

图 6-1　第 8 题：你孩子最早接触水浒故事的渠道是什么

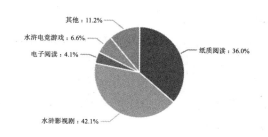

图 6-2　第 13 题：对于《水浒传》，您孩子更喜欢以下哪种接受方式

①康长运.幼儿图书故事书阅读过程研究 [M].北京：教育科学出版社，2007：87.

《调查问卷》第 14 题显示,在进行《水浒传》纸质版阅读时,少年儿童最喜欢的版本就是漫画卡通版,有 40.4% 的孩子选择此类版本(见图 6-3)。《调查问卷》第 15 题显示,家长和孩子在选择《水浒传》改编读本时,有高达 47.0% 的人最关注 "有没有插图以及插图的风格"(见图 6-4)。从第 14 题和第 15 题的数据可以得知,在 "读图时代" 背景下,在少儿阅读特性影响下,插图的设计和运用在很大程度上影响甚至决定着少年儿童对《水浒传》版本的选择和阅读接受效果,这也是本书决定对少儿版《水浒传》的插图设计及运用做专门分析的重要原因。

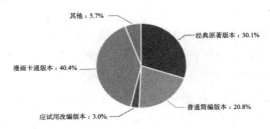

图 6-3 第 14 题:在接触过的《水浒传》纸质作品中,您孩子更喜欢哪种版本

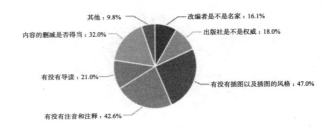

图 6-4 第 15 题:您和孩子在选择《水浒传》改编读本时,最关注的是什么

在《调查问卷》第 16 题中,对于插图在少儿版《水浒传》中所能起到的作用,77.0% 的家长认为可以 "增加趣味性",63.9% 的家长认为可以 "使作品形象化",55.5% 的家长认为具有 "辅助解释功能",只有极少数的家长认为插图的运用对孩子的阅读会产生一些不利的影响(见图 6-5)。可见,绝大多数的家长对少儿版《水浒传》采用插图这种附加艺术形式是非常认可的,认为插图对于孩子的阅读有着很好的促进作用。

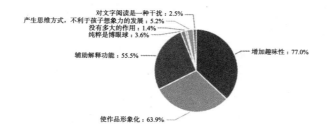

对文字阅读是一种干扰：2.5%
产生思维方式，不利于孩子想象力的发展：5.2%
没有多大的作用：1.4%
纯粹是博眼球：3.6%
辅助解释功能：55.5%
增加趣味性：77.0%
使作品形象化：63.9%

图 6-5 第 16 题：您认为插图设计在少儿版《水浒传》中的重要作用有哪些（多选）

插图是全世界都能通用的"语言"，图画具有文字不可替代的重要作用。少儿版《水浒传》作为一种面向特定读者群体的读物，插图在其中起着重要的作用。

首先，传递知识，辅助理解。插图是传达作者意图的重要载体，是文意的直观化、具体化和形象化呈现，可以弥补少儿读者抽象思维不足的短板，有助于其提高对文字内容的理解，帮助其欣赏和理解作品本身。近代插图研究代表人物郑振铎认为："插图是一种艺术，用图画来表现文字所已经表白的一部分的意思；插图作者的工作就在补足别的媒介物，如文字之类之表白。"① 尤其是对于还不识字的学龄前读者来说，他们读图能力的发展要早于并优于阅读文字的能力，他们通过插图就可以"读"到有趣的故事，获取有益的知识，并在图画的指引下渐渐提升阅读技能，最终走进文学的殿堂。

其次，吸引注意，激发兴趣。鲁迅先生对书籍装帧和插图设计颇有研究，他对插图的作用给予了充分的肯定，在《连环图画琐谈》中曾说："明清以来，有卷头只画书中人物的，称为'绣像'，有画每回故事的，称为'全图'。那目的，大概是在诱引未读者的购读，增加阅读者的兴趣和理解。"画质精良、构图精美的插图对自控力不太强的少儿读者有着强烈的吸引力，可以有效引起少儿对书籍的注意，激发其阅读兴趣，增强阅读效果。

再次，培养美感，提升审美品位。插图在传递知识的同时，更具有视觉上的美感和重要的美育功能。色彩鲜艳、内容新颖、形象生动、画面优美的插图能给予少儿读者视觉上的良性刺激，帮助其感受色彩的美好与奥妙，使其对美的感受和认知更加细腻敏锐，学会去欣赏"插图的意境美、情趣美、人物美、寓意美、想象美、哲理美、风俗美"② 长期浸润在图文并茂的少儿读物中，孩子们在得到审美享受、接受文化熏陶和精神滋养的同时，也一定会逐步提高审美鉴赏能力，形成对美与丑的判断能力。

---

① 郑振铎.插图之话，见：郑振铎艺术考古文集 [M]. 北京：文物出版社，1988：3-4.
② 王林林.课文中的"隐形人"：浅谈插图在初中语文教学中的作用 [J]. 现代语文，2015：49-50.

最后，丰润情感，提升能力。优质图画书中高质量的插图往往集知识性、教育性、审美性于一体，造型风格多样，画面生动有趣，色彩丰富鲜艳，使得文本中的人物性格更加鲜明突出，形象愈发丰满鲜活，允符少儿生理心理需求，有助于丰富孩子情感体验，有益于孩子身心健康快乐成长。插图具有很强的叙事性，在阐释文本精彩细节、营造动人心弦的画面氛围的同时，还能在耳濡目染、潜移默化中对培养孩子的观察力、认知力、沟通力、想象力、创造力产生难以估量的价值。

研究表明：带有插图的少儿读物非常适合少儿阅读，也是少儿读者最喜欢的图书形式。优质的、高水准的图文作品，可以让孩子们在听故事中品味绘画艺术，在欣赏图画中认识文字、理解文学，这种让眼睛享受、让心灵愉悦、让精神提升的美妙体验，既有助于建构孩子的精神世界，促进心智化发展，又有助于培养孩子良好的道德品质和行为习惯，在其一生中起着奠基作用。

第二节　潜在隐患及相关反思

从对少儿版《水浒传》的市场调查可以发现，少儿版《水浒传》插图的设计与运用确实存在着一些潜在隐患，令人担忧。前文《调查问卷》中大部分家长对少儿版《水浒传》运用插图和图画书的形式持赞同和认可的观点，这种潜在的市场需求在很大程度上刺激、推动，甚至决定着少儿图书市场的发展走向，以及少儿读物编绘者、出版者的设计思路和运营策略。有些编绘者、出版者闻利而动，唯利是图，一味投家长、少儿所好，只追求速度和数量，忽视质量和标准，罔顾少儿读者的真正需求，导致包括少儿版《水浒传》在内的很多针对少年儿童群体的图书插图质量粗糙低劣，而且被大面积、大数量投放市场，可谓泥沙俱下、问题丛生。更令人担忧的是从问卷中可以看出，只有极少数的家长认为插图会产生不良影响，说明大多数家长对市场上的少儿读物插图是缺乏批判性认知的，购买时更多是持盲从跟风和无所谓的心态。这些因素影响下的少儿读物插图制作势必存在较多潜在隐患。

第一，可能会对孩子的身体发育造成不利影响。插图作为一种绘画形式，最关键的要素就是色彩、造型和构图。不同年龄阶段儿童的心智发育水平、文化知识储备、对事物的理解能力及阅读欣赏要求都有着明显的差别，如果不知道或者不注意少儿身心发展的特点和规律，势必会给少儿读者造成困扰和伤害。不同于传统《水浒传》插图多采用黑白色的特点，现在很多少儿版《水浒传》插图为追求明快亮丽的画面色彩关系，多采用纯度高、明度高、对比强烈的色彩。但是，由于对儿童的色彩心理缺少深入细致的研究，不少版本的色彩设计出现了问题，有些版本高度相似、几近雷同（见图6-6）。

图6-6 色彩设计类似的少儿版《水浒传》

有些版本整体色彩的搭配比较单调，显得呆板，有廉价感；有些版本选用的色彩与作品的内容情感不适合；有些版本图片色彩运用过度，过于艳丽，令人眼花缭乱；有些版本的封面印刷颜料质量低劣，味道刺鼻；等等。这些问题很可能会产生色彩污染，让人产生烦躁感，对视力发育还不完善的少儿读者产生不利影响。插图不仅要有合适的色彩，更要有合适的形象、数量和位置，即造型构图、编排布局必须非常讲究，既要美观又要便于阅读。少儿读物插图创作成败的关键点和难点是人物形象的设计与塑造。少儿读物插图中的人物形象应该展现充分的儿童化风格，针对少年儿童的生长规律、审美心理和活泼好动的年龄特点，将头部与五官的塑造作为创作的重点，注意特殊头身比（一般设定为1：2至1：3），夸张丰富的表情、神态和动作，标志性的发型、头饰、服装、武器装备等要素的设计与绘制。学龄前和学龄初期儿童知觉意识蒙眬、空间感差，为他们创作的插图应该采用最简单的构图形式。随着少儿理解能力和空间意识的增强，插图的形式可以复杂些，尝试用一些先进媒体绘制技术或综合性材料做出颇具当代性的立体插图等。如若忽视或者违背这些规律，就会事与愿违、适得其反，创作的插图要么不受欢迎，要么误人子弟。而且，插图虽不是音乐、书法，但也应该讲究韵律节奏，做到和谐有序、错落有致，给少儿留有想象的空间。插图应富有艺术感染力，而不是把众多造型元素堆砌叠加，导致画面拥挤压抑，杂乱无章，给人窘促、压迫和杂乱之感。

第二，可能会对孩子审美能力的培养带来负面影响。一个人早期的视觉经验将影响其一生的美感发展，少年儿童在阅读精美的少儿读物插图时，可以"通过对由插图的形状、色彩、光影、空间等要素组成的形象的整体把握，来对插图所蕴含的审美元素进行感知"，"进而在头脑中加工改造通过审美知觉所获得的审美表象，并在此基础上创造新的审美意象"①，随之产生丰富的审美体验，这就是少儿读者在阅读插图时从审美知觉到审美想象再到审美情感的整个心理过程。如果少儿读物插图的创作不尊重少年儿童的审美心理需求，忽视插图作品的审美取向，就很难创作出优质精良的插图作品。从浓墨式的版画风格到写意风格的白描画、精致的工笔画和文人画，再到当下的数字绘画，《水浒传》插图因创作的材料、技法、风格的不同而呈现出多样性的绘画风貌和艺术风格，带给读者不同的审美感受。当下少儿版《水浒传》采用最多的是漫画、卡通形式的插图，通过夸张、变形等手法强化人物特点和故事效果，这无可厚非。漫画、卡通插图是有多种类别风格的，其中，讽刺性插图多用以贬斥敌对的或落后的事物，以讥讽的语气达到否定的宣传效果；幽默性插图则是通过影射、讽喻、双关等修辞手法，在善意的微笑中揭露生活中乖讹和不通情理之处，从而引人发笑。无论如何，除了满足个人品位、喜好之外，这些风格的漫画都不太适合运用到优秀的中华经典作品中去，大量印售给少儿读者。但是，有些少儿版《水浒传》的美编设计者不加辨析，盲目地、大量地使用此等风格的漫画插图，给人的感觉是童趣不足、恶趣明显，不是在"漫画水浒"，而是在嘲笑恶搞水浒。如下面几个人物的形象着实很难让读者产生美的感觉，令人对作品的审美难以苟同，还可能让少儿读者对《水浒传》原作的审美认知产生偏差。更有甚者会从网上随意拷贝、临摹、拼凑一些图片，看着五彩斑斓、花里胡哨，实则粗制滥造，这对于审美能力不高的少儿读者而言是贻害无穷的。少儿读物的插图可以幽默风趣、夸张变形，但绝不能脱离少儿的生活实际和作品的内容实际。只有符合少儿读者的审美心理和审美要求、适合少儿的接受能力和理解能力的插图作品，才能真正成为有童真童趣、能打动读者、启迪心灵的好作品，在带给少儿读者美的享受的同时达到提升其审美能力的效果。

第三，可能会对孩子文学素养的提升产生反向作用。插图是绘画和文学紧密结合的一种艺术，创作文学作品的插图之前必须深入研究原著的历史背景和人物

---

① 朱良，李全华. 少儿读物插图的功能及审美取向 [J]. 学前教育研究，2009（6）：45-47.

特征，理解原著的主题内容，懂得作品的艺术风格，熟悉作品涉及的服饰道具、日常习俗，然后再适当融合个人对作品的理解，运用适当的个人风格和表现技巧，绘制出符合原作神韵的插图，形象地再现文学作品的精神内涵。少儿版《水浒传》是将少年儿童引向《水浒传》原著的桥梁，但是有些插图编绘者对文学作品插图和其他类别插图的区别认知有限，导致了一些创作上的误区甚至错误，对少儿读者文学素养的提升可能产生反向作用。

首先，有些版本的知识性错误或不当宣传可能会误导少儿读者，如在封面显著位置标明"小学生课外必读经典童话故事"字样，这是明显的知识性误导，十分不应该。

其次，还有一些少儿版《水浒传》图画书的编绘者可能缺乏对《水浒传》原作的深入研究，在插图设计上"勇于创新"，为孙二娘、武松设计了"小样儿！看你还能蹦跶到几时！"和"老子不发威，你当我是病猫啊！"等台词（见图6-7）。

图6-7 不当的台词

这样虽然迎合了部分读者对戏谑邪痞语言风格的偏好和学业压力过重导致的逆反心理，但确是不符合《水浒传》原作整体的思想内涵、情感基调和时代特征。这些图画书不但没有起到应有的激趣和引导的作用，反而拉低了少儿读者对原著的期望值，影响少儿读者之后对《水浒传》原作做进一步高质量的阅读和接受。

国内多地、多次的中国少年儿童阅读状况的调查结果显示：未成年人对图像阅读的热情已经远远超过对文字阅读的兴趣，中学生最喜爱的书籍类型是卡通漫画类，最后才是文学名著类。大学生的阅读状况也不尽如人意，不仅阅读量屡创新低，阅读内容也不容乐观，受大学生欢迎排行榜前列鲜有古典名著的影子。而且，很多年轻人已经用看经典作品的影视版代替了阅读原著，习惯于用别人的视角代替自己的阅读视角。有学者就严肃指出：远离原著是当代大学生阅读的普遍趋势，而这导致的后果往往是大学生有知识，却缺乏独立和深刻的思想。出现这种令人担忧的现象，笔者认为某些不负责任的少儿读物难辞其咎。

优秀的图画书应该是"图画和文字各自充分发挥自己的表达优势，互相融会、互相协调，二者浑然一体，共同讲述一个故事，共同创造一个世界"[①]。古人为我们留下那么多优秀的文学作品，在我们试图用孩子们喜欢的图画书把这些古典名著引荐给他们阅读时，请一定记得不要本末倒置，舍本逐末，丢弃掉原著的精华。我们要做的是在保持原作风格的前提下，尽力提高插图作品的艺术性，使之成为文学作品的有力辅助，拉近读者与文学作品的距离，吸引少儿读者走进古典文学名著的殿堂。

鲁迅先生在《看图识字》中说："给儿童看的图书就必须十分慎重，做起来也十分烦难。"因此，要给孩子们做出精良优质、图文并茂的图书不能一蹴而就、贪图捷径，必须踏踏实实、稳扎稳打。针对少儿版《水浒传》在插图编绘和出版方面出现的问题，笔者有如下反思，希望能对相关机构和人士有所启发。

1. 加强市场管理，重视舆论引导。为防止少儿读物编绘者、出版者单纯追求商业利润，降低艺术标准，应尽快完善少儿读物出版法律法规，进行严格有效的市场管理，进一步优化、净化图书市场，以法律法规形式保证少儿读物插图的质量，保证少儿图书的健康出版。这一点在前文中已有相关阐释，不再赘述。另外，还要重视舆论导向的作用，通过政府、传媒、社会组织、教育部门等渠道提升少儿读物插图创作的影响力，多组织有效的少儿读物插图活动，重视少儿读物插图的研究，成立一些专门的关于少儿读物插图研究的学术机构和社会组织，并给予资金支持，确保少儿读物插图研究的持续性跟进和高水平进行，扶持和引领少儿读物插图创作的发展。古语云：君子爱财，取之有道。图书不是一般的商品，不仅事关金钱利益，更是国家文化事业的一部分，事关一代又一代少年儿童的成长和国家未来的发展。相关从业者应强化精品意识，用专业能力和专业精神对待少儿读物插图创作，秉持充分的责任心、使命感为孩子们写好书、做好书、卖好书。

2. 培养专业人才，提升整体水准。当下中国少儿读物插图行业之所以问题频出，争议不断，精品少，庸品多，缺少真正能令少儿读者喜欢的经典作品，其中一个重要原因就是专业人才的缺乏。以前，因为耗时长、收益低，很多画家不愿从事少儿读物插图创作，专业从事少儿插图创作的画家寥寥无几，大多是画家兼

①朱良，李全华. 少儿读物插图的功能及审美取向 [J]. 学前教育研究，2009（6）：45-47.

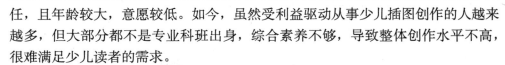

任，且年龄较大，意愿较低。如今，虽然受利益驱动从事少儿插图创作的人越来越多，但大部分都不是专业科班出身，综合素养不够，导致整体创作水平不高，很难满足少儿读者的需求。

高尔基说："儿童文学需要的不是匠人，而是大艺术家。"优秀的插图作品和作者的情趣、心态、修养有着质的联系，是创作者文化底蕴和绘画技法的综合呈现，因此，要成为一名优秀的少儿读物插图创作者，不能仅依赖绘画技法，还需要有多方面专业知识和文化素养沉淀。首先，要有扎实的美术技艺，具备绘画的基本条件和插图制作的专业基础知识，尤其是在当下数字绘画时代，还需要具有将电脑技术和美术完美结合的能力。其次，要懂得一定的心理学、教育学理论，熟悉少年儿童身心发展特点，了解少儿读者的理解能力和接受能力，能够用少年儿童的眼睛、耳朵、心灵和思维去感受周围的世界、分析事物的本质。根据少儿读者的年龄阶段、色彩心理、知觉特征、兴趣爱好等特点调整色彩、构图和造型。如此，创作的插图作品方能走进小读者的心灵深处，否则即便绘画技法再娴熟，也只能事倍功半，甚至事与愿违。再次，要有广博的学识积累、丰润的文学修养、深厚的艺术底蕴和丰富的人生历悟。少儿文学读物插图是语言艺术和视觉艺术的综合相融，没有深刻感悟力、敏锐洞察力、自由想象力和积极乐观的生活态度，很难创作出优秀的插图作品来充分体现文学作品的内容，实现理想的图文关系。但是，这样的人才很难自发养成，需要相关教育部门和培训机构积极参与到少儿读物插图专业人才培养的事业中来，给予资金、师资、设备、舆论资源等的支持。我国应努力培养出更多专门的、优秀的插图制作人才，不断提升中国少儿读物插图制作的水平和标准，惠及广大少年儿童。

3. 融入中国元素，彰显东方气韵。虽然中国文学作品插图创作历史悠久，但是在一段时间内，受到日韩卡通潮流和欧美迪士尼风的冲击和影响，很多少儿读物插图从业者和出版机构出于商业目的而大量制作日韩、欧美风格的卡通插图来投少儿读者之所好，导致中国少儿读物插图在表现形式和艺术风格上出现明显的模仿痕迹和西洋化倾向，具有本土文化色彩的原创作品严重匮乏。

虽然卡通插图是少年儿童最喜欢的绘画风格，但它也无法真正适合所有的文学作品，不同的文学作品应当用不同的绘画技巧去表现。郑振铎先生说："插图的功力在于表现出文字内部的情绪与精神。"[①] 所以，文学作品的插图不是独自美丽、为所欲为，应该和文学作品相互融合、彼此成就。为中国古典文学名著配制的插图不能一味地盲目模仿、照搬西方的艺术形式而忽视原作里的中国传统文化因素，否则就会显得不伦不类，让小读者不明所以，时日长久之后，小读者对中国的传统元素会越来越陌生，与中国传统文化的距离会越来越远，这对赓续中华

①郑振铎 . 郑振铎艺术考古文集 [M]. 文物出版社，1988：3-4.

文脉、传承中华文化是非常不利的。

儿童文学作品领域的权威作家约瑟夫·H. 施瓦茨（Joseph H.Schwarcz）曾经说过："尽管如此，我们依然很庆幸，在所有的艺术形式中，能产生国际影响力的经典作品往往具有很强的本土特色。"[1] 具有远见卓识的插图制作者和出版机构已经在努力做出尝试，将传统文化融入少儿读物的插图制作、装帧设计之中，且表现不俗。如：有且编著、天津人民美术出版社 2020 年 12 月出版的《幼水浒》（见图 6-8），不仅别开生面地以 1200 幅水墨丹青宣纸手绘原画展现雅致、有趣的东方审美和中国气韵，创作出的水浒人物形象线条圆融，简练含蓄，落墨优雅，设色生动，又不失灵动鲜活，令人眼前一亮，颇为惊艳，还高调标榜"让'少不读水浒'成为历史""让孩子从小就爱上传统文化""让孩子更好地学习古代文学、了解人情世故、懂得情义法律"。可以说，《幼水浒》在插图制作在融入中国元素、彰显中国气韵上的做法和理念为从事少儿版《水浒传》改编、出版的人士做出了很好的示范，树立了榜样，值得大家去借鉴。另外，江西高校出版社 2020 年 7 月出版的《水浒传》绘本、湖南美术出版社 2020 年 1 月出版的《四大名著绘本连环画——水浒传》等也都有意识地将少儿版《水浒传》插图的制作与中国传统文化相结合，颇具民族特色。

图 6-8《幼水浒》

①史河. 少儿图书插图的现状及创作趋势 [J]. 科技与出版，2014（11）：56-59.

　　其实，近两年来中国元素突出的少儿图书越来越走俏，这是十八大以来国家文化自信建设深入推进的结果。中国少儿读物插图制作若想长远发展，做出属于中国人自己的插图精品，必须从中华民族几千年来积累流传下来的艺术形式（比如：剪纸、石刻、戏曲、陶瓷、壁画、书法、服装、武术等等）中深入挖掘创作的灵感和素材，将中国传统文化艺术与当代审美思潮、高新科技融会贯通，提高插图作品的民族性、原创性和东方神韵，推动民族原创插图走向至高境界。即使是异域色彩浓厚的卡通漫画艺术也完全可以和中国传统文化相辅相成，和谐相融，二者的融合是符合文化发展历史大趋势的。因此，"《中国漫画》创刊30周年暨用漫画传承中国传统文化研讨会"就大力倡导：加大对中国传统文化内容上的开发及出版，用传统观文化全方位感染读者，大力彰显中华文化魅力，在延续和发展中华文明，促进人类文明进步，传承发展中华优秀传统文化中积极发挥作用。

　　希望未来的少儿读物插图制作者们秉承创作最好的插图为孩子服务的信念，放眼世界各国的同时不忘扎根中国大地，注重插图创作与中国元素、本土文化的融合，努力创作出具有中国气派、中国风格、中国风韵的插图作品，打造少儿读物插图领域的中国品牌和中国高地。

第七章　影视化少儿版《水浒传》现象分析

信息技术的飞速发展催动了读图时代的到来，视觉文化成为时代发展的必然，在这种情况下，《水浒传》的各类影视作品层出不穷，如《收关胜》《石秀杀嫂》《武松血溅鸳鸯楼》《大闹五台山》《情义武二郎》《水浒传》，这些影视作品与原著的关系可分为戏说、改编、忠实原著三种。各种版本的少儿版《水浒传》影视作品也不断涌现，成为少儿版《水浒传》的重要传播形式，是少儿了解水浒文化的重要途径，受到广大少年儿童的喜爱。

从总体上看，具有市场影响力的少儿影视版《水浒传》主要有《水浒·英雄列传》、"小戏骨"《水浒传》、《亿唐剧场—水浒传》、大语文启蒙版《水浒传》等。

王兆炳、朱挺导演的120集动画片《水浒·英雄列传》以《水浒传》原作为基础制作而成，每集10分钟，除了第1集简单介绍时代背景和故事主角，第120集总结剧情并对后续做些简要介绍之外，剩下的100多集为传记，凸显了鲁智深、武松、林冲等梁山好汉，重点展现了拳打镇关西、杨志卖刀、智取生辰纲等故事情节。《水浒·英雄列传》为适应受众特点，减少水浒中的血腥残暴画面，采取了幽默夸张的二维动画形式进行演绎，绘画风格幽默风趣但稍显过度，略失原著风韵。不过，《水浒·英雄列传》在叙事体例上有所突破，采用中国纪传体史书列传的方式展现梁山好汉的英雄事迹，与传统的影视作品有许多不同之处。在《水浒·英雄列传》中，导演用现代人的思维方式和审美习惯等解构梁山好汉的人物性格和故事发展脉络，展现了梁山好汉的人性闪光点。《水浒·英雄列传》中的水浒英雄各个性格鲜明、栩栩如生、活泼幽默，并且巧妙地避免了杀戮、暴力、色情等少儿不宜的故事情节。

真人版的"小戏骨"《水浒传》是由潘礼平导演、陈荣达等主演的，该少儿版电视剧共有10集，展现了鲁智深倒拔垂杨柳、拳打镇关西、武松打虎、宋江上梁山等经典故事情节，剧中宋江、林冲、鲁智深等人物都由儿童主演，是一部名副其实的儿童版《水浒传》。在故事情节和思想内容创作上，导演从现代人和少年儿童的思维解构人物性格，在人物形象上增加了许多幽默诙谐的时代元素，为水浒英雄打造了正气凛然且生动幽默的人物形象。

第一节　少儿影视版《水浒传》的时代特色

从总体上看，影视作品比图书、杂志等文字出版物更具有视觉冲击力，能够大大降低受众的阅读和理解难度，并很好地吸引受众的眼球。随着现代传媒技术的发展，电影、电视剧、动画片等快速发展，成为人们休闲娱乐、获取知识的重要方式，特别是随着互联网的广泛普及，上网追剧成为许多人生活的一部分。对于广大少年儿童而言，他们缺乏必要的阅读能力和思维能力，很难理解深奥的文字和抽象的语言，于是，动画片、电视剧等就成为少儿获取知识和信息的重要渠道。观看少儿影视版《水浒传》也因此成为信息化时代少年儿童精神生活的必然选择。

一、创作背景

从创作背景看，少儿影视版《水浒传》的诞生和发展是基于一定时代原因和社会背景的，是信息化时代视觉文化盛行、阅读方式变革的必然产物。

首先，在互联网、数字技术、影视技术等高度发达的今天，拍摄少儿版电视剧《水浒传》、制作动画片《水浒传》等的技术已经成熟，而且制作成本较低、人才储备较充足，这些为各类少儿影视版《水浒传》的制作创造了良好条件。动画片《水浒传》、"小戏骨"《水浒传》、动画片《水浒·英雄列传》等版本的《水浒传》纷纷出现于网络平台，成为少儿学习水浒知识、了解水浒人物的重要方式。

其次，少儿影视版《水浒传》的受众群体比较特殊，是价值观尚未成形、认知能力不足、心智不成熟的群体，所以，在改编或创作中导演往往比较重视受众的认知能力、审美心理等，从少年儿童的认知能力、生活经验、年龄特征等出发。

此外，少儿影视版《水浒传》是在少儿影视作品受严格监管的背景下创作的，需要充分尊重少儿影视作品出版发行的政策法规。2021年国家出台了《3—8岁儿童分级阅读指导》，填补了少儿类出版物的标准空白。《出版管理条例》第26条规定，以未成年人为对象的出版物，不能有诱发未成年人模仿违反社会公德和违法犯罪的行为的内容，不能有恐怖、残酷等危害未成年人身心健康的内容。这些为少儿版《水浒传》改编提供了政策标准和法律依据，说明有关部门对少儿类图书、影视作品的监管是比较严格的，色情、暴力、杀戮等画面或情节是无法通过监管审核的，有不良道德倾向和价值导向的内容也是无法获得出版发行审批的。在这种情况下，少儿影视版《水浒传》的改编往往有较强的"绿色改编"特征。

最后，文学名著对少年儿童的思想影响不可忽视，隐藏于文学语言和故事逻辑背后的文本表述会使少儿读者因为生活环境、成长环境、身心发育程度、社会经验、人生阅历、知识素养等方面的不同而产生不同的联想和评价，受到不同的影响。就《水浒传》原作而言，有的少年儿童可能认为它是一部欺世盗名的虚构小说，看到的是结社成团杀人抢劫；有的少年儿童可能认为它是一部描述北宋风情的历史故事书，看到的是当时社会的阴暗以及人性的丑陋；有的少年儿童可能认为它是一部具有反抗精神和斗争思想的文艺作品，看到的是疾恶如仇、见义勇为。许多影视创作者以及教育工作者对其讳莫如深，担心少年儿童因为人生阅历的浅薄、价值观不成熟而被书中人物、故事所影响，认同书中一些人的行为方式和思想，从而形成只讲暴力不讲道理、只讲义气不讲是非、争强斗狠、一身戾气的错误思想和处事风格。但堵不如疏，特别是在新媒体技术日益发展的背景下，越是遮遮掩掩，越是疏离隔绝，就越容易引起少年儿童逆反心理。因此，要充分发掘《水浒传》所呈现的积极教育作用和警醒启示意义，结合新时代视听风尚改变，创作出富有时代特色和深度教育、文学价值的改编影视作品，使少年儿童群体通过影视化《水浒传》，了解水浒故事，进而去阅读《水浒传》作品，养成良好的观看、阅读、思考、探索的习惯，提升自身道德认知水平，实现全面且个性的发展目标。

二、视听艺术

一部文学作品的精彩程度，不仅源自其本身内容的丰富、语言的巧妙及故事的曲折，也与其表达的载体、呈现的方式及展现的形式息息相关，也就是说，作为文学语言的一种表述形式和方法，影视艺术所具的审美价值会间接决定所关联文学作品的艺术高度，其视听艺术同样会决定作品的审美价值。比如，由于受到视听风尚、受众群体、影视技术等方面因素的影响，少儿影视版《水浒传》与成人影视版《水浒传》有较大差异，在服饰、道具、场景、建筑等方面都有所不同，少儿版《水浒传》往往更加童趣化、生活化、轻松化等，更符合少儿的观赏心理和年龄阶段。

就少儿影视版《水浒传》（"小戏骨"）和成人影视版《水浒传》（1998年）而言，两者在景别、光影色调、服装道具上有着极为显著的差异，实力上演了一出"反差萌"。其中，在景别上，成人影视版《水浒传》（1998年）采用的是内化型的改编，为了避免呈现效果千篇一律，实现更好的叙事，影片中除去场景转换和人物情感突变等特殊情况使用全景或特写外，其余多使用中景，且大多是实景拍摄，给人带来真实的感受。少儿影视版《水浒传》采用的是外化型的改编，常用长焦镜头拍摄，力求简洁、主体突出，主体视觉重要性得到显著加强，强调透过人物推进事件的发展，全景、远景较少，特写、中景、近景较多。

在光影色调上，成人影视版《水浒传》（1998 年）更加倾向于写实，多用深色调和暗色构建画面，人物、动物、道具、风景、建筑等元素多以自然光下面貌真实呈现，多围绕《水浒传》文学作品主题的深刻性而展现，给人以压抑沉闷的感受。这种光影、色调更接近于原著的思想主题，也与北宋末年政治黑暗、官府腐败、民不聊生的社会现状不谋而合。然而，少儿影视版《水浒传》的受众是少年儿童，需要充分考虑少儿的心理健康、认知能力和实践能力等，所以，"小戏骨"《水浒传》在审美风格上更加清新、轻松和充满童趣，更加倾向于写意，画面明度更高，色彩更为鲜明亮丽，营造出一个不同于经典版本的武侠世界。

在服装道具上，成人影视版《水浒传》（1998 年）突出忠于历史、刻画现实的鲜明特征，如梁山好汉聚会时出现各种肉食、大碗的酒，武松打虎是真老虎，旨在最大限度接近原著，让观众身临其境一般。而少儿影视版《水浒传》更加注重可看性，比如林冲的帽子在造型和色彩上进行了适当修改，整体形状和色彩上能对人产生较强视觉刺激性。

三、演绎模式

演绎模式的创新是《水浒传》系列文艺作品时代化发展的生动写照。现阶段《水浒传》系列影视作品演绎模式主要分为以下几种类别：一种是面向幼儿、少年群体的动画版《水浒传》；一种是以《水浒传》原著为蓝本的电视剧版和电影版《水浒传》作品，如 1982 版《水浒传》、1998 版《水浒传》、2011 版《水浒传》；还有随着时代发展和技术进步而衍生出来的创新模式《水浒传》文艺创作作品，如在国家话剧院先锋剧场上演的话剧版《水浒传》剧目——《四海之内皆兄弟》《潘氏人生》，该系列作品将经典故事和现代思想相结合，对《水浒传》原著人物和故事进行现代化转译，做出全新解构与解读；此外，更有开心麻花演绎的小品类《水浒传》作品，由不同 UP 主创意剪辑的短视频版《水浒传》作品。

"小戏骨"《水浒传》问世前，在我国大部分影视作品中，孩子都只能演孩子，注重孩童幼稚的本色。《水浒传》原作本身就是成人世界的文学呈现，无论是其中人物行为、语言、外貌、性格，抑或是故事脉络的起源、发展、终点，都难以想象可通过稚气未脱的小演员们去呈现。"小戏骨"《水浒传》追求"出奇兵"，剧中演员年龄为 6—12 岁，采用"经典 IP+ 童星加盟 + 素人出演"形式，首创"儿童演大剧"的演绎模式，通过让孩子演大人剧集，制造人物形象和演员形象的强大反差，使得影视经典披上"萌"的外衣，这既是对成人化影视作品演

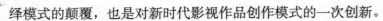

绎模式的颠覆，也是对新时代影视作品创作模式的一次创新。

四、视听类型

视听类型主要有电视剧、网络剧等。网络剧是指在网站播放的剧目，或者先通过网络在线上播放随后在电视台播放的剧目。随着智能手机功能的拓展，网络剧成为影视行业的香饽饽，成为人们精神文化生活的重要构成。与传统电视剧相比，网络剧不仅与其在播放渠道上有着鲜明区别，同时在内容制作、收益渠道、角色选择、时长等方面也体现出明显的不同，并且凭借自身的交互性、便捷性、多样性等特征颇受中、青、少年群体的追捧。不同于传统电视剧或者电影作品类型，"小戏骨"《水浒传》属于网络剧类型，互联网思维贯穿创作全程，在生产部门、播放平台、选角、制作规模、剧作体量、拍摄方式等方面进行了诸多创新实践，集数少、规模小、制作快，上演了一段立足于新时代背景下的水浒故事会。作为口碑颇佳的网络大剧，"小戏骨"《水浒传》作品汲取不同版本《水浒传》系列作品演绎经验和表现手法，融合现实主义表达的美学特征，跳脱以渲染、唯美、联想为特征的动画创作逻辑，以写实、致敬、再现为特征的影视创作逻辑，以娱乐大众、恶搞讽刺为主题词的其他形式创作逻辑，在类型化细分圈层发力，通过运用网络剧标志性的艺术风格，即网络播放、弹幕互动、实时评论、内容压缩、短剧集、跨屏观看、即时点播，定向制作了针对少年儿童这一圈层用户喜好的文化节目改编内容，整体更加年轻化和多元化，更加符合少年儿童观众的娱乐和文化心理需求。

此外，"小戏骨"《水浒传》作品对《水浒传》原著中的故事、人物、文化进行了适当改编和深入思考，运用"老配方、新味道"的艺术形式，将一个原本充满江湖义气、社会戾气的敏感题材，变成了一个宣扬法治精神、崇尚公平社会的正面故事，实现了"新瓶装旧酒"，赋予了作品本身浓重的主题色彩和教育意义[①]。

第二节　少儿影视版《水浒传》的价值追求

前文提到，少儿影视版《水浒传》是在少儿影视作品受严格监管的背景下创作的，必须严格遵守《3—8岁儿童分级阅读指导》《出版管理条例》等国家法律法规中对少儿作品内容的要求，遵守有关部门对少儿类影视作品的监管要求，因此，少儿影视版《水浒传》同样会在改编原作时进行"绿色加工"，坚决杜绝有不良道德倾向和价值导向的内容出现。

---

①孙乐. 国内出版机构儿童有声读物发展研究 [D]. 北京：北京印刷学院，2019：56.

一、内容删减与改编

在内容选择上，少儿影视版《水浒传》与少儿图书版《水浒传》有许多不同之处，比如，影视作品以声情并茂、图音结合的方式传播信息，大大降低了少儿对作品故事情节、内容思想的理解难度，同时也能够很好地吸引少年儿童的注意力，这些使少儿影视版《水浒传》的内容选择范围更加宽广，可以将文字作品中许多烦琐、复杂的故事情节以人物角色的形象化演绎形式加入影视作品之中，帮助少年儿童理解作品。如动漫出版社出版的经典名著少儿动画《水浒传》总共有108回，从《张天师祈禳瘟疫 洪太尉误走妖魔》到《宋公明神聚蓼儿洼 徽宗帝梦游梁山泊》，几乎涵盖了《水浒传》原著的所有内容，涉及的人物不仅包括宋江、李逵、武松、鲁智深、杨志等，还包括史进、柴进、朱贵、公孙胜、刘唐、花荣、秦明、戴宗、王英等。显然，少儿影视版《水浒传》的内容可以借助影视化手段而变得更加丰富多样，比少儿图书版《水浒传》的内容更加全面、多样和精彩，从而更加吸引少年儿童的眼球。少儿影视版《水浒传》的内容丰富、角色任务众多、故事情节复杂，不过，这并不意味着少儿影视版《水浒传》对原作内容没有做调整和处理。从总体上看，少儿影视版《水浒传》对《水浒传》原作的故事内容、故事情节等同样进行了许多删减、融合和改编，使剧作更加符合少年儿童受众的审美需求、观看期待，有利于他们的健康成长。

首先，少儿影视版《水浒传》对故事情节进行了删减。当前，我国在影视作品发行上有严格的审核制度，特别是对少儿影视作品的出版发行有着严格规定，如思想内容必须健康，符合社会主流价值观；不得出现暴力、杀戮、色情等情节和场景；符合儿童的审美心理和认知心理，不得出现误导儿童的内容；等等。以"小戏骨"《水浒传》为例，导演高翔说，"小戏骨"和教材一样，有把关有取舍，重点在于宣扬《水浒传》的路见不平、出手相助，对朋友真诚，对父母要孝顺，要爱国要忠君，这些都是普世的价值观，是需要提倡和言传身教的。"他认为，对原作"该学的学，该批判的批判"。所以，"小戏骨"版《水浒传》在内容上秉持着尊重原著、适合儿童演绎和观看、确保影视作品的可看性的三重原则，去其糟粕、取其精华，遵从儿童天性，努力开创"少须看水浒"新常态。考虑到时代历史背景的局限性，以及价值观导向的正确性，"小戏骨"《水浒传》共拍摄了10集，重点刻画了"拳打镇关西""倒拔垂杨柳""大闹五台山""白虎节堂""宋江别父""风雪山神庙"等反映兄弟情深、追求正义等的正能量章节，再现了原著豪放坦荡、波澜壮阔的气质精神，删除了潘金莲、武大郎、西门庆三人间感情纠葛，武松血溅鸳鸯楼，兄弟们喝酒吃肉、屠戮挖心、吃人肉包子等暴力血腥的场景和情节，弱化了反叛与杀戮。

其次，少儿影视版《水浒传》对梁山好汉的故事内容进行了改编，使内容更简洁、明了和通俗易懂。比如，"小戏骨"《水浒传》中高衙内跟林冲娘子的冲突，改成了争抢一只鸟的矛盾，虽然和原作差别较大，但是对高衙内肆无忌惮地依势欺人引起矛盾冲突的主线和主题没有改变，不影响少儿观众对人物的评价和主题的认识。

从总体上看，影视作品的艺术表现力更加丰富多彩，能够通过图像、音乐、场景、对话、色彩等方式展现故事情节、塑造人物形象，这些都是传统的文字著作所不具备的功能。所以，多数少儿影视版《水浒传》与多数图书版《水浒传》在故事内容上有较大差异，影视版《水浒传》的故事内容更加丰富多彩。动漫出版社的动画片《水浒传》就有108集，并未对原著的主要故事进行儿童化处理，保留了原著的大部分故事内容，而图书版《水浒传》只是截取了《水浒传》原作的精华部分。

二、价值导向

与成人版《水浒传》相比较，少儿影视版《水浒传》的受众是心理不成熟、价值观不确定、是非判断能力较差的少年儿童，如果思想内容、故事情节等不符合社会道德和主流价值观，很可能会对少年儿童产生不良影响，甚至影响少年儿童的心理健康和价值观培育。在这种情况下价值导向成为少儿影视版《水浒传》拍摄中非常重要的内容，也是家长和社会非常关心的问题。所以，多数少儿影视版《水浒传》都非常重视故事情节、人物形象和思想内容的价值导向，凸显思想性、道德性、教育性。

第一，宣扬社会正能量、传承中华优秀文化是少儿影视版《水浒传》对故事情节进行删减与改编的重要任务和目标。尽管"少不读水浒"在我国各个地区流传甚广，许多人认为《水浒传》太过于暴力、血腥，人物结局太过惨烈，对于少年儿童成长可能产生负面的影响，但是，《水浒传》里面也有是非善恶，从创作背景、情感主题、表达要义来看，打打杀杀、个人情义只是表面，真正内核的是中华民族精神。《水浒传》重在告诉我们坚守公平正义、帮助弱小、追求真善美的中华民族精神，这些与新时代德育、社会主义核心价值观一脉相承，值得去挖掘、去呈现、去演绎，值得少年儿童学习和发扬。如，深圳幻象动画有限公司于2022年5月在全国重点网络影视剧拍摄规划登记备案的国产动画《水浒传》曾公开征集主题曲作词，并对歌词有如下要求："1.能体现起义英雄的反抗斗争的精神；2.追求理想，实现理想；3.情感真挚、言简意赅。"这不仅是制作方对歌词的要求，更是对作品整体价值导向和精神基调的追求。再如，"小戏骨"《水浒传》同样具有明确的正面价值观导向，是用"孩子影响孩子"的《水浒传》影视改编作品。剧作以鲁智深、林冲、宋江为核心线索，通过描述官逼民反、民不得反，以及离家闯荡九州的行侠仗义之旅，反映兄弟情、梁山好汉的风骨，强调情义与正道，告诉少年儿童许多为人处世的道理，如，要树立维护公平与正义的意识，遵循做事情要分对错的行为原则，对父母兄长要孝顺感恩，等等。可以说，在传播媒体多元化的当今时代，少儿影视版《水浒传》的改编与创作同样为传承中华优秀传统文化、宣传社会正能量和普世的价值观做出了不可估量的贡献。

第二，艺术形式的独特优势使得少儿影视版《水浒传》在对少年儿童的教育方面可以发挥独到的作用。相较传统的教育形式、文字阅读单一维度的影响形式，少儿影视版《水浒传》可以以生动形象、声情并茂的方式传播作品中蕴含的正能量，能够收到"润物细无声"的教育效果。在传统教育理念的影响下，家长和老师更喜欢用道德说教、强制管理的方式教育少年儿童，总是以"这个不能做""应该怎么做""学会做什么"等口吻对待少年儿童，很容易让少年儿童产生逆反心理和排斥情绪。然而，少儿影视版《水浒传》以生动的人物形象和故事情节教育少年儿童，少年儿童则很容易形成情感共鸣和价值认同，往往能够收到"润物细无声"的教育效果。如"小戏骨"《水浒传》中的林冲、鲁智深、宋江、武松等梁山好汉都是"小大人"扮演的，小戏骨们的精彩表演等往往能产生潜移默化的教育效果，在不知不觉中影响少年儿童的道德观、价值观和人生观等[1]。这有利于帮助少儿受众明白，在过去梁山好汉采取的是一种极端的方式，而我们现在更多地强调一种公民意识和法治意识。

三、角色形象设计

与原著相比较，少儿影视版《水浒传》的角色形象更加鲜明突出，更加生动形象，较为符合少年儿童的审美心理和认知习惯。在众多少儿影视版《水浒传》中，角色形象塑造方式大多可分成两类：一类是动画式的人物形象。对宋江、鲁智深、武松、林冲等水浒人物的性格特征进行夸张化和典型化处理，塑造特色的动画人物。为迎合学龄前儿童和小学低年级儿童的欣赏习惯，这些角色大多形象非常鲜明，人物服饰、身材、状态等就能够很好地展现人物的脾气性格。如动漫出版社出版的动画片《水浒传》就以栩栩如生的动画形象塑造了众多梁山好汉，展现了鲁智深的怒目圆睁、气冲牛斗；武松的刚正不屈、疾恶如仇；李逵的豪爽率真、力大如牛等。更为可贵的是，很多优秀的动漫制作公司还通过怀旧画风、国风气韵等设计风格的水浒人物形象，对少年儿童进行中华优秀传统文化的渗透和浸润，起到了不错的教育效果。前文提到的幻象动画有限公司制作的少儿版《水浒传》动画片，就是由动画界的精英倾心制作的怀旧画风的动画作品，教育

---

①张军凤.论中华优秀传统文化传承背景下的少年儿童图书馆工作[J].才智，2018（35）：83.

效果非常好。

另一类是真人版的人物形象。这些人物形象多以小学高年级学生为受众，更贴近生活、符合现实，如"小戏骨"《水浒传》。"小戏骨"的每个角色，都是面向全国公开海选得出。按照常规的选角流程，这群4至12岁的小演员首先通过官方微信或微博账号发布的演员招募信息预报名，经由试戏合格进入演员库，随后导演组以形象气质为挑选原则，进行演员选择和角色分配。在拍摄过程中，导演先是让他们观看1998年电视剧版的《水浒传》，带领小演员一起揣摩剧中人物，并具体到各自表演的人物；然后再对比其他版本，在两者之间进行适度的取舍，融入演员本身的特色，在具体表演的时候根据演员的理解，同时结合导演的指导，达到"原著角色还原度高"的效果。纵观"小戏骨"《水浒传》角色形象，无论是人物造型、外貌，还是人物语言、性格，都在追求成人化表演的效果，小演员们扮演的角色更接近于满口豪言壮语的青年形象。以鲁智深为例，扮演者叫万君逸，其中既有"你这个狗娘养的还敢嘴硬""高俅这招坐山观虎斗真是太狠毒了"等具有粗放爽直特色的人物语言，也有面圆耳大、鼻直口方、留着大胡子和大碗喝酒、大块吃肉等外在形象和行为特征，还有侠义心性、惩强扶弱、粗中有细等人物性格细节呈现，尽可能与原著人物在外貌、言语、行为等方面相近或相似，不失原著人物的风采神韵。

第八章　少儿版《水浒传》改编的相关经验总结与问题反思

作为家喻户晓、成就卓著的古典小说，《红楼梦》《水浒传》《西游记》《三国演义》四大名著已成为中小学生接受传统文化教育的必读书目，也成为培养少年儿童文学修养、价值信仰的重要读物。但是，由于四大名著故事情节复杂、人物众多、阅读难度较大，所以许多少年儿童并未读过完整的原著，大多是通过影视作品、网络短视频、游戏动漫等方式了解这些作品的段璋片玉。同样，对于少年儿童而言，阅读和学习百回本版《水浒传》难度比较大，多数少年儿童没有阅读百回本版《水浒传》的认知能力、阅读能力、审美能力，在这种情况下，《水浒传》改编版本成为少年儿童学习《水浒传》的重要方式。从问卷调查情况和各种《水浒传》改编版本的影响力看，《水浒传》是深受少年儿童喜爱的古典名著，也是被改编比较多的优秀经典著作。如，郑渊洁版《水浒传》、凯叔版《水浒传》、富强版《水浒传》等都是有较大市场影响力的《水浒传》改编版本。同时，《水浒传》的网络游戏、动漫、影视作品等也层出不穷。从总体上看，多数少年儿童是通过各种改编版本图书、动画片、网络游戏等了解水浒故事、梁山英雄的，真正读过《水浒传》原著的少年儿童并不多。这些充分说明，《水浒传》改编版本对少年儿童的影响力比较大，应当高度重视少儿版《水浒传》的改编工作，总结少儿版《水浒传》改编中的经验教训，为相关人士和机构提供借鉴。

第一节　少儿版《水浒传》改编的相关经验总结

从总体上看，《水浒传》是一部少年儿童非常喜欢的古典文学名著，《水浒传》中个性鲜明、栩栩如生的人物形象，往往能够给少年儿童留下深刻印象；《水浒传》中梁山好汉反抗贪官污吏、豪强劣绅的英勇行为，往往能够让少年儿童热血沸腾、心生敬意。可以说，每个少年儿童心中都有一个"水浒梦"。在这种情况下，许多作家和出版社都参与了少儿版《水浒传》改编工作，创作了形式多样、丰富多彩的少儿版《水浒传》出版物，在少儿版《水浒传》改编上积累了丰富的成功经验。《水浒传》少儿版的改编经验,可以总结为以下几方面。

一、改编形式日益多样

随着互联网技术、印刷技术、出版技术和音像技术等发展,少儿出版物的形式越来越多,不仅有少儿图书、连环画等传统出版物,还有少儿影视剧、少儿动画片、少儿音频作品等,这些大大丰富了少儿出版物市场。同样,少儿版《水浒传》改编也呈现出多样化的发展态势,不仅有传统的少儿版图书《水浒传》,如,郑渊洁版《水浒传》、富强版《水浒传》;还有少儿版网络音频,如凯叔版《水浒传》;还有少儿版影视剧,如"小戏骨"《水浒传》。在当当网、京东等网络平台上进行检索也可以发现,关于《水浒传》的出版物种类繁多,当当网的相关商品链接有两万多个。

二、改编理念日趋成熟

少儿版《水浒传》改编理念日趋成熟,基本符合少年儿童的阅读习惯、审美心理和接受水平。少儿版《水浒传》的改编已经历经较长时间,人们总结了许多成功经验,形成了一套适合少年儿童的《水浒传》改编原则。

首先,少儿版《水浒传》改编均以少年儿童的阅读能力、认知水平、审美习惯等为中心,删除了原著中晦涩难懂、脱离生活的内容,以网络化、生活化、儿童化的语言讲述水浒故事和梁山英雄,对《水浒传》进行了儿童化解读,体现了少儿版《水浒传》的少儿特色。多数少儿版改编本都配有插图,且版面和图画大多生动形象,非常精美,能够较好地吸引少年儿童的注意力,激发少年儿童的兴趣。比如,从少儿版《水浒传》的图书看,插图、装帧等融合绘画元素非常贴合少年儿童的审美需求,照顾了少年儿童的年龄特点和视觉感受。同时,少儿版《水浒传》改编本依然保留了原著的古典神韵、思想精髓和文化特质,具体表现为充分尊重原作的时代背景、历史事件等故事基础。改编本通常还有以下特点:多采用章回体、保留典型人物、采用评书人的全知视角、语言高度口语化、充分尊重文学规律且不失审美特质、故事性强、语言丰富多彩、可读性强、文字美、形象美、技巧美等。

其次,改编语言普遍体现口语化、儿童化、形象化、时代化、夸张化、网络化的特点,符合少年儿童的阅读心理、认知能力。从总体上看,少年儿童的阅读能力差、理解能力不足,很难理解复杂的句子和抽象的语言,同时,少年儿童的注意力不集中,好奇心比较强,更喜欢图画、色彩等图像语言符号。因此,为了更好地适应少年儿童的阅读心理、认知方式和思维习惯等特点,少儿版《水浒传》在进行口语化加工的基础上,还多配以图像语言,采用图文并茂、装帧精美、全彩印刷的方式，带给少年儿童一种耳目一新的感觉。比如，上海科普出版社的少儿版《水浒传》有大字注音、精美彩图、颜色艳丽等特征，能够很好地激发少儿的好奇心和求知欲；北京少儿出版社的《水浒传》连环画，运用水墨画与漫画相结合的方式塑造人物形象，将宋江、武松、鲁智深等梁山英雄塑造得栩栩如生，并以文字注释的方式对连环画内容进行注释，整个连环画显得新颖独特；湖北美术出版社的漫画版《水浒传》将网络元素、漫画语言等融入其中，对《水浒传》原著的语言表达进行了颠覆性处理，从而使语言表达呈现出较强的现代感。

此外，少儿版《水浒传》对故事情节有较大的改编，使故事情节和人物形象更加简洁明了，符合少年儿童的审美心理和认知能力。《水浒传》原作有近百万字，涉及人物 800 多个，即便成年人阅读《水浒传》也有些吃力。除了研究《水浒传》的专家学者外，很少有人能够记住《水浒传》中各个梁山好汉的姓名，或者梁山好汉的人生经历。多数少儿版《水浒传》改编都充分考虑了原著《水浒传》的内容丰富、情节复杂、人物众多等特征，对故事情节、人物形象等进行了艺术化处理和必要性取舍，删减了许多故事情节，使水浒故事显得更加简单明了、紧凑集中、生动形象。如安徽少儿出版社的少儿版《水浒传》就对百回本版《水浒传》进行了大量删减，将七八十万字删减至七八万字，不仅删除了许多场景描写、人物描写、故事情节等，还删除了许多无关紧要的人物，使少儿版《水浒传》更符合少儿的审美取向、阅读能力等。多数少儿版《水浒传》突出了武松、鲁智深、林冲、宋江等主要人物形象，对这些梁山英雄的人物心理、性格特征、人生经历等进行了重新塑造和加工，使人物形象更加鲜明、典型、生动，便于少年儿童理解和接受。

三、"绿色改编"深入人心

大多数少儿版《水浒传》针对少儿特性对《水浒传》进行了"绿色改编"，删除或弱化了暴力、杀戮、色情等不符合少儿心理和时代发展的内容，宣扬了忠勇无畏、保家卫国、追求公平、捍卫正义、待人真诚、孝义为先等正面思想主题和价值观。《水浒传》成书于元末明初，描写的是北宋末年宋江等农民起义的故事，塑造了宋江、林冲、鲁智深、武松、李逵等人物形象。从总体上看，《水浒传》的人物形象鲜明、故事情节生动、思想主题深刻，文学价值较高，是一部难得的文学佳作，但是《水浒传》中有许多内容并不适合少年儿童阅读，比如暴力、血腥，以及涉及封建迷信、妖魔鬼怪的情节。以武松为兄长报仇、杀死西门庆和潘金莲的故事为例，武松为兄长报仇，杀死毒杀兄长的凶手和同谋，这种做法固然具有一定的道德合理性，但与法治社会中的依法办事、依法治国、法治教育等并不一致，在现代社会中武松为兄报仇而杀人的行为是违法的。《水浒传》中的女性形象历来也多受人非议，或是像潘金莲一样的淫荡女子，或是像孙二娘一样的杀人恶魔，或是像扈三娘一样的无辜者和受害者，有对女性污名化之嫌。所以，多数少儿版《水浒传》都对故事情节、人物形象等进行了"绿色改编"，删除了不符合现代道德观、现代价值观、少儿阅读心理、现代女性观的思想内容，使少儿版《水浒传》的内容更健康、更积极、更符合时代主流价值观。其中，凯叔版《水浒传》就是"绿色改编"的典范，对百回本版《水浒传》的许多内容进行了绿色化处理，删除了暴力、色情、杀戮等方面内容，同时还对人物形象进行了典型化处理，使人物性格更加简单，人物心理更加光明。以"虎啸景阳冈"一章为例，凯叔版《水浒传》塑造了自强不息、积极进取、聪明睿智、有勇有谋的武松形象。一方面，以武松从普通少年成长为步兵都头的故事，展现了武松的积极进取和努力奋斗；另一方面，在兄长武大郎被杀后，为了突出武松愈挫愈勇、临危不乱的性格，将描写重点放在了武松如何根据线索推理破案、找到杀害哥哥的真凶等内容上，展现了武松聪明睿智、有勇有谋、处乱不惊的优良品质，对少年儿童的成长有很好的引导作用。

四、传播路径不断突破

在融媒体时代背景下，少儿版《水浒传》不断寻求传播路径的创新与突破，改编方式更加多元化，各种少儿版《水浒传》网络产品不断涌现。在网络化、数字化的时代环境中，网络游戏、网络音频、影视动漫等成为儿童学习知识、获取信息的重要途径，也成为开展少儿传统文化教育的重要方式。从总体上看，我国互联网行业呈现良好发展势头，智能手机、平板电脑等智能终端广泛普及，在少儿读物出版行业呈现出"互联网＋出版"的发展新趋势，线下图书、网络音频、网络自媒体等相互融合，呈现出媒介融合的发展态势。如有些出版社利用大数据、云计算等技术手段，对少儿出版物进行用户画像，发掘少儿用户的需求和痛点，不断优化少儿出版物的阅读体验。这些为少儿版《水浒传》改编的数字化发行创造了良好条件。在这种情况下，少儿版《水浒传》改编出现了许多新特征，呈现出融媒体化的发展态势，出版社往往将图书、课程、服务等进行整合，建构线上、线下相互结合的少儿版《水浒传》传播平台。如湖北美术出版社的漫画四大名著系列之《漫画水浒》，就通过出版社网站、微信公众号、短视频平台等渠道与读者互动，形成了媒介融合的传播平台。同时，出版社还开发了与《漫画水浒》相关的音乐、动漫、游戏等，实现了少儿读物出版模式创新发展[①]。相信随着时代和技术的发展，少儿版《水浒传》的传播渠道会越来越丰富多元，为少年儿

①周艳琴. 中国少儿图书出版问题与对策研究 [D]. 兰州：兰州大学，2009：45.

童读者提供更多的选择。

第二节　少儿版《水浒传》改编的主要问题反思

从总体上看，多数改编的少儿版《水浒传》能够充分考虑少年儿童的阅读心理、认知能力、审美偏好等特点，在传播优秀传统文化、培养少年儿童正确道德观和价值观等方面发挥了重要作用。同时，随着互联网的广泛普及，少儿版《水浒传》的改编方式也更加多元化，除了传统的少儿图书《水浒传》之外，少儿版《水浒传》的网络作品也越来越多。在少儿版《水浒传》改编中，不仅有郑渊洁版《水浒传》、金波主编的《水浒传》等图书，还有许多《水浒传》的音频作品、影视作品等，如凯叔版《水浒传》、少儿影视版《水浒传》。形式繁多的少儿版《水浒传》作品能够较好地满足少儿的阅读、学习和观看的需要，推动了少儿版《水浒传》改编的创新发展。但是，少儿版《水浒传》的各种改编作品仍有许多问题和不足，这不利于少儿版《水浒传》的高质量发展，也不利于少儿的传统文化教育。

一、质量关把控不严

少儿出版市场监管不严格，改编主体与出版机构众多，改编质量参差不齐。从受众群体上看，少儿出版市场是特殊的出版市场，这是因为少儿的认知能力比较低、心理和价值观不成熟、可塑性比较强、缺乏对是非对错的判断能力，很容易受到外部信息和观念的影响。在这种情况下，改编质量对少儿的心理健康和价值观培育等都有较大影响。同时，随着家长对少儿教育越来越重视，少儿出版市场呈现蓬勃发展态势，全国580多家出版社中有550多家出版社参与少儿图书出版，各种少儿图书、音像作品、网络作品等层出不穷，这些极大满足了少儿的阅读和学习需要，但同时也带来了少儿读物质量不高、少儿出版市场混乱无序等问题。

此外，在激烈的市场竞争中，许多少儿版《水浒传》被迫卷入价格战之中，以低廉的价格吸引受众。在这种情况下，内容雷同、相互模仿、一书多版等现象层出不穷。比如，虽然市场上各种类型的少儿版《水浒传》层出不穷，但是多数出版物都缺乏原创性、新颖性和独特性，作品之间相互跟风、内容雷同、反复模仿等现象比较严重，许多改编者和出版社都希望以最小的投入获取最大的回报，从而产生了劣币驱逐良币的市场恶性竞争，改编质量较低，市场缺少精品。同时，在激烈的市场竞争中，许多少儿版《水浒传》将重心放在过度包装、印刷质量等方面，以精美的包装、鲜艳的色彩等吸引少儿的眼球，对作品内容品质的关注却越来越少。

对于少儿版《水浒传》改编中的这些问题，应当从以下几方面推动少儿出版市场监管工作，规范少儿版《水浒传》的出版与发行工作，提高少儿版《水浒传》改编和出版质量。

第一，应当坚持"三审三校"制度，加大对选题策划、内容改编、出版审核等环节的监管力度，不断提高少儿版《水浒传》的质量。2021年国家出台了《3—8岁儿童分级阅读指导》，填补了少儿类出版物的标准空白，也为少儿版《水浒传》改编提供了行业规范。同时，《出版管理条例》第26条规定，以未成年人为对象的出版物，不能有诱发未成年人模仿违反社会公德的行为和违法犯罪的行为的内容，不能有恐怖、残酷等危害未成年人身心健康的内容。这些为少儿版《水浒传》改编提供了政策标准和法律依据，明确了少儿版《水浒传》改编的基本要求、发展方向和评判标准。因此，改编者和出版社应当深入学习少儿出版物管理的政策和行业标准，把握少儿版《水浒传》改编的政治性、政策性、道德性和教育性等。同时，出版监管部门也应当加大对少儿出版物的监管力度，依法整顿少儿出版市场，将内容低俗及含有色情暴力、不良诱导的少儿版《水浒传》清理出出版市场；还应当建立少儿出版物投诉热线和平台，接受学生家长的投诉和举报，不断净化少儿出版市场，为少儿版《水浒传》的高质量改编创造良好条件①。

第二，编辑部和出版社应当坚持精品出版的基本原则，在少儿版《水浒传》改编和出版中坚持打造精品。随着少儿出版监管越来越规范，少儿出版市场呈现出健康发展态势，出版社应当树立精品意识和质量第一理念，摒弃功利思维、实用主义等错误观念，不断探索少儿版《水浒传》的思想内容、故事情节和人物形象的教育价值和文化传承价值，打造符合少年儿童阅读心理和有利于他们健康成长的少儿版《水浒传》精品之作。比如，改编者应当认真思考少儿版《水浒传》的出版定位，针对少年儿童的身心特点、审美喜好、人生经历和年龄阶段等改编出少年儿童喜爱的《水浒传》。再如，改编者应当摒弃利益第一、金钱至上的理念，踏踏实实地研究读者、市场、原著等，对《水浒传》进行创造性改编，而不是盲目跟风、粗制滥造地改编少儿读物。

二、目的过于功利

少儿版《水浒传》改编有应试化和市场化之嫌，不利于知识传播、传统文化教育和价值观培育。少儿版《水浒传》出版市场逐步形成"读者—作者—出版人"的出版模式，即编辑部或出版机构深入市场调研，了解少年儿童和父母、教

---

①周艳琴.中国少儿图书出版问题与对策研究[D].兰州：兰州大学，2009：45.

师的需要，然后寻找合适的作者进行图书创作。这显然是一种以受众为中心的市场化出版模式，能够精准发掘和满足受众的阅读需要。但是，少儿图书市场是一个非常特殊的市场，因为少年儿童还不是很清晰地知道自己需要什么，也无法准确表达自己的阅读需要，在这种情况下父母、教师就成为少年儿童阅读需要的代言人。比如，少年儿童可能更喜欢《水浒传》的动画片、连环画，或者活泼有趣的改编本，但是父母、教师更倾向于为少年儿童选择教辅类、作文类、名著类的《水浒传》改编作品。因为购买力在父母、教师手中，所以在这种情况下，许多少儿版《水浒传》都是为了满足父母、教师的应试化需求而制作出来的，并不能满足少年儿童真正的阅读需要，并不完全符合少年儿童的审美心理、认识习惯和认知能力等，反而成为迎合父母、教师的少儿版《水浒传》。

此外，许多少儿版《水浒传》更重视文学常识和识字教育等机械性知识的灌输，反而忽视了少年儿童的阅读体验、内心世界、生活经验等。儿童教育的本质就是为儿童成长创造良好条件，充分唤醒儿童的情感，引导儿童的心智、道德和人格成长。从本质上看，少儿版《水浒传》改编质量取决于少年儿童的阅读体验、学习效果等，而不取决于改编者或家长的认知和感受。但是，许多少儿版《水浒传》在改编中过度关注知识灌输、识字教育、写作教育等，反而忽视了少年儿童的真实阅读体验，不能用少年儿童喜欢的方式改编《水浒传》，无法让少年儿童在学习和阅读《水浒传》中获得良好的学习体验和心理感受，其结果只能是适得其反、得不偿失。

因此，应当从以下几方面着手，解决少儿版《水浒传》改编中的功利性问题。

第一，应当提高改编者的专业素养，立足于少年儿童的心理、需求等改编《水浒传》。少儿读物的受众是少年儿童，只有从少年儿童的心理和需求出发，写到少年儿童的"心里"，才算得上是优秀的少儿读物。所以，在少儿版《水浒传》改编中，改编者应当深入了解少年儿童的心理和需求，以激发少年儿童的阅读兴趣、丰富少年儿童的情感体验、促进少年儿童全面发展等为出发点，开展少儿版《水浒传》改编工作。比如，改编者应当多学习儿童心理学、儿童教育学等方面的知识，了解不同年龄段儿童的认知能力、心理状态、思维水平等，从特定年龄段少年儿童的心理和需求出发，开展有针对性的少儿版《水浒传》改编工作；改编者还应当多与少年儿童进行交流和沟通，观察少年儿童的生活、学习状态，了解其心理特点、内心世界等，为改编工作打好基础、做好铺垫。

第二，改编者应当与时俱进地创新少儿版《水浒传》的改编方式，以灵活多样的方式呈现古典文学名著。随着虚拟现实、增强现实、激光排版等技术的普及，少儿阅读也呈现立体化、可视化和有声化的发展趋势，灵活多样、声情并茂的少儿读物大大丰富了少儿出版市场，也有利于激发少年儿童的阅读兴趣，增强少年儿童的情感体验，最终提高阅读质量和接受水平。因此，在少儿版《水浒传》改编中，相关从业人员应当充分利用现代信息技术，以虚拟现实、增强现实、少儿游戏、少儿音频等方式呈现改编作品，为少儿提供丰富而深刻的阅读体验。

第三，改编者和出版社应当对少年儿童的家长进行正确引导，提高少年儿童的父母对少儿读物的认识和理解水平，帮助其树立用以《水浒传》为代表的中华优秀传统文化帮助少年儿童成长的意识，并给予少儿家长一定的方法指导。比如，引导幼儿园或小学教师通过家长会、家长微信群等方式，向家长传播儿童阅读的相关知识，提高家长对少儿图书的鉴别能力；还可以向家长推荐优秀的少儿版《水浒传》，包括郑渊洁版《水浒传》、凯叔版《水浒传》、富强版《水浒传》等。同时，在少儿版《水浒传》出版时，改编者和出版社应当做好分级阅读指导工作，在图书封面或音像作品开头标注适合阅读的群体和年龄段，这样能够提高少儿版《水浒传》的读者群体针对性。

三、创新性探索不够

《水浒传》改编的跨媒介融合产品比较少，出版模式有待创新和发展。在互联网广泛普及的今天，少年儿童已经成为互联网的"原住民"，他们更习惯于网络阅读、网上学习等，将智能手机、平板电脑等当成获取信息和知识的重要手段。与"80后"和"90"后的中青年人相比，少年儿童更倾向于网络阅读和网络学习，对纸质版读物的兴趣比较小。但从调查结果看，《水浒传》改编版的纸质图书比较多，电子书也比较多，但是跨媒介融合的创新性出版物比较少，且质量参差不齐，如少儿版《水浒传》的短视频、影视剧、动画片、网络游戏等比较少，真正适合少年儿童且有教育意义的产品少之又少[①]。而且，目前现有的《水浒传》动画片制作技术、绘画质量、整体创意也有待进一步提高，大多是二维动画，画面不够细腻圆润，欠缺美感和灵动性，角色形象显得较为僵硬呆板，无法给当代少年儿童提供丰富的体验。

因此，在少儿版《水浒传》改编中，不仅应当重视内容改编、人物形象塑造、语言风格调整等等，还应当重视传播路径和出版方式的创新发展、衍生品的创造性设计生产，推动以《水浒传》为代表的中华优秀传统文化的创新性发展和创造性转化。比如，3—6岁儿童处于语言学习的关键阶段，他们对语言较为敏感，而且有很强的模仿与接受能力，在听说读写等方面有明显优势。改编者和出版社应当尝试针对儿童的这些特点开发有针对性的、带有声光电技术的少儿版《水浒传》出版物，如，《水浒传》有声读物、《水浒传》点读笔、《水浒传》智能语音玩具。再如，6—12岁是少年儿童注意力和心理发展的黄金时期，这一阶段

---

①周艳琴. 中国少儿图书出版问题与对策研究 [D]. 兰州：兰州大学，2009：45.

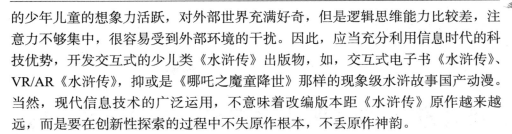

的少年儿童的想象力活跃，对外部世界充满好奇，但是逻辑思维能力比较差，注意力不够集中，很容易受到外部环境的干扰。因此，应当充分利用信息时代的科技优势，开发交互式的少儿类《水浒传》出版物，如，交互式电子书《水浒传》、VR/AR《水浒传》，抑或是《哪吒之魔童降世》那样的现象级水浒故事国产动漫。当然，现代信息技术的广泛运用，不意味着改编版本距《水浒传》原作越来越远，而是要在创新性探索的过程中不失原作根本，不丢原作神韵。

四、重要性认识不足

2021年，中共中央办公厅、国务院办公厅印发"双减"政策，从制度建设入手推动中小学教育改革，这些给少儿出版市场带来较大影响。但是，许多改编者对少儿出版市场的新变化不够重视，忽视了"双减"政策下少儿出版领域的新变化，对"向少儿提供何种出版物""将少儿培养成怎样的人"等重大问题思考不够，这些直接影响了少儿版《水浒传》的改编质量。

在这种情况下，改编者和出版社应当深入研究"双减"政策下少儿出版市场的新发展、新机遇，深入思考"培养什么样的少儿""为少儿提供什么样的出版物"等重大命题。比如，改编者和出版社应当进一步扭转"少不读水浒"的观念，强化对传统文化的理性认知，深入学习关于文化自信建设和优秀传统文化教育的政策文件，从意识形态建设的高度审视少儿出版问题，认真领会和践行习近平总书记"读好书"的重要指示，努力为少年儿童"扣好人生第一粒纽扣"。再如，改编者和出版社应当深入学习《义务教育质量评价指南》，深入了解少儿教育的基本要求，紧密结合时代发展要求，准确把握不同年龄段儿童的心理特征、认知能力、身心成长特点等，把握好取舍分寸、改写尺度，有针对性地开展少儿版《水浒传》改编工作，争取为当代少年儿童多出少儿版《水浒传》精品，助力少年儿童健康成长、中华优秀传统文化顺利传承。

总而言之，用原国家新闻出版广电总局副局长邬书林点评《资本论（少儿彩绘版）》时说的一段话作为此部分的结尾："出版经典始终是出版界最重要的工作之一。怎么把经典变得通俗易懂，又怎么保证经典中最重要的中心思想在通俗化的过程中不庸俗化，最关键的就要把经典中的核心思想表达清楚。"而关于怎样把核心思想表达清楚，他认为要做到三点："首先，一定是追求真理、崇尚光明、面向未来的；其次，一定是陈述事实的，讲述朴实的人类共同认知的真理；最后，一定是以人类的基本情怀作为基本，进而拨动大家的心弦。"相信这些话会对从事《水浒传》及其他古典文学名著少儿版改编出版的人员有一定的启发作用。

第九章　少儿版《水浒传》对少年儿童的影响研究

少儿版《水浒传》对少年儿童的影响是深远而多元的，笔者在接受美学理论的基础上，以调查问卷的形式，从多个层面，对《水浒传》在传播过程中对少年儿童群体的影响进行了深入的调查，并在马克思主义唯物论和辩证法的指导下，对此做出相对客观理性的评价。

本章分两部分，一是借助接受美学理论对少年儿童阅读《水浒传》、接受水浒文化过程中出现的问题提出相应的优化策略和改进建议；二是紧密结合时代背景，深入挖掘《水浒传》的当代价值和现实意义，从文化传承和文化自信的视角进行《水浒传》阅读与少年儿童文化自信培养的关系研究，探寻利用优秀传统文化构建少年儿童文化自信的实践策略。

第一节　接受美学理论下的对策分析

诞生于 20 世纪 60 年代末的接受美学力求摆脱文学史实证主义的窠臼，反对作者中心论和作品中心论，强调读者在文学欣赏中的地位和作用，把读者与作品的关系作为研究的主体，认为美学研究焦点应集中在读者对作品的接受反应、阅读过程和读者的审美经验及接受效果在文学的社会功能中的作用等方面，并提出了"期待视野""召唤结构""视野重构"等一系列新的学术概念和理论观点。这虽仍存在一定的理论局限，但接受美学作为一种具有独特理论价值的研究方法已经成为一种令人瞩目的文艺思潮，给文学评论提供了崭新的研究视角和重要的研究思路，对世界文学批评产生了巨大的影响。同时，接受美学与哲学阐释学、文化相对主义以及民族文化自我认同等理论相互融合，在对传统实证主义文学研究"修正"与"反驳"的基础上，衍生出了"文化过滤"的概念，将读者的作用提高到了空前的高度。笔者借助接受美学相关理论观点对《水浒传》少儿版在少儿群体中的传播与接受进行分析，并针对其中存在的问题提出相应的对策建议。

金圣叹对自己的儿子说："汝今年始十岁，便以此书（《水浒》）相授者，非过有所宠爱，或者教汝之道当如是也。……人生十岁，耳目渐吐，如日在东，光明发挥。如此书，吾即欲禁汝不见，亦岂可得？……今知不可相禁，而反出其旧所批释，脱然授之汝手。"① 大体意思就是：儿子，我把这本《水浒传》给你看，不是让你跟着学，而是因为你已经十岁了，耳聪目明，精力旺盛，也懂得一些事理了，不让你看，你自己也会偷着看，反而不如我指导着你看。这种言论令胡适颇为震惊，直言："这种见解，在今日还要吓倒许多老先生与少先生，何况三百年前呢？"② 其实，金圣叹能够坦然地把被很多人视为禁书的《水浒传》给自己十岁的儿子看，就是因为他心中对少儿性情的了解和对自己能够做到很好地引导的自信。所以，下文将从了解少儿和引导少儿两个方面给家长、教师提供一定的指导意见。

一、了解少儿是前提

在文学传承、文化交流和文化传播过程中，文化过滤是必然现象，接受者在其中表现出鲜明的能动性和创造性，接受者的身心独特性（心理特征、思想行为、价值选择和审美期待等）、文化构成性（知识背景、文化印痕、社会历史语境、民族心理等）、个体能动性（个体与社会文化的强弱关系）等因素极大地制约着读者对文学作品内容信息的选择、改造、移植、渗透的效果。期待视野理论也认为：在文学接受活动中，读者先前的各种经验、趣味、素养、理想等综合因素形成的对文学作品的一种欣赏要求和欣赏水平，是读者对作品理解的起点、角度、立场和可能之前景。这提醒我们在《水浒传》少儿版改编与接受研究中必须重视对少年儿童这一特殊群体阅读状态的了解和研究。《中华人民共和国未成年儿童保护法》以及《联合国儿童权利公约》规定：儿童是指 18 岁以下的任何人。因此，本书将研究对象设定为 0—17 岁的少年儿童。儿童阅读心理学的相关研究表明，独特的生理特点、心理特征和认知规律决定了少年儿童在阅读规律、阅读兴趣、阅读心理、阅读能力等方面有着异于成年人的独特性，主要表现在以下 3个方面。

1. 鲜活性。一般来说，成年人的阅读兴趣、阅读能力基本稳定、变化不大，而少年儿童的身心发展特点决定了他们在阅读时具有思维活跃、想法多样的鲜活性特征。这具体表现为：一是求知欲强、好奇心重。以形象思维为主的心理特点使得少年儿童对新奇的事物格外关注，在阅读时对读物创新的形式、充满新意的内容有着天生的趋同力和主动探究的欲望。而且少年儿童尤其是学龄前儿童"泛

---

①胡适 .《水浒传》考证 [M]. 北京：北京出版社，2020：2.
②胡适 .《水浒传》考证 [M]. 北京：北京出版社，2020：2.

灵化"的特殊心理现象决定了他们喜欢斑斓多彩、充满幻想和想象的阅读内容，更喜欢对阅读的内容进行大胆的、夸张的、创造性的想象，从而产生独特的阅读体验。二是代入感强、好胜心重。少年儿童生活经验和知识积累的有限决定了他们面对新的阅读内容和形式时非常容易进入作品预设的情境，产生强烈的代入感和参与意识，尤其是面对带有英雄色彩的作品时，少儿读者会对其中的英雄人物产生崇拜乃至模仿的冲动，这对于少儿高尚人格的养成是很有帮助的。而且少儿读者处在知识增长的关键时期，阅读行为总是伴随着与作品角色、同伴朋友的攀比心态，这种争强好胜的心理对激发少年儿童的阅读兴趣、提高阅读能力有着重要的促进作用。三是好动心理明显。少年儿童的思维是无意注意占主导地位的，他们在生活中喜欢轻松活泼的体验，对枯燥无趣、僵化板滞的事物不能保持长时间关注。所以在读书时，少年儿童不喜欢一味说教的读物，"喜爱形式活泼、图文并茂、故事有趣、语言优美、能激发活跃思维的读物，厌恶呆板老成、改头换面、东拼西凑、死气沉沉无'刺激'的作品"[1]，对幽默有趣、动作性强的读物充满浓厚的兴趣。

2. 阶段性。少儿时代是一个人心智成长变化最为鲜明、最为快速的时期，其阅读能力整体呈现出持续变化、由弱到强、逐步提升的特点，同时又因身心发育、认知发展的不同而表现出显著的阶段性差异。对少儿阅读能力发展阶段的划分，不同的研究者有不同的看法，有的将之划分为初级阅读期（包括2—4岁稚嫩阅读期，5—6岁学前阅读期，6—10岁转换阅读期）、中级阅读期（包括10—12岁丰富阅读期、12—15岁深入阅读期）和高级阅读期（15岁以后）[2]；有的则直接按少儿的成长阶段（学龄前期、学龄初期和学龄中期）来阐述少儿读者的阅读情况[3]；国外有专家则将其归纳为摇篮童话期（2—4岁）、民间故事期（4—6岁）、寓言期（6—8岁）、童话期（8—10岁）、传记期（12—14岁）、文学期（14岁以上）和思索期（17岁以上）[4]。这些划分方法可能仍有不完善之处，却真切地提醒我们少儿读者的阅读状态不同于成年人的定型化，而是一直处在变化之中，随着年龄的增长和知识储备的增多，少儿读者阅读范围逐渐开阔，阅读能力逐渐提高，阅读心理逐渐成熟，慢慢学会思考、质疑、吸收和参悟，阅读活动产生的感知、思维、情感、意志、注意力等心理现象呈现纷繁复杂的变迁状态，并对阅读产生不同程度的影响，阅读逐渐成为少儿知识增长的发酵剂和催化剂，助力其全面发展、健康成长。

---

① 钟德芳. 现代读者心理学概论 [M]. 北京：大众文艺出版社，2004：36.
② 孟绂. 少年儿童阅读规律研究 [J]. 图书馆工作与研究，2003（5）：65-70.
③ 宋端荣. 浅谈少儿图书馆的导读工作 [J]. 昌吉学院学报，2004（1）：97-99.
④ 孟绂. 少年儿童阅读规律研究 [J]. 图书馆工作与研究，2003（5）：65-70.

3. 矛盾性。少年儿童是一个正在成长中的特殊受众群体，处于特殊的"半独立、半依赖、半成熟、半幼稚"的"四半"时期[1]，特定的生理心理、特性使得其阅读活动具有诸多不成熟和矛盾性特点。主要表现为：阅读兴趣广泛、阅读好奇心重的同时伴有阅读随意性大、阅读兴趣容易转移、阅读意志不坚决、阅读动机不明确等问题；阅读能力不断提升的同时伴有阅读心理浮躁、阅读技巧稚嫩、阅读目的功利化、阅读思维浮层化等问题；阅读能力的整体提升与个体差异性明显并存，甚至有少数少儿读者存在阅读障碍；最为明显的是少年儿童高度寻求自我独立的思想意愿与阅读个性的盲从心理并存，一方面他们具有阅读的自主性、能动性和创造性，对图书拥有独立的阅读接受权利和一定的阅读接受能力，另一方面他们又处于身心从稚嫩走向成熟的成长过渡期，尚未形成独立的鉴赏辨别能力和健全的价值判断能力，这些矛盾性的存在使得少年儿童的阅读接受行为显得相对易变而盲目。不过，这也恰恰是少儿读者可塑性强的证明，告诫我们在少年儿童阅读习惯后天养成的过程中父母师长的引导至关重要。

美国学者斯诺认为："受众中的个体因他们阐释文本或与文本商讨的能力不同而各异。"[2] 因此在少年儿童对《水浒传》的阅读接受过程中，我们要尊重少儿读者的主体性和特殊性，要能根据其独特的阅读心理、阅读能力特点，保护其鲜活性，尊重其阶段性，包容其矛盾性，给予适合的、正确的帮助与引导；不能包办代替、强制专断，不能曲意迎合、一味纵容，更不能放任自流、不管不顾。

二、引导少儿是关键

《调查问卷》显示，少年儿童最早与水浒故事的相遇有 24.0% 是源于大人的讲述，占比是最高的，比孩子们非常喜欢的图画书还高（见图 9-1），可见长辈的讲述在少年儿童对《水浒传》的接受过程中起着至关重要甚至是先入为主的作用。其实，从严格意义上来说，少年儿童对于《水浒传》的接受是经过多层文化过滤的，第一层是改编者和出版者在版本选择、内容改写、图画编绘和装帧出版过程中对《水浒传》原作进行的文化过滤，这在前文中已经有所论及；第二层是家长、教师等成人引导者在为孩子讲述水浒故事过程中对原作的过滤；第三层才是少年儿童自身对作品的阅读与接受。少年儿童尤其是学龄前及学龄初期儿童，心智发育尚未成熟，知识储备还很浅薄，往往缺乏理性意识和辩证眼光，在阅读古典名著过程中难免遇到各种问题。而且由于作者自身的局限性和时代环境的限制，古典名著的少儿版不可能尽善尽美，即便是最优秀的版本，也会因接受人的情况不同而产生不同的效果，因此亟须成年人的引导。

---

①钟德芳. 现代读者心理学概论 [M]. 北京：大众文艺出版社，2004：33.
②戴安娜·克兰. 文化生产：媒体与都市艺术 [M]. 南京：译林出版社，2001：20.

图 9-1 第 8 题：你孩子最早接触水浒故事的渠道是什么

家长和老师是少年儿童生命中最为重要的陪伴者和引导者，从《调查问卷》第 28 题可知大多数家长虽然对孩子阅读《水浒传》有指导和帮助的意识和想法，但实际上却很难真正提供科学有益、切实有效的阅读指导。有研究表明，在有效引导少年儿童进行文化产品消费方面，家长、教师的力量基本缺席[①]。家长、教师指导的缺席对于少年儿童阅读古典名著的影响是灾难性的，因此必须强化家长、教师对少年儿童阅读经典的指导作用，重视家长、教师指导能力的培养和观念的提升。在陪伴和指导少年儿童阅读《水浒传》等古典名著作品时，家长、教师应该努力做到以下两个方面。

第一，注意自身素质的提升。

虽然调查数据显示当代家长的学历层次普遍有了提升，也大多重视孩子阅读习惯的培养，但面对古典名著时大多还是难免捉襟见肘、无从应对。德国教育家第斯多惠说："正如没有人能把自己没有的东西给予别人一样，谁要是自己还没有发展、培养和教育好，谁就不能发展、培养和教育别人。"[②] 因此，在知识日新月异、信息瞬息万变的当下，要提高少年儿童对《水浒传》的阅读效果和接受预期，家长首先必须注意自身素质的提升，不断学习新观念、新方法、新技能、新知识，更新调整自己对《水浒传》的固有认知，给予少儿读者及时的、合适的指导。文学鉴赏理论流派众多、观点各异，对《水浒传》的解读历来众说纷纭、莫衷一是，让家长去涉猎所有甚至深谙其道是绝对不现实的，但所有家长无论知识层次高低和文化背景深浅，在引导少年儿童阅读《水浒传》时都应该秉承以下科学思维意识和理论观念。

1. 历史性观念与发展性态度。

接受美学理论认为：文学接受分为水平接受和垂直接受两种，前者指同一时代的不同读者横向接受作品的情况，后者指从历史延续的纵向角度入手，历时性地考察读者接受作品的情况。所以对于任何作品尤其是历史著作的解读不能只局

---

①崔昕平．少年儿童图书出版传播现状与引导策略研究 [J]．南方文坛，2013（3）：45-49．
②薛家平．师德修养融入有效教学的途径 [J]．教育艺术，2010（12）：24-25．

限于横向水平的接受研究，更要注重对其进行纵向垂直接受的解析，眼光不能局限于当下，而应该树立历史性观念和发展性态度。《水浒传》自成书至今已有近700年，漫长的历史跨度、复杂的尘世变迁，其中的情节内容、人物行为都带有鲜明的历史特性，与当下的一些道德理念、价值标准难免产生冲突，需要家长积极及时地予以指导。

随着时代的发展，人们的生命观、价值观有了根本性的变化，人道主义、生命伦理意识越来越强，不要说杀人、吃人，即便是"武松打虎"也会被人贴上"虐待动物"的标签。这也是《水浒传》中的血腥残暴场面描写被抨击、被诟病的主要原因，是持"少不读水浒"观点者最常用的论据，更是困惑许多家长的地方。齐裕焜在《对〈水浒传〉中血腥暴力问题的思考》一文中就提到这个问题："乱杀人，吃人肉对不对？当然不对，这是小学生都知道的。问题是为什么读者在读《水浒传》时并不觉得恐怖？为什么武松、鲁智深、李逵等人物还是中国老百姓最喜爱的英雄人物？"原因就是文学作品的产生自有其特定的社会历史条件，价值观念的形成也是与一定的社会时代紧密联系的，我们应当站在当时的社会历史条件下对其价值观给予考量，不能套用现代的价值观念简单地以今绳古[①]。现在不少家长甚至一些所谓的研究专家在解读《水浒传》时犯了最低级、最浅显的错误，忘记了《水浒传》是历史著作，受历史条件的制约，有其特定的历史语境和文化背景，如果一味地用现代的道德准绳去观照久远的历史现象，那么肯定会出现偏颇与极端。脱离封建时代社会环境讲现代人权和道德，是"拿本朝的剑斩前朝的官"，是不合时宜的，因为再往前回溯，吃人、人牲、人殉之类的事情在历史长河中也是屡见不鲜，有其存在的合理性，这些现象在全世界各种族中都曾出现，现在优雅的、精神化的骑士文学即是脱胎于血腥暴力的骑砍文学。生产力水平低下、社会文明程度不高带来的资源匮乏、认知落后，使得吃人肉之类的事件在历史上是客观存在的事实；统治阶级腐朽堕落，长期受异族打压钳制，社会制度完全无序，《水浒传》中的暴力行为因此获得了最佳的合理性；而作者在文学叙事上别具匠心地把血腥暴力喜剧化、戏谑化、公式化处理，已经明显弱化了其恐怖效果。

其实《水浒传》源于话本的出身也是其保留大量血腥暴力场面的重要原因。曹禺在《〈雷雨〉序》中有这样一段话："自一面看，《雷雨》是一种情感的憧憬，一种无名的恐惧的表征。这种憧憬的吸引恰如童稚时谛听脸上划着经历的皱纹的父老们，在森森的夜半，津津地述说坟头鬼火，野庙僵尸的故事。皮肤起了恐惧的寒栗，墙角似乎晃着摇摇的鬼影。然而奇怪，这'怕'本身就是个诱惑。我挪近身躯，咽着兴味的口沫，心惧怕地忐忑着，却一把提着那干枯的手，央求：'再来一个！再来一个！'所以《雷雨》的降生是一种心情在作祟，一种情感的

---

①齐裕焜.对《水浒传》中血腥暴力问题的思考[J].明清小说研究，2011（2）：82-93.

发酵，说它为宇宙一种隐秘的理解乃是狂妄的夸张，但以它代表个人一时性情的趋止，对那些'不可理解的'莫名的爱好，在我个人短短的生命中是明显地划成一道阶段。"① 此段话很好地解释了受众对讲述者口中未知、神秘内容的由衷向往和憧憬。民间说唱艺人会有意渲染此类事件来满足受众的猎奇心理，以达到吸引受众的目的。

笔者无意为《水浒传》中某些残杀无辜的现象翻案洗白，但是不能将《水浒传》放在"真空"中去鉴赏，一切抛开作品本身所处时代、社会背景的文本解析都是不可取的。因此，面对此类剧情和场面，家长有必要告诉孩子不能简单地对照入座，而应该把它放到历史语境中进行客观、科学地分析及评价，进而引导孩子学会用以历史的观点理解它的局限，以发展的态度探究它的价值，寻找理想制度的人性基础以及人在未来社会中理想的生存状态。

2. 辩证性思维与多元化视角。

接受美学理论反对 19 世纪利奥波德·冯·兰克的历史客观主义学说，反对文学作品有客观的、永恒不变的含义或意义，因为不同时代的读者会因其期待视野随时代的改变以及作品本身的潜藏含意逐渐被读者发现而表现出诸多不同的接受情况，同一时代的读者也会因各自传统、文化、个性、学养等差异而导致接受的变异。对孩子的引导当然以发掘《水浒传》作品中的正能量、闪光点为主，但是当孩子随着年龄的增长、见闻的拓展和阅读的深入而产生阅读上的困惑和接受上的疑难时，家长要有能力、有意识地帮助孩子更加客观辩证地解读作品，这就要求家长必须打破惯性思维和单一视角，培养辩证性思维和多元化视角。比如，关于"鲁提辖拳打镇关西"情节能否入语文教材的争论，如果把杀人场面拿出来单独讨论并断定其是不尊重生命，进而得出"暴露了国人道德的沦丧、人性的缺失、对生命的漠视"之类的结论，就是典型的断章取义、一叶障目，因为这只是在一个审美层面上解读作品，抹杀了作品写作手法的精湛以及全文表现出的惩恶扬善的主题。少儿读者在阅读文学作品时最为关注的就是人物角色。对《水浒传》人物形象的分析不能一刀切，大多数水浒人物的出身非常复杂，都有着非同寻常的过往和毁誉参半的经历，比如，"黑旋风"李逵一生杀戮成性、残害无数，却也忠义孝顺、真实有趣；"花和尚"鲁智深疾恶如仇、仗义行侠，却也不免冲动粗糙、过于急躁；"及时雨"宋江好仗义疏财，能运筹帷幄，但也好权谋之术，执念于招安；就连少儿读者最喜爱的"行者"武松在刚猛不屈、重情重义的同时，也不免有些行事偏激、是非不分……这些角色让人又爱又恨、褒贬不一。在孩子年龄尚幼、缺乏鉴别能力的时候，应该突出这些角色的优点和正面特点。随着孩子年龄的增长，家长有义务和责任让孩子知道人本身就是复杂的存在，对角色的

---

① 田本相，刘一君. 曹禺全集（第 1 卷）[M]. 石家庄：花山文艺出版社，1996：8-9.

性格特点和所作所为应多一份思辨性接受，因为孩子不是也不应该生活在"真空"中。试想，如果真把《水浒传》108 将全写成高大全式的英雄人物，作品的魅力必定会大大消减，失去作为一个经典作品的水准。

接受美学理论认为，文本具有"意义空白"和未定之域，是一个开放的、具有强大暗示力和吸引力的"召唤结构"，召唤着读者根据自身的审美期待，运用自己的经验、知识和想象，通过填补空白、连接空缺、更新视阈去创造性地发掘文本的潜在结构和审美潜质，从而实现对文本的"视野重构"。因此，"召唤结构"的存在使作品有了多种解释的可能性。其实鲁迅在评价读者对《红楼梦》的接受时也表达了类似观点："单是命意，就因读者的眼光而有种种：经学家看见《易》，道学家看见淫，才子看见缠绵，革命家看见排满，流言家看见宫闱秘事……"[1] 因此，"于《水浒传》而言，可能历史和社会学者看到的是对当时社会的深层表述，普通人看到的是环环相扣的故事情节，豪爽直率的人看到的是江湖救急、兄弟义气，违法乱纪的人看到的是结社成团、杀人抢劫"[2]。后人对《水浒传》主题的理解与评价也因此呈现出多元化、开阔性的特点，包括忠义、海盗、怨毒骂世与逞露才华、农民起义的颂歌、为市井细民写心、叛徒的赞歌、叛徒的阴谋之书、太行"群盗"自传、武侠文学的滥觞、绿林与侠盗、流民与流氓等说法，不一而足，根本没有终极答案。不少学者对《水浒传》题材的丰富多彩和价值观的复杂多元进行过深入的分析和阐释，不过，"经典之为经典，并非因为它是高高在上、不容批评的存在，而在于其阐释性的多意性，或称无限可阐释性，（即）所有经典作品都绝非单一主题，而是多声部的合唱才终成乐章。""从一定意义上来讲，文学文本的存在意义和价值即是以无数不同的释义存在为根基的。释义一旦尽净，文学文本便宣告死亡。"[3] 正所谓："横看成岭侧成峰，远近高低各不同。不识庐山真面目，只缘身在此山中。"因此，家长在引导孩子对《水浒传》乃至水浒文化的接受过程中，应该有意识并有能力告诫少儿读者少一些冲动盲目、多一些理性冷静，少一些极端绝对、多一些客观辩证，进而引导孩子进入更高、更深层次的阅读与探索。

第二，重视引导方法的选择和运用。

堵不如疏，"成人必须在把握少年儿童心理特点、尊重少年儿童个人意志的基础上，发挥成人导师的阅读引导作用。具体包括基于少年儿童阅读能力发展阶段的有效阅读引导与长效的追踪调适"[4]。因此，家长在坚持科学、理性的文学鉴

①鲁迅.鲁迅全集：第 1 卷 [M].北京：人民文学出版社，1981：149.

②刘建宇.正确导读《水浒传》对少年儿童成长的积极意义 [J].科教导刊（电子版），2019（11）：156-157.

③孙琳.接受视野下经典名作的续作研究：以《水浒传》为例 [J].菏泽学院学报，2016，38（1）：38-43.

④崔昕平.少年儿童图书出版传播现状与引导策略研究 [J].南方文坛，2013（3）：45-49.

赏理念的基础上，还应该注重引导之法的选择和运用，引导之法的重点在于帮助孩子如何选和指导孩子如何读。

首先，依据少儿年龄阶段甄选难易适度的《水浒传》读本。

面对琳琅满目、花样繁多的《水浒传》版本，成年人都可能会眼花缭乱、难辨良莠，遑论少儿读者。少年儿童特殊的年龄阶段和身心发展特点决定了他们很难自己甄选出适合自己、有趣并有益的《水浒传》版本。学龄前儿童识字有限，没有能力进行正确的选择。学龄期特别是9—12岁的少年儿童群体阅读需求旺盛，但在图书选择上往往完全凭借个人的兴趣喜好，缺乏相应的选择鉴别能力，容易受到不良思想内容的影响，致使身心健康受到伤害，因此，家长必须在图书选择上为少儿读者把好关。由前文可知，为孩子选择《水浒传》读本不能简单依据《中小学生阅读指导目录（2020年版）》，而是应该在了解少年儿童阅读倾向和阅读心理的基础上，针对不同年龄阶段少儿读者的需求和口味选择难易适度的《水浒传》少儿版本乃至于原著版本。

由《调查问卷》第15题可知，许多家长为孩子选择《水浒传》改编版本时，最为关注的因素分别是有没有插图以及插图的风格（47.0%）、有没有注音和注释（42.6%）、内容删减是否得当（32.0%）、有没有导读（21.0%）、出版社是否权威（18.0%）、改编者是不是名家（16.1%）、其他（9.8%）（见图9-2）。可见家长选择时更关注孩子的喜不喜欢和读不读得懂，而对书籍的质量（改编者和出版社的资质）要求并没有很高。《调查问卷》第6题数据显示调查对象中40%左右的孩子已经进入初中阶段（见图9-3），他们需要的《水浒传》决不能仅仅停留在好玩有趣、打了折扣甚至是注了水的《水浒传》版本上，而应该是原汁原味的古典名著。

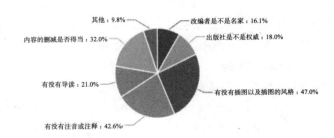

图9-2 第15题：您和孩子在选择《水浒传》改编读本时，最关注的是什么（多选）

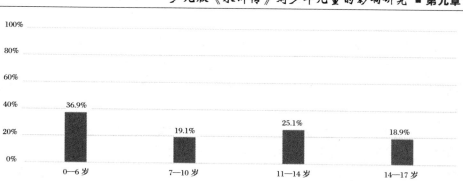

图 9-3 第 6 题：您孩子的年龄是

学龄前儿童识字不多，更适合阅读多用图画叙事的读物，可以为其选择配有注音、环保高质、插图精美、鲜活生动的卡通版《水浒传》；学龄初期的儿童理解能力和知识储备有限，可以为其选择浅显易懂、篇幅较短、图文并茂的卡通版或简编版《水浒传》；高年级的孩子识字量已经大大增加，阅读能力也有了大的提升，可以为之选择普通简编版本或者经典原著版本的《水浒传》。但无论选择何种版本，都必须高度关注图书质量，帮助孩子远离粗俗低劣的书品，亲近精品优质经典。不了解的情况下，可以查阅网络，咨询有经验的家长、教师或专家。为少年儿童选择《水浒传》读本时不能一味迁就其审美喜好，以免孩子完全陷入娱乐、消遣与时尚的类型化读物的迷途中，与经典原著版本《水浒传》绝缘。在现实中的确存在这样的现象，令人担忧。另外，家长应该积极响应《语文课程标准（实验稿）》中提倡的"读整本的书"的理念，引导少年儿童不断拓展阅读面，增加阅读量，大胆尝试阅读经典原著，而且阅读也不能仅仅停留在短暂浅层的获得阅读快感上，应该积极反思探究水浒故事的深层内蕴和水浒文化的核心要义，这对于少儿树立正确的阅读目标，养成良好的阅读习惯大有裨益。

其次，以家庭为主，多管齐下，切实对少儿进行阅读指导。

"经验表明：任何一种教育都是学校教育、家庭教育、社会教育和自我教育的完美结合。"[①]《调查问卷》第 29 题所得数据告诉我们，对少年儿童阅读心理产生影响的客观因素主要来自家庭、学校和社会三个方面，在指导少年儿童如何读《水浒传》的问题上需要家庭、学校、社会等方面的通力协作。基于少年儿童作为未成年人对家庭的依赖是其生存基础的特点，因此，以家庭为主、多管齐下，方能对少儿读者的《水浒传》阅读与接受进行切实有效的指导和帮助。

---

①邓少滨，阎光霞.儿童阅读心理学的建立与应用刍议 [J].图书馆学刊，2005（5）：138-139.

1. 家庭层面：

（1）家长要注意学龄前和学龄初期儿童阅读时的亲子陪伴质量，此阶段以激发孩子对《水浒传》的阅读兴趣、培养孩子良好的阅读习惯为主。家长要注意家庭阅读环境的布置和阅读氛围的营造，选择家中合适的空间布置成读书角，购置丰富的图书，放在孩子容易拿取的书架上，整洁美观、舒适宽松的阅读环境可以让孩子容易在精神上亲近书籍。家长可以每天在固定的时间与孩子一同读书，这有利于培养孩子良好的阅读习惯，为其阅读《水浒传》打下基础，做好前期经验积累与知识铺垫。高质量的亲子阅读对孩子而言是收益无穷的，家长可以为孩子挑选一些符合少儿阅读特点、富有传奇色彩的情节来读，比如脍炙人口、家喻户晓的景阳冈武松打虎、花和尚倒拔垂杨柳、吴用智取生辰纲；家长还可以通过与孩子交流书中的情节、人物、情感等等形成孩子接受《水浒传》的第一层文化过滤，引领孩子对《水浒传》的阅读向健康的方向发展。亲子互动交流时美好温馨、自由愉快的氛围有利于增进亲情，对孩子的健康成长非常重要。

（2）学龄中期和高年级少儿读者的知识储备和阅读能力有了明显提高，为其更深入地理解《水浒传》提供了可能，因此，家长可以在孩子对《水浒传》有了一定阅读经验的基础上，通过广泛接触带有水浒文化符号的泥塑、玩具、动画、饮食、书画、礼品、武术表演、戏剧表演等多样化的方式，引领孩子去感受和了解水浒文化，进而激发孩子的探究欲望，使其对古典名著的阅读逐渐由娱乐型阅读（为达到消遣娱乐目的各取所好）向学习型阅读（增长知识、扩展视野、提高分析鉴赏能力）和创造型阅读转换（基于作品本身创造出含有自己的新观点、新认识的成果）[1]。这个阶段的孩子正逐步摆脱盲目地阅读，有了一定的独立思考和认真思辨的能力与意识，家长应该借机与孩子就《水浒传》中一些存在争议、容易引起读者困惑和质疑的问题展开深入的讨论与辨析，很多负面的内容在彼此的"切磋"中可能就有了正面价值。不过，需要说明的是在少年儿童阅读的过程中家长的陪伴和指导必不可少，并不意味着家长可以过度干涉，乃至于出现像韩寒的《三重门》里所写的情境——林父耐心地把儿子所读《水浒传》中所有的"鸟"字全部涂抹掉，一时间"众鸟高飞尽""千山鸟飞绝"，那就太滑稽可笑了。

2. 学校层面：学校是中华优秀传统文化传承的主阵地，有经验丰富的优秀教师、丰富的教学资源和便利的教学条件，在水浒文化的普及推广方面大有可为，责无旁贷。

（1）教师可以在阅读方法和阅读技巧上给予少年儿童直接、细致的指导与帮助：如何借助字典、词典等工具书解读生疏词句，如何正确使用网络等现代技术手段解决文学常识和文意理解上的疑难问题，如何通过其他辅助资源的阅读来丰

---

①孟绂. 少年儿童阅读规律研究 [J]. 图书馆工作与研究，2003（5）：65-70.

富和加深对《水浒传》的理解，如何利用读写结合的方式记录心得、巩固体会并提高阅读质量和鉴赏辨析能力，等等。

（2）阅读活动形式在很大程度上影响着少年儿童阅读行为的参与度、积极性和效率，活泼好动的年龄特性和学业压力繁重的实际状况使得少年儿童更喜爱音声配合、灵活多样的阅读活动形式。面对《水浒传》这种显得古奥艰深、晦涩难懂的古典文学名著，学校可以借助便利的教学条件开展形式多样的阅读活动，如可以在低年级开展形式多样、趣味生动的水浒故事会、水浒知识竞赛、水浒动画欣赏会、水浒诗词朗读会，在高年级则可以举行读书经验交流会、读书报告会、水浒故事新编交流会、书评展览等稍有挑战性的阅读活动，如此便可以大大激发少年儿童对《水浒传》的阅读兴趣，还能检查阅读效果，提高学生的阅读思辨能力。事实证明，这些丰富活泼的阅读活动形式在当下一些中小学中并不多见，很多古典名著节选篇目的教学形式依然非常传统而单一，效果自然不理想。

（3）有研究证明少年儿童在作品选择上从众心理明显，"左右少年儿童文化产品消费选择的最重要的因素是'同学朋友'，无论大城市、中型城市和村镇，也无论小学高年级、初中还是高中，都将该项列为重要选项"，"同辈意见领袖的功能强大"[1]，重要原因就是成人导师在阅读指导中高高在上、不接地气。因此，学校教师应该积极利用学生阅读行为的群体影响力量，将姿态降低，视线下移，加强与少年儿童阅读主体的真诚沟通与对话，及时关注并真实了解少年儿童对《水浒传》等古典文学名著的阅读现状、情感态度和接受能力，进而采用更有针对性的、更容易被接受的、持续性的方式进行《水浒传》阅读引导，更大限度地提高少年儿童的阅读质量和《水浒传》的文化育人功能。

3. 社会层面：少年儿童是华夏文化继续蓬勃于世的传承者，更是国家命运的未来和希望，他们的健康成长是全社会的责任，各地政府、社会群体、相应机构等都有义务为少年儿童阅读《水浒传》、了解水浒文化、传承文化经典提供支持和帮助。

山东大地尤其是鲁西南的济宁、菏泽等地是水浒故事的发祥地和水浒文化的凝聚地，生活中的点点滴滴，文化中的方方面面，几乎都带有水浒文化的符号和印记。除了拥有水浒文化好汉城、水浒文化博物馆、水泊梁山风景名胜区等丰富的旅游文化资源外，还有宋江武校、水浒文化街、水浒文化村、狗娃艺术团等衍生文化资源，以及水浒文化高层论坛、水浒文化研究会、水浒文化研究基地等高水准的水浒研究团队和研究机构。这些丰富的社会资源如果充分利用起来，必将对少年儿童习得和传承优秀的水浒文化起到举足轻重的作用。比如，相关旅游机构可以定期举办水浒文化活动（水浒文化旅游节就是很好的典范），并为少年

①崔昕平.少年儿童图书出版传播现状与引导策略研究 [J]. 南方文坛，2013（3）：45-49.

儿童提供实地观览的便利和优惠,吸引孩子们浸润在水浒文化的氛围中,自然感受水浒英雄的英勇和豪情;各地市图书馆在书籍购置、环境布置、活动设计、阅读辅导、时间安排等方面应尽可能地适应少儿读者的阅读能力和阅读习惯,引导少年儿童走近、走进古典文学名著;各级各类高校、研究机构的专家学者在水浒文化的传承和普及方面起着重要的引领作用,除了在学术理论研究领域纵深开拓、精进挖掘之外,还担负着将水浒文化向广大民间群体尤其是少儿读者群体进行推广普及的职责,应积极与中小学、地市图书馆、图书出版销售机构、少儿活动中心等单位、部门沟通交流,以喜闻乐见的方式和手段将水浒研究的成果深入浅出地讲给孩子和家长们听,使《水浒传》不再因为是历史久远的古典名著而被束之高阁,令孩子们望而却步;在《唐宫夜宴》成功"出圈"、京剧名角瑜老板不断"跨界"、"博物馆热"、"文创热"、"汉服热"等种种新旧文化融合的大背景下,文化局、教育局等政府机构应积极探索为传统文化赋能、将水浒文化当代化的有效路径,可以多举办一些形式多样的、带有公益性质的水浒文化演出和公益讲座,或者引导文艺界人士拍摄适合少年儿童观看的高水准的、现象级的水浒影视剧,吸引孩子和家长们去接触《水浒传》,学着去了解水浒文化。

总之,少儿读者的可塑性很强,相信在家庭、学校、社会等方面力量的相互配合、共同协作下,一定可以给少儿读者营造一个理想的阅读环境,提供有力的阅读指导,助推以《水浒传》为代表的优秀传统文化的传承与发展。

第二节 《水浒传》当代价值的挖掘与引领

本节重点研究家长、教师在引导少儿读者阅读《水浒传》时如何将作品内涵与当代社会相结合,挖掘出对少年儿童而言重要的、有意义的当代价值,并进行恰当地引领。

党的十八大以来,党中央一直强调:中华优秀传统文化是中华民族的文化根脉,其蕴含的思想观念、人文精神、道德规范,不仅是我们中国人思想和精神的内核,对解决人类问题也有重要价值。坚定文化自信,必须把中华优秀传统文化的精神标识和具有当代价值、世界意义的文化精髓提炼出来,展示出来,并结合时代要求不断优化传播渠道和创新发展路径。其实,无论是意大利哲学家克罗齐所说的"一切历史都是当代史",还是英国哲学家、历史学家科林伍德所说的"一切历史都是思想史",都充分说明对每一个时代的读者而言,他们对文本的解读与阐释与其所处的时代背景、人文环境密不可分,有着鲜明的属于自己那个时代的"当代性"。因此,每一部经受了长期的历史考验与选择的文学经典"都蕴含着较为广阔的阐释空间,各个时代的人们都能够从中汲取到有益的经验和教训,并不会因为时代的变化而黯然褪色"①。也即经典名著"不只是旧时代的文化遗存,它始终是不断发展的社会精神文化的一部分"②。《水浒传》作为中华古典文学名著的代表性作品也因未定之域和空白结构的存在,始终吸引着后来的读者对其中所蕴含的精神意蕴进行深度发掘和阐释,并展开意义重构活动,揭示《水浒传》与当下时代的精神联系。

因此,《水浒传》虽不是经义教材、教育范本,也并非完美无瑕、至善至美,但是在完成文学熏陶和知识教育的基础上,借此进行一定的价值滋养和修身教导是可以的,也是必须的。在当代社会,《水浒传》不仅有作为学生考试指定篇目的实用价值,还必然有着深刻的文化传承价值和现实社会意义,所以,家长、教师在引导少儿读者阅读《水浒传》的过程中,除了注意自身素质的提升和引导方法的选择与运用之外,更应该注意将历史观照与当代社会语境及世界发展形势紧密结合起来,引领少儿读者结合时代背景深入挖掘作品中充满正能量的积极因素,萃取其中蕴含的价值精华,弘扬作品中符合社会主义核心价值观的当代价值,光大作品中具有人类共识效应的共同价值,促进少年儿童对传统文化记忆建构和内在吸收,实现中华优秀传统文化与少年儿童文化自信现实建构的契合,以达到以文化人、以文育人、以文立人的目的,助力少年儿童身体心理健康发展、素质修养全面提升,服务于文化强省战略和国家文化自信建设目标。

有研究者将《水浒传》的当代价值归纳为实现"反贪除恶→反腐倡廉、安国辅民→勇于担当、替天行道→伸张正义、打抱不平→见义勇为、忠肝义胆→爱国诚信、仗义疏财→乐善好施、敢作敢为→刚健进取、异姓一家→团结友善"的转换③。此观点虽看似全面,但也显得琐碎凌乱,让指导者、接受者抓不住关键与核心。为便于家长、教师在少年儿童阅读《水浒传》时进行引领与指导,笔者在前人研究的基础上紧密结合大力提倡社会主义核心价值观的当代语境和少年儿童独特的身心发展规律,对《水浒传》的当代价值和引领策略做如下探析。

一、追求道义与良知

大道之行,天下为公。"替天行道"是梁山众好汉的聚义口号,也是其惩奸除恶、扶危济困的社会使命。《老子》第七十七章言:"天之道,其犹张弓欤!高者抑之,下者举之,有余者损之,不足者与之,天之道损有余而补不足。人道则

①刘相雨.古典文学名著离我们有多远:对《水浒传》问卷调查的思考 [J].菏泽学院学报,2010,32(3):53-55.

②刘勇强.作为当代精神文化现象的明清小说:兼论明清小说的阅读与诠释 [J].明清小说研究,2001(2):27.

③王丽娟,霍泳枝,黄舒羽.《水浒传》在高校学生中传播接受的实证调查 [J].青年记者,2018(10):25-26.

不然，损不足，奉有余。孰能有余以奉天下？其唯有道者。"但是在封建专制的旧社会，借杨兴顺所言"人们早已忘却'天之道'，代之而建立了人们自己的法则——'人之道'，有利于富人而有损于贫者，'天之道'，有利于贫者，给他们带来宁静与和平，而'人之道'则相反，它是富人手中的工具，使贫者濒于'民不畏死'的绝境"，可知梁山好汉高举"替天行道"的道义大旗即要推翻"损不足，奉有余"的"人之道"，推行"损有余，奉不足"的"天之道"，维护基本的道义和良知，使无道失序的社会回归到顺应天道伦理的有序状态。

《水浒传》故事发生的北宋末年，外部有辽、金虎视眈眈，还有淮西王庆、山东宋江、河北田虎和江南方腊四大"反贼"的侵扰；宋皇室内部更是衰颓腐败，奸相当道，穷奢极侈，对人民极尽横征暴敛、欺压剥削之能事，弄得民不聊生，怨声载道。"赤日炎炎似火烧，野田禾稻半枯焦。农夫心内如汤煮，公子王孙把扇摇。"[①] 这首歌词就深刻地揭示了当时社会的严重不公和阶层的极端对立，所以才逼得盗贼四起，百姓铤而走险。其实《水浒传》成书年代的中国也是内忧外患、民生艰难，明代沈一贯《老子通》在批判社会生活中存在的不平等现象时就利用《老子·七十七章》指出："人之道则不然。哀聚穷贱之财，以媚尊贵者之心；下则箠楚流血，取之尽锱铢；上则多藏而不尽用，或用之如泥沙。损不足以奉有余，与天道异矣。"面对阶级对立、正义缺失、良知泯灭的不合理社会现实，梁山好汉们仗义疏财、排忧解难，见义勇为、抱打不平，伸张正义、为民除害。鲁智深替素不相识的金翠莲父女抱打不平，为民铲除祸害渭州恶霸镇关西；杨志卖刀路遇泼皮欲强占宝刀，一举除掉民间大虫牛二；武松醉打恶霸蒋门神，铲除贪官张都监；鲁智深大闹野猪林，救下兄弟林冲的性命；李逵打死强占柴进舅舅良宅的殷天锡，为柴进出气；等等。水浒英雄们用拳头和鲜血为民请命、奋不顾身，维护着正义与良知，并为之建立了与专制腐朽的赵宋王朝相对立的、富有王道乐土色彩的梁山政权，实现了八方共域、异姓一家、祸福与共的政治理想和道义追求，这既是对人之良善本性的坚守和对民众基本生存权利的维护，也是对良知泯灭的无道社会最有力的反抗，合乎历史发展的规律，允符底层百姓的愿望。

鲁迅先生曾倡言："首在立人，人立而后凡事举。"少年儿童是国家的希望，少年立则国家立，如欲使少年立，就从教给他维护最根本的道义良知开始吧。因为"人心所归，唯道与义"，所以在引导少儿读者阅读《水浒传》的过程中，应该帮助孩子从水浒英雄的正义之举中读出追求道义良知的意识和维护文明公正的理想信念。更有必要告诉孩子要是非分明，对恶保持高度的警觉，要有对罪的憎恶和勇敢的批判精神，不能一味信奉得过且过、多一事不如少一事的消极人生态

①施耐庵. 水浒传 [M]. 北京：人民文学出版社，1997：205.

度，更不能对黑恶和犯罪产生躲避、退让或是包容的心理，因为恶必须要有恶报，一个充满正义感的社会应该表现出对罪恶的不容忍和惩罚。如果罪恶不能受到惩罚和追讨，其结果必然是社会道义的失衡和道德良知的缺失，就没有公义、没有底线可言。

二、向往民主与平等

《水浒传》前 70 回处处洋溢着抗争的激情与英雄的血性，流露出批判专制王权、向往平等自由的色彩，而招安后的刀光剑影、明枪暗箭在某种程度上则暗示着放弃自我、屈从王权的悲剧命运的必然性，这对后人有很好的警示意义。基于对中国历史和现实生活的清醒认识，鲁迅到死都秉持独立的人格和自由的思想："文学家、思想家鲁迅的文化遗产，倘用一语来概括其思想之精髓，那便是：抗拒为奴。""亡国奴不好，有国奴也不行。两者的区别，仅是多了个主子。"[1]这启示后人追求自由民主、平等独立不仅要防范不时浮现的奴性思维，改革一些体制弊端，还要时刻保持清醒的头脑应对国际风云变幻，维护国家主权独立和领土安全。

一方面，要引导少儿偾张民族血性，勇于打破奴隶型人格。奴隶型人格是鲁迅对中华古文明时代国人人性辛辣而痛苦的总结。他在作品《灯下漫笔》中从劳动人民地位的角度，将中国历史颠覆性地划分为"想做奴隶而不得的时代"和"暂时做稳了奴隶的时代"，并对中国封建专制制度和固有封建文化进行了批判，认为正是这种制度和文化糟粕培养了中国人民的逆来顺受、忍辱苟安、隐忍压制、自私怯懦的性格缺陷。对那些生活在黑暗溃败旧社会的中国民众的麻木和不觉悟，鲁迅用"哀其不幸，怒其不争"八个字真切表达出既同情又愤恨的复杂感情。

《水浒传》用林冲这一角色写尽了被封建专制制度所侵害、所侮辱的奴隶型人格的特点和本质。前期的林冲做事谨慎，服从权威，对对手极度忍耐。他本该像顶天立地的男子汉那样骄傲地"站"着，但在声势煊赫的高太尉面前，他却只享有"奴"的屈辱，不得不温驯地"跪"着。奉行"忍"字人生哲学的前期林冲幻想用"忍"来摆平"人"与"奴"的天平，调和"跪"着与"站"着的矛盾，但事实证明只是徒劳。这种人格在其他水浒人物身上也或多或少有所体现，比如小人物何九叔就是在夹缝中求生存，一不敢得罪官府，二不敢得罪社会黑恶势力，虽然有一定的是非观念，但为了保全自己，两面讨好。可以说封建专制社会的强权意识在本质上侮辱和戕害了其人格尊严，使其甘于妥协，不敢发声。《水浒传》也通过鲁智深、武松、阮氏三雄等众多英雄好汉不甘于受欺负和凌辱、无

---

①乐朋．抗拒为奴：鲁迅思想之精髓 [J]．钟山风雨，2016（6）：58-60.

畏于权势和豪霸、致力于公平正义和平等自由的壮举，鲜明地表现出一种"人类灵魂的不可征服的、向上的不朽精神"，为读者展现了性格张扬、富有反抗精神的"独立性人格"的特点和魅力，起到了很好的价值引导作用。鲁智深身上既有不为名利所困的豁达与洒脱，更保持着高贵的人格尊严与体面，他不屈从霸权，不巴结富贵，也不容忍世间的专制和欺压，所以他处处替人抱打不平，时时追求个性的洒脱与自由。武松更是秉承"人若犯我，我必犯人"的人生守则，将不容侵犯的英雄血性展现得淋漓尽致。

虽然源于时代价值观、研究视角和评价标准的不同，研究者对招安有"忠义""妥协""投降"等不同的看法，基本上有肯定、否定、折中三种评价态度[①]，但梁山好汉接受招安后的血雨腥风和最终凄惨悲怨的结局，让无数读者不免为之唏嘘不已、扼腕叹息。水浒起义失败的原因是多方面的，但很多读者会感性地将之归因于招安，这也是许多少儿版《水浒传》改编者无意或主动规避招安话题的原因。鲁迅甚至用"终于是奴才"（鲁迅《三闲集·流氓的变迁》）对《水浒传》的局限性进行了毫不留情地批判。《水浒传》用前70回的血性反抗和后30回或50回的妥协结局形成的巨大张力和鲜明对比，让读者在阅读中不自觉地接受到"拒绝为奴"的情感暗示和认知渗透。

孩子不是温室中的花朵，父母师长不能一味地隐瞒、粉饰现实，把孩子们培养成畏首畏尾、不敢抗争的懦弱者，因为极度忍耐的奴性性格只会养成全社会的集体失声和道德冷漠。《水浒传》的阅读与接受可以很好地唤醒广大国人尤其是少年群体努力追求民主与平等，面对陈旧思想的残余、黑恶势力的侵蚀、奴性思维的阴魂不散时勇于打破奴性人格，敢于反抗霸权不公，涵养阳刚之气，偾张民族血性，敢作敢为，刚健进取，为创造民主、和谐的社会而努力奋斗。

另一方面，还要引导少儿在国际场域向往民主平等，敢于反抗专制霸权。对民主平等的向往与追求，不只表现在对本国美好社会的创造上，还应表现在具备国际视野，反抗霸权和不公，积极倡导国际社会的多元格局与和谐共存上。当下，国与国之间的交流越来越多，彼此的联系也越来越紧密，本应是民主平等、互助共赢的关系，但霸权思维、单极主义的毒瘤在一些国家仍然存在，他们极度信奉丛林法则，不负责任地谋求一家独大，桀骜蛮横，影响极坏，使得国际形势错综复杂，全球治理体系愈加脆弱。中国凭借智慧、努力和坚守，实现了从"站起来"到"富起来"再到"强起来"的历史性蜕变，并已然崛起为世界第二大经济体，在新冠疫情期间也表现出极大的制度优势和治理能力，这些成就令持霸权思维的国家忌惮，他们不"反求诸己"，反而将脏水转嫁到中国身上，对中国

---

①孙琳.传统水浒"忠义观"的消解与现代重构.厦门广播电视大学学报 [J].2020，23（1）：63-70.

进行随意污蔑、肆意毁谤。面对这种强权政治和霸权思维，中国没有理由委曲求全，中国有权力、有能力、有实力，也有责任表达出自己的鲜明态度：反抗单极霸权，追求民主平等，努力维护世界多元格局，并给出了"构建人类命运共同体"这一中国方案，得到了大多数国家的认可，因为它是人间正道，是时代的需要和历史发展规律的必然。

《周易》有言："天行健，君子以自强不息。"君子为人处世，应按照天道运行不息一样刚毅坚卓、发愤图强、不屈不挠、永不停息。水浒英雄演绎的一个个绝地反击、奋起抗争的故事，定能教孩子们像"硬骨头"鲁迅一样活得响铮铮、坦荡荡，在欺凌面前勇敢说"不"，面对挑衅时敢于亮剑，面对险境时勇于担当，面对歪风时敢于制止，不断增强做中国人的志气、骨气和底气，引领孩子在将来的世界场域里勇于追求独立自由、民主平等，培养孩子反抗任何形式的霸权和专制的意识与能力。如此，我华夏火种方能永远展现旺盛的生命活力和不屈的民族精神。

三、爱护民众与家国

爱国，是人世间最自然、最朴素、最深层、最持久的情感，可以固本培元、凝心铸魂。以习近平同志为核心的党中央高度重视爱国主义教育，多次强调培养社会主义建设者和接班人，首先要培养学生的爱国情怀，把爱国主义教育摆在更加突出的位置，把爱我中华的种子埋入每个孩子的心灵深处。

《新时代爱国主义教育实施纲要》指出："爱国主义是中华民族的民族心、民族魂，是中华民族最重要的精神财富，是中国人民和中华民族维护民族独立和民族尊严的强大精神动力。"中华优秀传统文化中有着深厚的爱国主义优良传统，中国历史上的有识之士都是有爱国情怀的。《水浒传》作为中华优秀传统文化的重要代表，其中就蕴含着明确而朴素的家国情怀和爱民意识。梁山好汉中大部分人可能出身有污点，行为有瑕疵，性格有缺点，目的也各有不同，但是他们在聚义之后无论是口号还是行动都展现出共同而鲜明的家国担当意识和护民爱众之心。他们对"滥官当道，污吏专权，殴死良民，涂炭百姓"（第 63 回）[1]的社会现实看得清楚，势不两立；他们对"败坏国家、残害百姓的贼"（第 63 回）[2]态度决绝，绝不手软；他们在铲除贪官、反抗强权的过程中"所过州县，秋毫无犯"（第54 回）[3]；他们通过"替天行道，保境安民"（第 71 回）[4]的铮铮誓言与切实行动为实现安国辅民、天下大同的梦想拼搏厮杀。在官民对立的社会中，在长期奴役制

---

①施耐庵.水浒传 [M].北京：人民文学出版社，1997：834.
②施耐庵.水浒传 [M].北京：人民文学出版社，1997：835.
③施耐庵.水浒传 [M].北京：人民文学出版社，1997：726.
④施耐庵.水浒传 [M].北京：人民文学出版社，1997：933.

度的束缚下，普通老百姓是很难有"天下兴亡，匹夫有责"的担当意识和勇气的，梁山好汉却能在衰变脆弱的社会中，不仅仅满足于改变自己的命运，而是举起一杆拯救这腐朽社会的大旗，试图给中下层社会里困厄的民众带去生存的希望和人性的关怀。在梁山乐土，所得财富大家共享，养老育幼皆可得到妥善安排，大家相互扶持、互爱互助，没有贪官欺压和恶宦盘剥，最大可能地实现了当时民众对于美好社会的追求。苏联著名汉学家阿·罗加乔夫称："这部小说的真正的人民性使它成为中国最受欢迎的作品之一。"[①]

另外，《水浒传》产生和发展的宋、元时代是民族矛盾极端激化的历史时期，国土沦丧、边防孱弱、备受欺辱，对辽国、西夏年年纳贡，自称子侄之国，屈辱至极，民族存亡危在旦夕，令心怀家国者痛心疾首。在彼时这就属于国家矛盾和对外矛盾[②]。而中国血缘宗法的传统社会背景和儒家治国平天下的终极人生使命培养出了国人浓浓的家国一体的责任心和使命感，于是水浒英雄们源于"国家兴亡、匹夫有责"的担当意识和家国情怀，在招安后征辽时到"边庭上一枪一刀"，扫除边患，抗敌报国，体现出鲜明的民族情感和家国情怀。由上可知，《水浒传》虽历史久远，但其中蕴含的爱国主义精神是显而易见，与今相通的。

《新时代爱国主义教育实施纲要》还指出：对祖国悠久历史、深厚文化的理解和接受，是爱国主义情感培育和发展的重要条件。面对不少人士抓住《水浒传》所谓的"血腥""暴力"不放，一味放大问题，漠视价值，因噎废食，父母师长们应该保持清醒，对水浒文化有足够的自信，帮助孩子挖掘其中的爱国主义价值，让孩子知晓作者对人物褒贬融合的描写除了可以让读者感受到真实鲜活之外，更可以使读者对水浒英雄在聚义后表现出的朴素而直接的家国意识和爱民之心报以由衷的欣赏和敬佩，这是梁山好汉虽行为粗野暴烈却能被称为英雄的根本原因，也是《水浒传》虽然写了很多暴力凶杀场面却仍广为读者传阅诵读的重要缘由。家长、教师进而引导孩子把个人理想同祖国前途、自身命运同民族命运紧密联系在一起，"心有大我，至诚报国"，让爱国主义在孩子心中生根发芽、开花结果。

四、崇尚英雄与侠士

习近平总书记不止一次地提到："中华民族是崇尚英雄、成就英雄、英雄辈出的民族，和平年代同样需要英雄情怀。""对中华民族的英雄，要心怀崇敬，浓墨重彩记录英雄、塑造英雄，让英雄在文艺作品中得到传扬，引导人民树立正确的历史观、民族观、国家观、文化观，绝不做亵渎祖先、亵渎经典、亵渎英雄的

①阿·罗加乔夫.《水浒传》：中国人民文化遗产的丰碑[J].胡启泰，译.武汉教育学院学报（哲学社会科学版），1991（3）：81-85.

②董国炎.论水浒文化两重矛盾碰撞于起伏式传承[J].明清小说研究，2019（3）：4-20.

事情。"① 中国古往今来曾经出现过很多值得我们学习的英雄，有苏武、岳飞、文天祥、杨靖宇、赵一曼等为国为家英勇抗战、矢志不渝、甘洒热血、宁死不屈的铮铮铁骨，也有抗疫天使、航天英雄、劳动模范、奥运冠军、志愿者等为国家争得荣誉、做出贡献的各行各业的优秀模范，当然还有那些诚实守信、见义勇为、助人为乐、不畏强暴、敬业奉献的平民英雄，他们都具备英雄品质、英雄气概，身上都闪耀着英雄的光芒，值得我们去学习。

《现代汉语词典》（第7版）对"英雄"一词的解释包含三重含义：一是本领高强、勇武过人的人；二是不怕困难，不顾自己，为人民利益而英勇斗争，令人钦敬的人；三是具有英雄品质的。那梁山108将到底算不算英雄呢？他们的所作所为到底能不能算作英雄行为呢？前文《调查问卷》第23题（您孩子对《水浒传》中人物群体的整体印象是？）中，92.1%的孩子选择"A. 英雄好汉"，即便是那些选择不喜欢水浒故事的少年儿童中依然有76个选择认同《水浒传》人物群像乃英雄好汉的身份。但是，关于梁山108将到底是不是英雄的话题在学界专家眼里却不是那么简单的问题，观点壁垒分明、截然相反，甚至还专门为此举办了"梁山108条好汉究竟是英雄豪杰还是土匪强盗"的电视大PK②。有学者还专门把《现代汉语词典》（第7版）关于"英雄"的定义狠怼了一番，对具有英雄品质的人都可以被称为英雄颇不以为然。说实话，笔者很不认同该学者的观点，如此的话，就大大剥夺了很多人想成为英雄的梦想和机会。文天祥虽身材文弱但志念勇武，称得上英雄。笔者认为，"具有英雄品质的人是英雄"是说某人的某些行为具有英雄的气质和英雄的色彩就可以被称作英雄，更不消说那些对国家、民族、社会、人民或者他人做出贡献的人。我们不怕英雄多，我们怕的是英雄太少。

接下来，笔者分析一下梁山好汉的英雄特质。

首先，英勇无畏。水浒英雄共同的特点是武艺高强、本领过人、不畏强暴、敢打敢拼。他们在武力方面各有所长，马下强将有鲁智深、林冲、武松，马上勇将有"玉麒麟"卢俊义、"五虎将"和"八骠骑"，水里高手有"浪里白条"张顺、"船火儿"张横、阮氏三雄，还有智力担当"智多星"吴用，好之者最爱将这些好汉按武力值排行，对他们充满了由衷的欣赏和钦佩。关键是这些好汉还是一批不畏强权，敢于除暴安良、为民除害的好汉，这些拥有勇敢气魄、高强武艺和无畏无惧品质的人在百姓的眼中、读者的心中就是英雄。即便是对招安念念不忘的宋江，也是饱读诗书、精通刀笔、胸怀大志、深谙治国安邦之术、深受儒家思想影响的人才，所以他虽知被招安回归朝廷后比不上梁山的富贵安稳，但为了

---

① 习近平. 论中国共产党历史 [M]. 北京：中央文献出版社，2021：68-71.

② 吴越.《水浒传》究竟是写英雄豪杰，还是写土匪强盗 [J]. 水浒争鸣（第十一辑），2009：276-315.

实现为国效力、报效朝廷（彼时，朝廷即意味着国家）这一读书人的至高人生理想，他也是不畏牺牲、不惧迫害、义无反顾。从这个意义上来说，宋江也算是响当当的英雄人物。

其次，仗义行侠。"路见不平一声吼，说走咱就走"是水浒英雄仗义行侠、豪气冲天的写照。从聚义厅到忠义堂，在众好汉心中，"义"都是高于一切的价值追求，是衡量一个人行为举止的常用伦理规范和黄金评价准则。梁山好汉为了"义"，重情重义，肝胆相照，赴汤蹈火，两肋插刀，并不惜为"八方共域，异姓一家。……千里面朝夕相见，一寸心死生可同"①的兄弟共生的美好理想抛头颅、洒热血。梁山好汉为了"义"，不惜钱财，扶危济困，乐善好施，这在生产力落后、底层普遍贫困的社会时代背景下显得尤为可贵，满足了人们对英雄好汉尤其是领袖人物人格品质的美好期望，这也是宋江之所以能博得"及时雨"的名号并能最终坐上梁山泊头把交椅的重要原因。梁山好汉为了"义"，路见不平，拔刀相助。弱势群体被欺压时，他们出生入死，"替天行道"，除暴安良，杀富济贫。源于正义感，他们从梁中书准备给蔡京祝寿的十万贯金银中看到社会财富的不平均，认为"此是一套不义之财，取而何碍！天理知之，也不为罪"（第14回）②并力所能及地把劫来的钱粮施舍给贫苦人；源于正义感，他们在得知弱小的百姓受到恶霸欺侮时不会无动于衷、漠视不顾，而是会毫不犹豫地伸出援手，救人于危难之中。这不是伸张正义的英雄之举又是什么？

游国恩先生将水浒好汉的"义"界定为"被压迫者之间的相互帮助的关系""一种没有任何政治原则的私人之间的情谊"③。彼时，北宋王朝已经行将就木，朝廷昏聩腐败，官吏虎饱鸱咽，普通民众如羔羊般被肆意欺压蹂躏，当政治体制无法给社会个体提供安全感和幸福感的时候，人们本能地会在同类群体中寻求慰藉和依靠，彼此的帮助和扶持是他们在黑暗的社会体制下继续生活下去的坚定信念和精神支柱。因此，在那样的社会环境中，梁山好汉身上所展现出来的患难与共、肝胆相照、祸福同担的侠义品质特别具有吸引力和向心力，这也是水浒故事一直为后世人所津津乐道、推崇备至的重要缘由。而且，在当时的社会环境下，梁山好汉为一些穷苦人民出头，帮助人们以暴治恶，即便方式可能不恰当，人们也十分认可他们的做法，他们就是人们心中的英雄好汉。

最后，勇于担当。梁山好汉大多行伍出身，文化层次较低，甚至有些人根本没有受过正规的教育，因此有些人揭竿而起可能仅仅源于自发自为的道德观和正义感，也可能只是为了自己的小日子打算，缺少先进科学、明确、远大的革命信仰和政治理想，但是从他们挺身而出反抗社会不公的正义之举，以及很多征战劫

①施耐庵，罗贯中．水浒传 [M]．北京：中华书局，2009：610．
②施耐庵．水浒传 [M]．北京：人民文学出版社，1997：178．
③游国恩．中国文学史 [M]．北京：人民文学出版社，1964：49-48．

掠的集体行为都确实打着不伤民害众的旗号，可以看出他们是努力以英雄的标准来要求自己，用自己的行为来维护这个社会的公理与正义的。在黑暗腐朽的社会之中，人们迫切期望有英雄来匡扶正义，安国辅民，打抱不平，惩恶扬善。梁山好汉这种虽不明确，做得也不够彻底，却朴素率真的为家国、为民众的担当意识深得民心，顺应民意，有着明显的积极意义，对社会和时代发展还是有很大贡献的。

良知不分贵贱，英雄不问出身。水浒好汉的英雄行为虽显得鲁莽，但义气感人，可算草莽英雄。虽然《水浒传》108将中有些人物也确实存在滥杀无辜的过激行为，但因为作者倾注心血和感情最多、浓墨重彩刻画的只有鲁智深、林冲、宋江、武松等几个重要人物，而且都安排在前几十回来写，这种精心的叙事策略为整部作品奠定了英雄的底色，使草莽英雄也闪耀着道义的光芒，令人尊崇。重要的是众好汉最终令人扼腕的结局也为他们蒙上了一层悲情英雄的色彩。中国历史上很多英雄都是以悲剧形式收场，不过他们的行为和结局因悲情而悲壮，往往越是悲情的英雄越受百姓崇拜。

少年本应是血气方刚、无畏担当的样子，但梁山好汉身上英勇无畏的英雄品质和敢于担当的侠义精神在当下年轻人身上渐趋流失。今天，我们必须着力培育少年儿童的英雄情怀，激发少年儿童向英雄看齐，因为英雄气概、英雄事迹和英雄精神是一个国家高度体现民族力量的内生源泉和精神动能。相信阅读水浒好汉的英雄故事定能唤醒人性与灵魂中最真实而美好的一面，使少年儿童胆为之壮、气为之豪、义为之举，进而方可践行"铁肩担道义，热血荐轩辕"的民族大任。

2016年11月30日，习近平总书记在出席中国文联十大、中国作协九大开幕式时讲道："文学家、艺术家不可能完全还原历史的真实，但有责任告诉人们真实的历史，告诉人们历史中最有价值的东西。"我想某学者在央视《百家讲坛》栏目讲《水浒传》的节目之所以没有通过审查，不是因为观点另类，而是因为观点太过阴暗，不利于华夏优秀传统文化的承继和发展。难道我们做《水浒传》研究只是为了告诉孩子们108将不是英雄而是恶贯满盈的杀人狂魔吗？搞研究、做学问可以谋创新、求突破，但是不能忘记知识分子该有的社会责任和使命担当。

五、明了法律和规范

《水浒传》中关于"法律和正义"博弈的思考一直是学界研究的热点之一，持续吸引着研究者的关注和探讨，而且其中蕴含的丰富的法律规范教育资源值得我们去挖掘和反思。孩子们在生活中很少涉及法律，这正好为孩子们提供了一个以文学、社会学之外的崭新视角来认知《水浒传》的机会。在建设法治中国的今天，父母师长可以据此引领少儿读者尝试从法律规范的层面来重新解读《水浒传》，帮助孩子明了法律规范在社会发展中的重要性，懂得遵守法律规范的必要性，引导孩子在认真鉴别、合理定位的基础上以更加客观、理性的心态和视角来接受作品，在基本的主流价值观念的基础上借鉴其中有价值的东西。

一方面，家长、教师可以引导少儿从法律规范的角度深刻剖析梁山起义发生的深层原因。

法律制度和道德规范历来是维系一个社会秩序稳定的两把"利器"。中华传统文化中蕴含着丰富的法律文化和道德规范，"三纲""四维""四心""五伦""五常""八德"等思想共同组成了中华民族的伦理道德准绳和行为举止规范。《管子·牧民·四维》有言，"国有四维"，"一曰礼，二曰义，三曰廉，四曰耻"，"一维绝则倾，二维绝则危，三维绝则覆，四维绝则灭"。《管子·牧民·国颂》指出："四维不张，国乃灭亡。"这些标准与规范承载着当时中华民族的精神追求，体现着当时中华社会是非曲直评判的价值标准，在治国安民中发挥着重要作用。而且，伴随着中国文明的发展，中国的司法制度到宋代已经有了相当完备的发展，很多的史料和学术论著都证明宋代法律体系确实达到了古代王朝中相对健全的一个层次，出现了《宋刑统》、编敕、编例、条法事类等重要司法成果，甚至有人称宋代"许多法律不仅在同时代地球空前绝后，更是不逊色于当下"。在某些方面"我们当代各国的法律可能与宋代相关条文并驾齐驱"。但是，这种相对健全的法律体系和道德规范一旦和封建专制的社会制度、以血亲为基础的文化体系、宋代特殊的诞生原因和时代背景相结合，就发生了无法逆转的畸形蜕变。"刑不上大夫"的法制特权和皇帝直接控制司法权的空前加强，使权力的监督呈现"真空"状态，失去监督的权力似洪水猛兽，横冲直撞，肆意伤害社会。

于是，就出现了《水浒传》中的各种失范失序的社会乱象。政府最高层官员道德败坏，品行恶劣，私欲滔天，恶贯满盈，成了破坏社会规范秩序的罪魁祸首。上行下效，整个官场物欲横流，腐败堕落，滥污不堪，黑暗至极，造成整个社会道德风气反道立违、礼崩乐坏。官场腐败之首的钱权交易现象比比皆是，如阳谷县吏、孟州张都监、登州知府，更不消说高俅、蔡京、童贯、杨戬4个官场巨贪。官职不大的衙役、狱吏，甚至无官职的奴仆、走卒，也个个蝇营狗苟，贪婪得如嗜血蝙蝠。官场上的种种丑恶现象已经渗透到生活中的每个角落，镇关西、泼皮牛二之徒也横行乡里，大肆欺男霸女，恶意侵占民脂民膏。彼时，贪官污吏、地痞恶霸自上而下沆瀣一气，构成了一张巨大的黑色网络，笼罩在百姓头上，百姓无法呼吸，度日如煎，生不如死。

司法体制的规约功能也被大大削弱乃至于消失。当百姓想通过司法的途径寻求公力救济时却发现司法官员贪赃枉法、刑罚不公，政府官员滥用权力、干预司法，"原来（阳谷）县吏都是与西门庆有首尾的"①，"这南衙开封府，不是朝廷的，是高太尉家的"②。即便是宋公明私放晁天王（第18回）③、朱仝义释宋公明（第22回）④这些被读者称为义举的事例，也充分说明在宋代政府体制内一些稍有良知的行政人员无论是出于看透政府腐败还是出于纯粹兄弟情谊，都已经不把公法视为不可侵犯的存在，公法是可以让位于道义的，这也是很多水浒英雄在法律和正义发生冲突时决然选择正义的原因。彼时，权力已经凌驾于法律之上，法律被玩弄于股掌之间，权贵贪官眼中没有规制，污吏恶霸目中毫无约束，肆无忌惮，为所欲为，百姓的权利和诉求被无情地漠视、无理地打压乃至肆意地剥夺，社会公义价值缺失，司法制度的权威性和神圣感被大大亵渎乃至于消解，百姓生活暗无天日、水深火热，最终导致社会秩序的崩溃和官民的极端对立，走向必然的衰败。

司法体系和道德规范都已然坍塌的北宋王朝失去了维系社会稳定的根本力量，这是导致其社会衰败、阶级对立的重要原因，也是梁山起义发生的必然性因素。这样，《水浒传》就很好地完成了批判亵渎法律规范的罪恶行径，揭示宋代社会衰败的根本原因的社会学任务，极具警世垂戒作用。

另一方面，家长、教师可以引导少儿从法律规范的视角鉴别辨析水浒故事中的杀戮现象。

因为血腥杀戮的问题，不少教育者诟病《水浒传》就是古代的"古惑仔"，少年儿童血气未定，看了会学坏，很多孩子因这么一句话就被切断了阅读经典的机会。这种一刀切的抛弃与摒斥的做法粗暴地剥夺了培养少年儿童对社会现象、文学现象鉴别能力的机会，是极不负责任的。

对《水浒传》中的血腥暴力行为不提倡、不学习、不模仿、不效法是根本前提，但这不等于不能对历史现象、传统文化做合理的评价，不去了解历史到底是怎么回事。因为从法律层面看，无论古今，杀人罪的判罚、量刑都是非常复杂的，存在故意杀人、过失杀人和防卫杀人等情况。家长、教师应正确引导少年儿童通过分析人物角色做出选择的历史原因、现实情由和个人因素，认识到对《水浒传》中的暴力血腥行为不能一概而论，不能绝对化，要有区别、有分别地看待，做出恰当的判断；培养少年儿童从法律规范的视角对作品中的血腥暴力事件进行辨别思考的能力，教他们学会理性思考、辩证取舍，区分什么是真正的、残酷的、没有人性的杀人，什么是有担当的、符合正义诉求的杀人，林冲杀死陆谦绝对属于被迫无奈的正当防卫，武松与纣王的杀人也肯定是不一样的，从而教育孩子们对那些因寻求司法系统的公力救济无果而被迫进行私力救济所导致的血腥

①施耐庵. 水浒传 [M]. 北京：人民文学出版社，1997：349.
②施耐庵. 水浒传 [M]. 北京：人民文学出版社，1997：112.
③施耐庵. 水浒传 [M]. 北京：人民文学出版社，1997：223.
④施耐庵. 水浒传 [M]. 北京：人民文学出版社，1997：277.

事件给予历史的同情和道义的理解。而且，站在法律角度看，《水浒传》中确实存在不少能够被民众理解却又有悖于律法的现象，如杨志不满泼皮牛二强占宝刀，一时兴起将之杀死；武松为帮助施恩醉打蒋门神，陷入冤案后血溅鸳鸯楼；李逵打死强占柴进舅舅良宅的殷天锡，为柴进出气；等等。这些英雄遇到有人受辱，不寄希望于找官府为民请愿，而是凭借自己的武力去解决问题，图一时快意恩仇，失了分寸，虽是为了正义奋不顾身，但确有维权过度和故意伤害的嫌疑。不过，由于当时民众普遍没有特别明确的法律观念，或者对衰败腐朽的司法体制已经失去了希望，所以总是站在道德文化和江湖恩义的角度上思考和处理问题，常常忽视法律的权威性。今天的不少民众之所以阅读这个故事时心中无比畅快，也往往是由于放大了对强者、富者的仇恨，出于恶人遭报应的泄恨情绪，对他们的行为抱持认同的观点，这些都是应该警惕的。

如此看来，《水浒传》不仅可以激发少年儿童的阅读兴趣，提升少年儿童的文学素养，还为我们提供很好的法律规范教育资源。在大力建设法治中国的今天，从法律制度和道德规范的角度创新性解读《水浒传》，首先，可以帮助少年儿童认识到在那个道德失范、法律失序的时代实现公平正义是极其艰难甚至是无望的，农民起义有着历史的必然性和合理性，民主法治建设有着重大而深远的意义，一个好的社会应该用完善的法制体系保护人们的道德，而不是要民众牺牲个人道德去维护有缺陷的制度。同时，也可以借此向少年儿童普及基本的法律常识，帮助其树立正确的法律意识，让少年儿童清醒地认识到血债血偿、滥用私力的危害，告诫他们不能盲目地以"以暴易暴"为英雄，以"以恶抗恶"为正义，在当代法治社会遇事要冷静，不冲动不盲从，伸张正义、为民除害可以有合乎法律要求的、更合理的方式和渠道，这才是正确的导向。如此，少年儿童可以"在欣赏文学作品、增长语文能力的同时检查自己的道德认知水平，加强和重塑既有的道德观念，对他们的全面成长颇有益处"①。《调查问卷》第26题（假如遇到和鲁提辖相似的境况，您孩子可能会怎么做？）所得数据显示62%的孩子认为可以"选择其他更安全、更有效的方式"来锄强扶弱，这充分说明法治理念已经对少年儿童的行为产生了潜移默化的影响。法治兴则国兴，法治强则国强。在每一个少年儿童的心中种下知法、守法、护法的种子，中国的民主法治现代化进程会进一步加快，公平正义、守法诚信、和谐有序的社会主义法治社会会更快、更顺利地实现。

①刘建宇.正确导读《水浒传》对少年儿童成长的积极意义[J].科教导刊（电子版），2019（11）：156-157.

六、滋养文化自信意识

习近平总书记明确指出："没有高度的文化自信，没有文化的繁荣兴盛，就没有中华民族伟大复兴。"中国人民正在为实现中华民族伟大复兴的中国梦而奋斗，需要从历史中汲取智慧。所以，坚定文化自信，必须反对一切形式的历史虚无主义、文化虚无主义和价值虚无主义，守好老祖宗留给我们的宝贵遗产，深入挖掘优秀传统文化蕴含的时代价值，推动文化的传承保护和创新交融，讲好"中国故事"，延续历史文脉，为实现中华民族伟大复兴的中国梦凝聚精神力量。

河南博物院院长马萧林说"自信的一代需要更多'自信'的文化产品"，谁也不能否认《水浒传》是一部给予国人太多自信心和自豪感的文学作品。中华文化源远流长、博大精深，浩瀚的文学星空更是璀璨夺目、精彩鲜活。《水浒传》作为古典文学名著中一颗耀眼的明星流传至今，成就斐然，声名远播，享誉海内外，展现出独特的艺术魅力和思想价值，得到了金圣叹、梁启超、鲁迅、胡适、钱穆、矛盾等众多文论大家的高度赞誉。《水浒传》艺术成就卓越，为中国文学史贡献了 108 个鲜活的人物形象，叙事结构、艺术手法、章回体例、语言运用等方面均属高超；《水浒传》内容丰富庞杂，对古代中国社会生活的方方面面几乎都有所涉及，勾栏瓦舍、名物典章、医卜星相、吹拉弹唱、方言俚语、饮食起居、民情风俗等等，为读者提供了一幅北宋时期社会生活鲜活真切的风俗画卷；《水浒传》思想主旨多元，众多的水浒研究者们从多学科、多角度、多层面对其进行了解读评析，涉及忠义情结、政治韬略、侠义精神、英雄情怀、女性观念、社会心理、管理智慧、军事才能、做人学问等等，不一而足，难以穷尽。《水浒传》的不朽之处在于它能够给不断发展的社会提供持续的精神资源，引导人们了解中华民族的悠久历史和灿烂文化，从历史中汲取营养和智慧，古为今用、推陈出新，传承文学经典，赓续文化基因，推动中华文化创造性转化、创新性发展。

"但《水浒传》从成书之日起就进入了一个动态的审美生成的过程，褒者有之，贬者亦有之，推崇倍（备）至者有之，明令禁毁者亦有之。"[①] 而且囿于"少不读水浒"的文化自困，《水浒传》在少年儿童群体中的传播与接受，一直备受非议，难有定论，使得家长与教育工作者在潜意识当中将少年儿童与《水浒传》疏离甚至隔离，这对《水浒传》的传播继承和研究的深入拓展是极为不利的。笔者反对一切剥夺少年儿童阅读经典权利的说辞和行径，少年儿童没有他们想象的那么脆弱不堪，更反对守着文化瑰宝却因噎废食、弃之如履的荒唐之举。当然，这并不意味着要把《水浒传》全盘端给孩子，因为《水浒传》某些思想内容和艺术元素对少年儿童而言确实有些深奥驳杂、晦涩难懂，不好消化。因此，需要改编者、出版者、引导者能够慧眼识珠，科学引领，正确指导，把《水浒传》中对

---

① 高日晖.《水浒传》接受史研究 [D]. 上海：复旦大学，2003：3.

少儿而言"生、硬、辣、腐"等方面的东西剔除掉，充分挖掘其中的精华和营养，将《水浒传》在帮助少年儿童健康成长和全面发展方面的重要作用发挥到最大。国家文化自信建设要求每一个国人尤其是少年儿童树立正确的祖国观、民族观、文化观、历史观，不断增强对中华民族的归属感、认同感、尊严感、荣誉感和对中华优秀传统文化的自尊心、自信心、自豪感。所以，本书在对本国文化充满坚定信心的基础上，努力突破既有的文化自困和思想窠臼，结合少年儿童身心发展特点和新时代社会背景，充分挖掘《水浒传》的当代价值和永恒意义，引导少年儿童真切感受祖国文化的丰富与优秀，希望借此能有效培养少年儿童对中国优秀传统文化的认同感，滋养文化自信意识和自强自立人格，实现中华优秀传统文化与少年儿童文化自信现实建构的有效契合。

最后，现代阅读理论认为，作品的意义与价值只有通过读者的阅读和接受才能得以完成和实现，只有让孩子们开始阅读，才谈得上文化的影响和传承。读都不读，谈何传承，更遑论创新。而且，阅读是一个充满无限可能性的再创作过程，时代、社会也处在不停的发展变化之中，"古今中外，人心相通"，传统文化和当代精神旨归可以有机贯通，所以，《水浒传》当代价值的挖掘和分析永无止境。笔者期待更多的志同道合者涉足这个领域，进行更深入的分析与探讨，这是实现以《水浒传》为代表的中国古典文学名著在当代社会创造性转化和创新性发展的重要前提和必经之路。

第十章　水浒文化融入中小学课程研究

梁山历史悠久，在汉武帝时期就是梁孝王的封地。北宋时期黄河多次决口，在梁山地区形成了数百公里的大泽，也就是《水浒传》中的梁山泊。在宋元明等时代，宋江农民起义的故事就广泛流传于民间，成为戏曲、评书、话本等艺术创作的重要内容，这些故事融合了民族矛盾、忠奸斗争、历史传统、社会风尚、传统道德等，并在历史发展和艺术演绎中逐步形成独特的水浒文化。元末明初时期文学家施耐庵根据宋江、武松、鲁智深等梁山好汉的故事，创作了古典文学名著《水浒传》，更是进一步推动了水浒文化的繁荣发展。

党的十八大以后，文化自信成为中国文化建设的重要内容，也成为提升国家文化软实力和民族凝聚力的重要方式。从总体上看，文化自信是国家富强和民族自强的重要表现，也是中华民族伟大复兴的重要文化基础。在国家文化自信建设和优秀传统文化"双创"发展的背景下，深入挖掘水浒文化的思想内涵和时代价值并将之融入中小学课程具有重要意义。

水浒文化虽然丰富广博、复杂多元，但是利用得当能够培养中小学生的传统文化素养，培养中小学生不畏强暴、爱憎分明、乐善好施、勇往直前、不怕困难等精神品质，提高中小学生对传统伦理道德、优秀历史文化的思想认同。同时，水浒文化融入中小学课程教学，还有助于拓展中小学生的知识视野，培养中小学生的历史观、道德观和价值观，传承延绵不绝的忠义、仁爱、勇敢等文化精神，更为重要的是可以有力增强中小学生的传统文化自信，培养中小学生的乡土情结、家国情怀。

第一节　水浒文化的内涵与特征

水浒文化内涵丰富、形式多样，学术界对水浒文化进行了许多研究。2019年，菏泽学院举行了新时代水浒文化研讨会，对《水浒传》《歧路灯》《水浒记》《水浒叶子》《后水浒传》等著作进行了深入研讨，考察了水浒文化在不同历史时期的发展状况，揭示了水浒文化发展演变的历史脉络。董国炎认为，《水浒传》

展现了宋王朝在内部阶级矛盾、外部国家民族矛盾共同作用下的社会状态，揭示了特殊社会背景下社会底层农民的生存状态。还有学者认为，《水浒传》的思想主题错综复杂，有许多矛盾之处，是儒家、墨家、道家等家思想文化的有机融合，很难以简单明确的方式概括《水浒传》的思想主题和价值内容，这也正是水浒文化的魅力所在。

一、水浒文化的基本内涵

基于"文化"本身内涵的丰富性和外延的广泛性，笔者认为，水浒文化是基于北宋末年的宋江农民起义史实，以《水浒传》为核心内容，以水浒故事、水浒传说、水浒戏曲、梁山遗址等为文化形态的传统文化，不仅涵盖美术、音乐、旅游、武术、文学等非物质文化形态，还包括梁山、宋江河、聚义岛、景阳冈、黄泥岗等物质文化形态。其中，忠义思想、尚武精神等是水浒文化的精神内核。在经历几百年发展后，水浒文化逐步融入中华民族的道德观和价值观，成为民族心理、民族性格的重要内容。此外，在漫长的封建社会中，统治阶级往往将梁山好汉视为"反贼""强盗"等，崇祯、乾隆等多次要求查禁《水浒传》。同时，封建帝王也非常重视水浒故事中的忠义思想，并将之塑造为忠义伦理、爱国精神等，这些对水浒文化的广泛传播产生了很大的影响。同时，这也说明了水浒文化与三国文化不同，是一种思想丰富、内涵复杂的文化现象，学术界对此有许多观点，如农民起义说、忠义说、黑帮说、流民说。因此，我们有必要深入研读《水浒传》，发掘水浒文化和水浒精神的本质，澄清大众对水浒文化的各种认识误区，为少年儿童习得水浒文化扫除障碍、做好引领。

第一，忠义思想的政治伦理观是水浒文化的重要特征。忠、义、礼、智信是中国传统文化的普遍价值观，在西汉时期，汉武帝大力推广儒家文化，将"忠君"奉为国家正统，从而使"忠君"思想深入人心，并随着历史的发展在含义上不断演进和丰富。

虽然关于《水浒传》及其作者的不少内容在学界仍存有争议，但是大多数受众依然基本认同《水浒传》是作者施耐庵以北宋时期的宋江起义为故事原型创作而成，故事以北宋时期官员腐败、政治黑暗、民不聊生的社会状况为背景，以梁山众好汉奋起反抗、争取生存权利为基本情节。作者施耐庵是元末明初的小说家，他曾在钱塘为官，后辞官不做。施耐庵从小就聪慧过人，才思敏捷，13岁就读完了四书五经。施耐庵后又到山东郓城任职，为人清正、为官清廉，得罪了地方恶势力和贪官污吏，受到排挤和打击。因不愿与贪官污吏、地痞流氓同流合污，特别是看到官场黑暗、举步维艰，他愤然辞官回乡。

晚年期间，施耐庵以《大宋宣和遗事》为素材，专心从事文学创作，遂有传世佳作《水浒传》的诞生。

从《水浒传》的故事背景、创作背景看,《水浒传》不可能超越传统政治伦理、儒家文化、道家文化等思想的规约,也无法完全摆脱"三纲五常"、忠君爱国、反抗强暴、替天行道等传统政治伦理思想。从总体上看,《水浒传》是在君君臣臣、父父子子的封建伦理社会中形成的,深受传统政治理念影响,从而形成了具有鲜明时代特征的忠义思想。《大宋宣和遗事》中就有"助行忠义,卫护国家"的论述,阐述了梁山好汉的忠义思想。忠义思想是《水浒传》的核心价值观,这种忠义思想以儒家政治伦理为基本内核,体现了中国传统文化的基本伦理规范和思想内核。

首先,《水浒传》中的忠君思想表现为"只反贪官,不反皇帝""替天行道,招安报国"等起义理念,许多梁山好汉都是被迫落草为寇,只等有一天能得"朝廷招安",这些体现了传统政治文化对梁山好汉的深刻影响。从《水浒传》的故事背景看,宋江、林冲、鲁智深等梁山好汉生活于北宋末年,这一时期金人与宋人的矛盾冲突加剧,"杀敌报国""誓杀金贼"等是那个时代的重要主题,为国尽忠、抵御侵略、反对贪官污吏等是重要的时代价值观。《水浒传》中阮小五就大声高歌"酷吏赃官都杀尽,忠心报答赵官家";梁山头领宋江将"聚义厅"改名为"忠义堂",提出"替天行道"的口号,常常以忠义自居。在明代陈忱的《水浒后传》中,李俊、阮小七、李应等梁山好汉重新聚合起来,开创新的基业,并配合南宋王朝反抗朝廷,展现了梁山好汉的忠肝义胆、忠于朝廷、智勇双全等思想品质。显然,水浒文化鲜明地展现了一种忠君报国的文化精神,这种文化精神有其一定的时代局限性,但是其中蕴含的家国情怀和保家卫国的思想是非常宝贵的。

其次,《水浒传》中的忠义是对立统一的,在梁山好汉首领宋江身上就有明显体现。宋江从小"熟读经史",形成了忠孝思想,在县衙里也是"刀笔精通,吏道纯熟",同时他为人仗义,喜欢结交各类江湖好汉,并且对底层人民颇有同情心,从而获得了"及时雨"的美名;在宋江被迫上梁山之前,他对晁盖、吴用、阮氏三雄等好汉的造反行为充满同情,这些充分表现了他重义的一面。然而,他又不愿意加入造反队伍,这表现了宋江对朝廷尽忠的一面。纵观宋江在梁山上的所作所为,始终将忠于朝廷作为价值信仰,这些表达了他对传统儒家伦理思想的认同,特别是梁山好汉三打祝家庄、大破曾头市、三败高俅之后,宋江仍然念念不忘招安,这些充分表现了宋江对朝廷的忠诚。

最后,《水浒传》的忠义文化也在长期流传中不断发展变化,特别是近代以来,忠义文化发生了深刻变化,保家卫国、抵御侵略、反对残暴统治等成为忠义思想的重要内容。比如在抗日战争、解放战争等革命战争中,共产党人就汲取了水浒文化中的忠义思想，带领人民反抗日本帝国主义的侵略、反对国民党的残暴统治等，从而推动了水浒文化的创新发展。所以，我们应当以发展变化的思维看待水浒文化中的忠义思想，扬弃迂腐的忠君思想、陈旧的江湖义气等，对忠义思想进行创造性发展和时代化转向，将忠于国家、忠于人民、忠于职守、勇于担当等作为忠义思想的重要内容。

第二，不畏强暴、替天行道、崇尚道义、勇于反抗的尚武精神是水浒文化的重要内容。武，止戈之意；上武得道，平天下。尚武精神是中国传统文化的重要内容，少林、武当等武林门派的历史源远流长，成为中国传统文化中不可或缺的组成部分。项羽力拔山兮气盖世、李广射虎中石、关羽温酒斩华雄等轶事典故都体现了中华文化中的尚武精神，鼓励人民强健身心、英勇无畏、迎难而上。《水浒传》继承了这种传统的尚武精神，并很好地将其发扬光大。水浒文化的这一内涵特质对读者受众的影响非常突出。

首先，水浒文化诞生于山东地区，这里不仅是儒家文化的发源地，孕育了许多温文尔雅、知书达理、重义轻利的谦谦君子，同时也孕育了许多敢作敢当、行侠仗义、不畏强暴的英雄好汉，如《闯关东》《大染坊》等影视作品就反映了山东人的侠义精神和水浒精神。水浒世界是个唯武是崇的世界，一个人是否拥有武艺是决定其生命价值的重要因素[①]。在《水浒传》中，鲁智深、武松、卢俊义、秦明、李逵、杨志等梁山好汉多是武艺高强，拥有力拔山兮气盖世的勇猛气概。不管是鲁智深倒拔垂杨柳，还是武松独闯景阳冈、李逵沂岭杀四虎、梁山英雄劫法场等，无不展现出一种雄壮、勇猛、刚强的尚武精神。从故事情节看，武艺高强、勇猛无敌、气力过人的梁山好汉往往得到人们更多的尊重，众多梁山好汉也往往是争强好胜、舞枪弄棒、以强为尊。党世英、景德、阿里奇、雷横、董澄、山士奇、曹明济、耶律国宝、兀颜光都等好汉都是力大如牛，拥有"千百斤气力"，"万夫不当"。即便是梁山泊上的军师吴用也是武艺高强，善于书法的萧让也能够舞枪弄棒，文官裴宣也可舞剑抡刀。此外，梁山好汉相见之时，往往是谈论武艺，交流习武经验，三杯酒之后就开始谈论枪法、棒法等，如刘唐初见晁盖时就说"闻知哥哥大名，是个真男子，武艺过人"，很显然，在尚武无畏的水浒世界里，一个人的武艺高低已经成为梁山好汉结交朋友、评价人物的重要标准。

其次，身负武功的梁山英雄们难免有些高傲，喜欢争强斗勇，动不动就要比试武艺，如武松醉打蒋门神、燕青与任原比试武功，这些都体现了梁山好汉的争强好胜、争勇好斗。同时，梁山英雄对武艺高强、人品过硬者都是非常尊敬的，甘心屈居其下，甚至拜对方为师。比如，史进在与王进比试武功以后，发现自己

①陈燕敏. 浅谈《水浒传》招安描写对历史逻辑的高度忠实 [J]. 福建广播电视大学学报，2012（3）：41-42.

的武功远远不如王进，就立即拜王进为师；周通在被李忠打败之后，就邀请李忠做了桃花山的山寨之主。可见，梁山英雄的争强斗勇并不是毫无原则的。在梁山好汉的座次排列中，武艺高下是排序的重要标准，如林冲、秦明、花荣等能够在梁山好汉座次中排于前列，就与几人的武艺高强密切相关。在《水浒传》中，诸多梁山好汉不近女色，这也与梁山好汉的尚武精神密切相关，因为在中国武术和道术修炼中，只有无情无欲、不近女色，才能守住元阳之气，修炼上乘武功，习武者若是生性放荡、沉迷女色，就会导致武功荒废。这对于读者养成刚健有为、自强不息、以刚为美的生命价值观有一定鼓励作用。

最后，《水浒传》中的尚武精神还体现出鲜明的社会责任感和担当意识，水浒文化中尚武精神的产生是基于深刻的时代背景的，与北宋时期的社会文化、政治制度等因素密切相关。从时间维度看，水浒故事产生于北宋时期，这一时期是经济发达、文化繁荣的历史时期，但在宋代官场中武官的地位往往比较低，武将往往要受到文官的节制，从而形成了重文轻武的社会风尚，也导致北宋的军事实力薄弱，经常遭受大辽、大金等王朝的骚扰和侵略，北宋王朝要年年向辽、夏、金等王朝进贡。《水浒传》中对尚武精神的推崇，表达了对重文轻武的社会风尚的反驳，也表达了对保卫国土、抵御外敌理想的向往。在长期流传中，《水浒传》中的尚武精神、侠义精神等为社会底层劳动人民所接受，成为劳动人民反抗压迫、反抗侵略的重要精神力量。在中国近代史上，许多革命英雄都以梁山好汉为榜样，顽强地抵抗帝国主义侵略，如罗荣桓率领八路军歼灭日军，取得了梁山战斗的重大胜利，极大地鼓舞了广大军民的抗战士气。可见，水浒文化的尚武精神对后人社会责任感的建立有深刻的影响。

以上论述都充分说明水浒文化中的尚武精神对于少年儿童将来的成长具有不可估量的潜在的价值和意义。

第三，水浒文化是一种相互包容、爱憎分明、乐善好施的融合文化。在北宋时期，儒释道思想相互融合，呈现出"三教归一"的发展局面，水浒文化就是在这种文化背景中形成的，并将墨家的侠义思想、底层的绿林文化等融合在一起，形成了一种相互融合、相互包容的文化精神。如梁山好汉首领宋江身上不仅有江湖好汉的绿林精神，也有儒家士大夫的忠君思想；"花和尚"鲁智深身上不仅有路见不平、拔刀相助的侠义精神，也有心无所住、以生其心的佛家精神；"豹子头"林冲身上既有勇猛杀敌、肝胆相照的江湖好汉精神，也有老实本分、小心谨慎的小农思想。可以说，形形色色的梁山好汉是充满矛盾的思想复合体，每个人都能从这些梁山好汉身上找到自己的某一面。汤因比说过，"中国人能够将几亿民众从政治上文化上团结起来"，"这是一种无与伦比的智慧"。这种说法在水浒文化上就有很好的体现，一曲流传大江南北的《好汉歌》就生动诠释了水浒文的融合精神。此外,《水浒传》中的融合文化还体现为不同区域文化的融合,如梁山好汉来自天南海北,他们能够齐聚一堂、其乐融融,这些充分体现了不同区域的文化融合。

第四,水浒文化体现了一种大展身手、建功立业的价值取向。在中国传统价值观中,家、国、天下是相互统一的,这种儒家传统价值观与政治文化有着天然联系,在漫长历史演化中形成了牢固且延绵不断的社会价值共识。儒家文人认为,大丈夫应当修身齐家治国平天下,实现人生价值。这种修齐治平的价值观深刻影响了一代又一代的中国人,成为中国传统文化的精神基因。在重农轻商的传统社会中,社会阶层晋升渠道比较窄,考取功名是文人实现人生抱负的重要方式,驰骋疆场、建功立业则是武将实现自我价值的重要方式。在汉武帝之后,忠君报国思想已经根深蒂固,成为整个社会的主流价值观。从总体上看,传统价值观中的家国情怀、以天下为己任的责任感等已经深深融入每个中国人的精神世界,成为个人尊严、荣誉感和价值的重要体现。

与修身齐家治国平天下的儒家知识分子不同,江湖好汉、绿林英雄等多以行侠仗义、抱打不平等方式彰显自我价值和家国精神,如司马迁笔下的荆轲、要离、专诸等就是这一类英雄人物;卫青、霍去病、岳飞等是以驰骋疆场、屡立战功等方式扬名天下,彰显自我价值;甚至连黄巢起义、陈胜吴广起义等也都以为天下苍生谋福利为价值归旨。《水浒传》中的宋江、卢俊义、吴用、秦明、花荣、林冲等梁山好汉不可避免地受到传统文化影响,并将光宗耀祖、显赫门庭等作为人生理想,如"学好文武艺,卖给帝王家""酷吏赃官都杀尽,忠心报答赵官家"等就是这种建功立业思想的重要体现。

在梁山英雄中,固然有李逵、阮氏三雄、朱贵、时迁等草莽英雄,也有林冲、卢俊义、秦明、宋江、关胜等官府人物,许多梁山英雄都是被迫无奈而落草为寇的,他们志向高远、功夫了得,却被命运所捉弄,屈居于水泊梁山。比如,在《水浒传》中,宋江、吴用、鲁智深、卢俊义等梁山好汉,或是有治国安邦之志,或是有万夫不当之勇,他们不甘于过默默无闻的生活,期望能够报效朝廷、流芳千古。正因如此,宋江所提倡的"替天行道",获得了关胜、呼延灼、徐宁、秦明、花荣等梁山好汉的认同。从某种意义上说,宋江等梁山好汉的替天行道是一种曲线救国,获取朝廷认同、得到朝廷招安、征讨大辽、征讨方腊等才是宋江等梁山英雄的理想追求。显然,这一切最终都落脚于家国天下的传统价值观。许多梁山英雄不甘于平凡和寂寞,除了解决现实的生存困境外,更渴望通过集体的力量干一番轰轰烈烈的保家卫国的大事业,这也是宋江接受朝廷招安的重要原因。此外,从宋江邀请关胜、卢俊义等人入伙梁山可知,正是由于宋江以接受朝廷招安、重新为国效力等为理由,才能将众多英雄好汉聚集在水泊梁山。宋江接

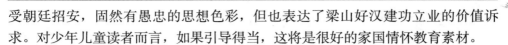

受朝廷招安，固然有愚忠的思想色彩，但也表达了梁山好汉建功立业的价值诉求。对少年儿童读者而言，如果引导得当，这将是很好的家国情怀教育素材。

二、水浒文化的主要特征

水浒故事在黄河中下游地区流传时间久、范围广，《水浒传》作为四大名著之一，体制巨大，内容丰富，百回本就多达 92.5 万字。由《水浒传》作品和水浒故事衍生出的水浒文化产品和文化资源涵盖了政治、经济、文化的方方面面，在思想内涵、艺术成就和文化形态方面呈现出多元、复杂、丰富的鲜明文化特征。

第一，思想内容的丰富性。

《水浒传》是以北宋末年为时代背景的，这一时期北宋王朝内部面临朝廷腐败无能、官员贪污腐败、豪强欺压百姓等众多问题，同时北宋王朝也受到金王朝的欺压和侵略。这种内忧外患的特殊局面深刻影响了《水浒传》的思想内容，使《水浒传》的故事情节、思想主题等比较复杂，也导致水浒文化的思想内容较为复杂，我们既可以从中解读出替天行道、保家卫国、反抗压迫、行侠仗义、忠勇爱民等具有积极意义的正面文化，也能从中看出历史局限性所导致的忠于朝廷、崇尚暴力、草菅人命、江湖义气等负面文化因子。水浒文化既体现着底层民众强烈的正义诉求，又在字里行间隐隐透露着对暴力抗争行为的否定，如此似乎截然相对却浑然一体的价值观的出现有着深刻的历史社会背景原因。

首先，水浒文化体现了社会底层人民对封建统治、贪官污吏的不满。在面对土豪恶霸、贪官污吏时，梁山好汉揭竿而起、行侠仗义、替天行道。在《水浒传》中，施耐庵以生动的语言、多彩的笔墨描写了北宋末年的这一场农民起义，成功塑造了武松、宋江、林冲、鲁智深、吴用等农民起义英雄群像，同时深刻发掘了农民起义的政治和社会根源，批判了北宋王朝的腐败与黑暗。如《水浒传》详细描写了高俅的发家史和宋徽宗的昏庸无能，这些为宋江农民起义做出了铺垫。高俅本是"浮浪破落户子弟"，只因为能够踢得好球而受到皇帝赏识，此后平步青云，成为殿帅府太尉，与蔡京、童贯等狼狈为奸，残害良民、欺压百姓，利用各种手段大肆搜刮钱财。同时，《水浒传》中还描写了许多土豪恶霸、贪官污吏等，如张都监、蒋门神、镇关西、西门庆、毛太公，这些地方豪绅与官府相互勾结、狼狈为奸，形成了欺压百姓、谗害忠良的地方势力。在这种社会环境中，不仅社会底层百姓难以独善其身，就连将门之后的杨志、大贵族柴进、大地主卢俊义等也都深受其害。以禁军教头林冲为例，林冲武艺高强、为人谨慎，不愿招惹是非，但是高衙内却明目张胆地调戏他的妻子，并想方设法谋害林冲，导致林冲被发配充军、家破人亡，可见当时社会、政治黑暗到何种程度，这充分说明了梁山好汉起义的合理性和必然性。

此外，水浒文化的产生发展与宋元时期的宏大历史背景密切相关，这些促使水浒文化的思想内容较为复杂。在整个北宋历史上，宋江起义事件并不是重大历史事件，但是时代背景却比较特殊，因为北宋末年少数民族政权入侵中原，许多北方难民被迫向江南地区逃亡，各种流民数量激增，从而推动了尚武文化的繁荣发展。同时，人们都渴望北宋政权能够抵抗少数民族的入侵，收复失去的旧山河，这些导致人们对宋江起义、水浒英雄等非常关注，并在某种程度上将梁山众好汉视为捍卫国土愿景的某种有力载体。《大宋宣和遗事》就详细记载了宋江等人的故事，并在底层社会广泛传播。

在明代，许多正统文人对《水浒传》持否定态度，有官员主张将《水浒传》列为禁书，特别是在明末时期，各种农民起义此起彼伏，这些直接威胁着明王朝的统治，于是朝廷严禁《水浒传》的传播，甚至下令全国各地收缴《水浒传》。在明清易代之际，清朝统治者实行了残酷的统治政策，扬州十日、嘉定三屠等就是典型例子，激起了爱国文人的强烈不满，他们以文学创作的方式表达自己的思想、主张和理想，从而出现了《后水浒传》《水浒后传》等文学著作，这些著作均以水浒传的故事情节、人物形象等为基础，进行了创造性改编和加工。如《后水浒传》就以宋江、卢俊义等梁山好汉投胎转世为切入点，描写了杨幺、王摩等人揭竿起义的故事。在清代，朝廷对《水浒传》持否定态度，将《水浒传》列为禁书，同时还将与《水浒传》相关的戏曲、说唱等列为违禁之作。显然，在漫长历史发展中，水浒文化的接受史是饱受坎坷、屡经波折的，虽数度被列为禁书，但在特殊历史时期又获得社会各界的认同，并以各种方式广泛传播，比如在革命战争时期，许多革命者对水浒文化推崇有加，对《水浒传》大加褒奖；在抗日战争时期，各种戏曲团体演出了许多关于水浒文化的作品，如《打渔杀家》《逼上梁山》《三打祝家庄》，起到了很好的宣传动员作用，在民众中有广泛的影响力。

综上所述，水浒文化是以北宋末年内外交困、矛盾冲突尖锐的特殊历史时期为背景，描写了宋江农民起义的故事情节。在漫长历史传承中，水浒文化受到了社会观念、社会矛盾的深刻影响，整个传承过程非常曲折。纵观《水浒传》的历史传承，固然有许多不足之处，也曾遭遇文人和学者的批评和否定，但是作品中所宣扬和传承的忠义精神、尚武精神等仍深入人心，并在长期发展中形成了独具特色的水浒文化，深刻地影响着广大中国人。

第二，艺术成就的卓越性。

水浒文化的主要载体《水浒传》是代表水浒文化的最高艺术成就，其中既有许多精彩的故事情节，又有优美的语言描写，更为重要的是为中华文化贡献了一批非常生动的人物形象。《水浒传》中有108个英雄好汉，个个人物都是性格突出、个性鲜明。

首先，故事情节曲折跌宕，引人入胜。《水浒传》是白话文写成的章回体小说，讲述了宋江、武松、鲁智深等绿林好汉被迫落草，逐步发展壮大，最后接受朝廷招安、东征西讨的故事。整部小说的故事情节曲折动人，跌宕起伏，如武松怒打蒋门神、血溅鸳鸯楼、景阳冈武松打虎、武松大闹飞云浦、鲁智深大闹五台山、花和尚倒拔垂杨柳，给读者留下深刻印象。同时，《水浒传》既讲述了宋江、吴用、卢俊义、林冲等梁山好汉反抗官府压迫、替天行道、主持正义等斗争精神，同时也讲述了梁山好汉接受朝廷招安、替朝廷征讨方腊等妥协行为；既讲述了武松、鲁智深等梁山英雄的勇武刚猛、不畏强暴、路见不平便拔刀相助等正义之举，也讲述了梁山好汉的杀人放火、徇私枉法、滥杀无辜等乱法行为，如史进杀死王四、鲁达杀死镇关西、李逵杀死韩伯龙。这些故事情节曲折跌宕、引人入胜，有着很强的故事性、可读性，再加上故事中蕴含着许多深刻的思想内涵乃至积极向上的正面能量，如果改编得法，对少年儿童而言将是难得的阅读文本和教育素材。

其次，语言描写生动多彩，形象传神。《水浒传》人物形象塑造、故事情节描写等非常生动得益于其十分显著的语言艺术成就。一方面，《水浒传》脱胎于话本艺术，语言在先天上就有口语化的特点，是作者在民间口语基础上潜心进行艺术加工形成的优秀文学语言。如"不怕官，只怕管""洒家怕他甚鸟""你那人吃了呼律心，豹子胆，狮子腿，胆倒包着身躯，如何敢独自一个，昏黑将夜，又没器械，走过冈子来！不知你是人是鬼？"，语言通俗天然，充满"泥土"气息，也非常符合人物角色身份、性格。另一方面，《水浒传》语言洗练简洁，叙事描写多用白描，往往简单几个字、短短几句话就可以传神地写出人物特点、事件过程，又能生动、吸引人。以鲁智深这个人物为例，在描写鲁智深倒拔垂杨柳时，作者以简单的几个动词不仅展现了鲁智深力大无穷、勇猛无敌的外在形体特征，还展现了鲁智深有勇有谋、伺机而动的内在能力品质；在描写鲁提辖拳打镇关西时，鲁智深听说镇关西欺负金翠莲父女的来龙去脉后，就立即准备为金氏父女报仇，并将身上的五两银子全部给了金氏父女，这些情节与细节描写展现了鲁智深的慷慨仗义、疾恶如仇、古道热肠等人格魅力。同时，作者对鲁提辖的"三拳"描写得淋漓尽致，展现了鲁提辖行侠仗义、除暴安良行为的果断和豪爽。再如，描写江州劫法场时，作者以生动笔墨细细写来，不仅生动刻画了李逵的英勇无敌，也展现了李逵不怕死的斗争精神。《水浒传》高超成熟的语言功力在中国文学史上都是成就卓然的，对少年儿童而言同样是难得的语言教育素材，对提升少年儿童的语言素养有重要帮助。

再次，人物塑造个性鲜明，栩栩如生。《水浒传》是一部内容丰富、思想深邃的优秀作品，作品中的人物形象棱角分明、个性突出，每个人物形象都非常鲜明。在《水浒传》中，有名有姓的人物共有 577 个，这些人物或是猎户渔人、草莽英雄；或是地方豪强、贪官污吏；或是皇族贵胄、王侯将相，每个人物都栩栩如生，从而使水浒文化中的人物形象非常突出和鲜明。以水浒文化中的宋江为例，宋江胸怀大志，却生不逢时。首先，作为郓城县的小官吏，宋江志气轩昂，善于为人排忧解难，能够结交天下英雄，并在江湖上博得好名声。其次，宋江仗义疏财，能够网罗天下豪杰。在郓城县当官吏期间，宋江仗义疏财，深受各路英雄的推崇，这也为宋江积攒了大量人脉资源。再次，宋江颇有心计，善于利用仁义道德。在宋江被迫上梁山之后，他利用心机手腕等拉拢人性，很快成为控制山寨的实力派，并通过好汉座次的重新排序牢牢控制了梁山的大权。从总体上看，宋江为人仗义，善于用人，谦虚谨慎，有卓越的管理能力和军事才能，但是宋江的性格较为复杂，他的骨子里信奉忠君报国，满脑子都想着招安，并将接受朝廷招安作为梁山好汉的最终归宿，将梁山起义的伟大事业引向失败的终点。从宋江身上可以感受到一种复杂的思想性格，一方面胸怀大志、性情仁义、善于谋略，另一方面又恪守忠义、谨遵礼法，努力想成为忠臣孝子，但是他始终无法获得朝廷的信任，甚至为了效忠于朝廷而葬送了许多兄弟的性命。而这种复杂性也成就了宋江形象的独特性，使其在历史上文学作品的人物画廊里有着永恒的生命活力。

从总体上看，《水浒传》中的人物形象与人物的出身、阶层、遭遇、地位、爱好等密切相关，作者紧扣人物的遭遇、经历、身份等描写人物性格，从而使各个人物栩栩如生。比如，在梁山好汉被迫上梁山这一问题上，《水浒传》紧扣人物的经历、遭遇、性格、身份等，刻画人物的内心世界、人物形象等，实现了人物与情节的高度融合，创造出一种生活真实感、社会现实感，不仅展现了人物的传奇性，同时也展现了人物普通、平凡的一面[①]。

第三，文化形态的多样性。

水浒文化内涵的丰富性决定了其呈现形态的多样性，不仅包括忠义思想、尚武精神等思想文化，还包括梁山遗址、山东快书、民间传说等物质和非物质文化样态。

水浒文化是中国传统文化的重要组成部分，在数百年发展中以《水浒传》为基础演化出多种多样的文化形态，远远超出了传统的文化范畴，成为汇聚中原文化与齐鲁文化的特殊社会文化形态。从广义上看，水浒文化是基于北宋末年的宋江农民起义史实，以小说《水浒传》的故事情节、人物形象等为核心，涵盖美术、音乐、旅游、武术、文学等形式的文化现象。显然，水浒文化是物质文化和

---

① 刘玉芝. 非物质文化遗产视角下水浒文化保护研究 [J]. 菏泽学院学报，2018（3）：10-15.

非物质文化的结合体，既有具体的物质承载，如梁山、宋江河、聚义岛、景阳冈、黄泥岗、水浒拳、水浒纸牌；也有特殊的精神文化，如忠义思想、尚武精神等传统思想文化。在经过历史的洗涤之后，水浒文化逐步融入中华文化的精神内核，成为民族心理、民族性格的重要内容，影响着中华民族的道德观和价值观，如水浒文化中的忠、义、信、孝、勇等精神品质，崇文尚武、礼仪宗亲等行为准则，这些都深刻影响着人们的价值观念和道德信仰。此外，在长期传承中，鲁西南地区产生了许多以水浒英雄、水浒故事为题材的民间故事、口头传说、戏剧作品、文学著作等，这些都是水浒文化的重要形式，也推动了水浒文化的延绵发展。

与传统戏曲、传统诗歌、传统书法等传统文化不同，水浒文化在文化形态上复杂多样，不仅包含以忠、信、义、孝、勇等为核心的思想文化，崇文尚武、替天行道、行侠仗义、抱打不平、见义勇为等道德文化；还包括各种水浒遗址、景观等物质文化遗产，如虎头蜂、狗头山、花荣射箭遗址、双雄镇关、水泊梁山摩崖石刻、宋江寨、忠义堂、光明寺、宋家村、曾头市、黄泥岗、十字坡、宋公庙、晁家庄、郓城县衙。此外，水浒文化还包括水浒纸牌、水浒麻将、山东快书、掌洪拳、武大郎炊饼等非物质文化遗产。可以说，水浒文化是中华民族的伦理道德、价值信仰、社会心态、审美情趣的集中体现，是民族精神和民族情感的重要载体。水浒文化不仅体现在古典文学名著《水浒传》的故事情节、语言描写、人物形象等，还体现于鲁西南地区的诸多水浒遗址、民间故事、武术文化、戏曲文化等广泛的文化载体。

水浒文化内涵的丰富性和外延的广泛性决定了其是中华文化资源的重要组成部分，蕴含着宝贵的教育价值，应该也必须探索科学合理的路径和渠道，把水浒文化融入中小学课程体系，发挥其潜在的育人价值。

第二节　水浒文化融入中小学课程的重要意义

毫无疑问，以《水浒传》为核心内容的水浒文化已经深深融入中华民族的民族心理、民族性格，成为中华传统文化中不可或缺的重要内容。水浒文化中的忠义思想、侠义精神、尚武精神等影响了一代又一代的中国人，成为中国人民反抗压迫、反抗侵略的重要精神力量，比如，水浒文化对中国人民的革命斗争有较大影响，如在大革命失败后，毛泽东同志就提出要"学梁山泊好汉"，建立革命根据地，并提出了"枪杆子出政权"的重要革命论断。此外，《水浒传》所塑造的人物形象，如武松、鲁智深、宋江、李逵、吴用等成为中国历史上的典型；《水浒传》中的武松景阳冈打虎、鲁智深倒拔垂杨柳等故事，更是家喻户晓、无人不知。在这种情况下，将水浒文化融入中小学课程，不仅有助于提升中小学生的文学修养与审美能力，培养中小学生正确的道德观、价值观与人生观，还有助于推动中小学校的优秀传统文化教育。

一、有助于提升中小学生的文学修养与审美能力

文学经典是民族性格、民族心理和民族集体记忆的集中体现，研读文学经典是理解民族性格、把握民族脉搏的重要窗口。阅读和学习传统文学经典能够提升中小学生的文学修养和审美能力，提高中小学生的语言文化修养。《语文课程标准》对中小学生课外阅读提出了明确具体的要求，如初中生课外阅读总量不少于 260 万字，每学年要阅读 2—3 本名著。古典文学名著《水浒传》不仅是小说家施耐庵的文学作品，也是广大人民群众集体智慧的结晶，在漫长的历史传承中所形成的水浒文化更是中华民族集体智慧的结晶。作为重要的章回体白话小说，《水浒传》拥有很高的文学价值和审美价值，是中小学语文教育教学的重要资源，其中选入中小学语文教材的《智取生辰纲》《鲁提辖拳打镇关西》《景阳冈》《林教头风雪山神庙》等篇目更是经典之作[①]。

《水浒传》是中国白话文小说的经典，与几千字的文章相比，百回本版《水浒传》有几十万字，语言素材丰富、故事场面恢宏、故事情节复杂、人物形象饱满、感情真实细腻，是培养中小学生阅读写作能力、提升中小学生文学修养和审美能力的文学佳作。比如，《水浒传》中有大量的歇后语、谚语、名言警句、民间俗语等，这些语言或是含蓄幽默、言简意赅，或是妙趣横生、活泼生动，往往带有浓重的传统文化气息和民间文化色彩，有助于帮助中小学生积累词汇，丰富语言学习资源，提高语言表达能力。再如，小说《水浒传》和流传于民间的水浒故事拥有独特的语言风格和艺术特色，多以口语化、个性化和形象化的语言进行表述，故事曲折，人物生动，营造了具有独特感染力、吸引力的文学韵味。小说《水浒传》中于关智取生辰纲、鲁提辖拳打镇关西等的动作描写、环境描写、人物描写等格外生动，每个字、词、句都展现出深厚的语言功底和独特的文学魅力，是中小学生语文学习中难得的佳作。在中小学课堂教学中，让学生反复阅读经典章回，揣摩其中的语言、动作、心理、神态等描写特色，可以很好地培养中小学生的文字感受力、阅读能力和写作能力，提升中小学生的文学修养与审美能力。

二、有助于培养中小学生正确的道德观、价值观和人生观

《水浒传》是中国古代四大名著之一，水浒文化是中华优秀传统文化的组成部分，家喻户晓，不仅仅是因为水浒人物形象的栩栩如生、故事情节的曲折动人，更是因为《水浒传》所内蕴的忠义思想、尚武精神、侠义精神等思想文化和

---

①孔倩."双减"政策下少儿出版的发展路径 [J]. 出版广角，2022（4）：55-57.

替天行道、行侠仗义、见义勇为、勇于反抗等价值理想，这种精神内涵是水浒文化绵延不绝的根本所在，也是水浒文化历久弥新的内在原因。在中小学教育教学活动中，将水浒文化融入课程体系、课堂教学、教育实践等环节，不仅有助于提升学生的阅读能力、文学修养和审美能力，还有助于培养中小学生正确的道德观、价值观和人生观。

第一，水浒文化能够培养中小学生正直、勇敢、有担当的道德品格。中国传统文化将仁爱作为人们为人处世的基本价值原则。北宋末年，朝廷昏庸无能，官吏横行霸道，豪强欺负百姓，社会底层百姓有苦难解、有冤难伸。在这种社会环境中，许多人都成了"沉默的大多数"，以委曲求全、默不作声的方式对待社会不公。梁山好汉身上有见义勇为、无私奉献、肝胆相照的精神品质，也有反对邪恶、敢于直面困难的不屈精神，如武松、杨志、晁盖等英雄好汉在政治黑暗、官场腐败等困难面前，并没有投降、屈服，而是不断地斗争和反抗。在水泊梁山上，英雄好汉们的思想精神得到了升华，他们将反抗的矛头指向贪污腐败的官员群体。鲁智深、武松、李逵等梁山好汉在弱者遭受欺凌时果断地挺身而出、行侠仗义，勇敢地对不公平、不合理的社会说"不"，他们除暴安良、行侠仗义、替天行道、惩恶扬善，从而成为社会底层人民心中的英雄。显然，梁山好汉的行侠仗义、惩恶扬善等品格，能够潜移默化地影响中小学生的价值观和道德观，培养中小学生正直、勇敢、有担当的良好道德品质。

第二，水浒文化能够培养中小学生的合作精神和团队意识。当代中国以惊人的速度创造了发展奇迹，广大人民群众的物质条件越来越富足，家长们对孩子们的需求都是不惜重金、尽力满足，大多数的中小学生享受着"小皇帝""小公主"似的待遇，饭来张口、衣来伸手，生活条件十分优越，容易养成自私自利、以自我为中心的不良习惯。比如，许多中小学生缺乏团队意识，往往从自我视角看待问题，一遇到困难和挫折就自暴自弃，这严重影响了中小学生的健康成长。在水浒文化中，梁山好汉不仅个个身怀绝技，或是武艺超群，或是勇猛过人，或是力大无穷，或是足智多谋，更重要的是在水泊梁山这个"大家庭"中，他们往往能够做到和谐相处、同舟共济、患难与共。从晁盖、吴用等梁山好汉劫取生辰纲开始，聚义、义气等就成为梁山好汉的价值共识。比如在攻打曾头市时，秦明与史文恭进行决战，秦明差点被史文恭擒拿。"宋江阵上秦明要夺头功，飞奔坐下马来迎。二骑相交，军器并举。约斗二十余合，秦明力怯，望本阵便走。史文恭奋勇赶来，神枪到处，秦明后腿股上早着，倒攧下马来……宋江叫把车子载了秦明，一面使人送回山寨将息，再与吴用商量。教取大刀关胜、金枪手徐宁，并要单廷珪、魏定国四位下出，同来协助。"[1] 在整个战斗过程中，梁山好汉相互协作、

---

[1]施耐庵.水浒传 [M].北京：人民文学出版社，1997：897.

生死与共，展现了梁山英雄的合作精神、、团队意识。还有众兄弟合力救宋江、三山聚义打青州等案例，都充分体现了团队合作精神的伟大。显然，梁山好汉的生死与共、相互协作、同舟共济的合作精神，有助于培养中小学生的合作精神和团队意识，消除以自我为中心、自私自利等负面情绪。

第三，水浒英雄的所作所为中蕴含了许多做人做事的道理，运用得当的话，对少年儿童的人格培养、道德教育有重要作用。与抽象死板、枯燥乏味的道德规范相比较，《水浒传》中行侠仗义、抱打不平的鲁智深，足智多谋、神机妙算的吴用，扶危济困、待人宽厚的柴进，勇猛过人、疾恶如仇的武松，多才多艺、能言善辩的燕青，等等，这些人物形象栩栩如生、鲜活立体、生动形象，往往能够给中小学生留下深刻的印象，并潜移默化地影响中小学生的道德观、价值观和人生观，创造"润物细无声"的育人效果。在学习水浒文化时，中小学生最为关注、印象最深的就是性格各异的众位水浒英雄，如果成人能给予正确引导，这些角色言行举止中的闪光点就会潜移默化地塑造中小学生的道德观、价值观和人生观。如宋江的胸怀大志、仗义疏财；武松的疾恶如仇、有勇有谋、有恩必报；鲁智深的侠肝义胆、行侠仗义、粗中有细、爱憎分明；林冲的武艺高强、有勇有谋、为人沉稳；吴用的足智多谋且懂得韬略，这些个性鲜明的人物形象的正义之举、善意之行，往往能够带给中小学生一种心理震撼和道德共鸣，让中小学生在快意恩仇、行侠仗义的世界中遨游的同时，习得许多做人做事的道理，不断促进人格的完善和品德的提升。

在水浒文化中，尤为突出的一个角色就是鲁智深。鲁智深是一个具有侠义情怀的梁山英雄，他的人格、经历和处世之道对中小学生道德观、价值观和人生观的培育有重要意义。在《水浒传》中鲁智深经历了拳打镇关西、大闹五台山、大闹桃花村、火烧瓦罐寺、倒拔垂杨柳、大闹野猪林、单打二龙山等一系列重要事件，在这些故事中鲁智深做得最多的就是救人，而且所救的多是与之素昧平生的弱者，鲁智深为自己的行侠仗义、抱打不平付出了巨大代价，从军官变成和尚，最终成为"强盗"，但他良善的秉性始终如一。显然，鲁智深身上鲜明的侠义精神等，能够在中小学生心灵深处埋下正义的"种子"。

三、推动中小学校的优秀传统文化教育

在市场化、网络化、泛娱乐化的时代环境中，西方"普世价值"、自由主义、个人主义等价值观泛滥，情人节、愚人节、圣诞节等西方节日曾经受到国内很多年轻人的青睐，至今拜金主义、利己主义、超前消费等消极文化思潮也时隐时现，在不知不觉中对中小学生的生活观念和道德信仰造成不良影响，这些对新时代中小学生道德观和价值观教育来说是非常不利的因素。比如，许多中小学生在

家中是"小皇帝""小公主"，养成了傲慢无礼、自理能力差、以自我为中心等不良习惯；有些中小学生出现了道德冷漠、自私自利等心理问题。在这种情况下，深入推动中小学校优秀传统文化教育，利用传统文化中的优秀精神对中小学生进行教育，有助于培养中小学生自强不息、勤俭节约、仁爱仁义、严格自律、克己奉公、勇于奉献等优良品格，消除利己主义、拜物主义、自由主义等对中小学生的负面影响。《完善中华优秀传统文化教育指导纲要》指出，要培养少年儿童学生的家国情怀，提高少年儿童对党和国家的认同感；要培养少年儿童学生的社会关爱意识；要培养少年儿童学生的仁者爱人、乐于助人、关爱老人、尊老爱幼等友善观念；要培养少年儿童学生的谦虚礼让、敦厚温润、以诚待人、诚实守信等道德品格，培养少年儿童学生的明辨是非、坚持正义、荣辱分明等价值观念。在中小学校传统文化教育中，《水浒传》《西游记》等家喻户晓的经典名著是传播传统文化知识、弘扬传统文化精神的重要载体 [①]。

第一，水浒文化融入中小学课程教学，能够丰富中小学生的传统文化知识。优秀传统文化是中华民族最宝贵的文化遗产，它包括传统观念、传统文学、传统宗教、传统习俗、民族服饰、传统生活方式、传统建筑、传统制度、传统饮食等，涉及社会生活的方方面面。作为古典文学名著，《水浒传》不仅成功塑造了梁山好汉形象，描写了梁山好汉替天行道、反抗压迫的故事，还描写了北宋时期的节日、农村、城市、饮食、服饰、俚语、戏曲、武术、书法、灯谜等传统文化知识。就拿酒文化来说，学者们一致认为《水浒传》是最能代表中国酒文化的文学作品之一，是中国古典小说中描写"酒局"频率最高的作品之一，可谓"无酒不成水浒，水浒因酒而成"。有学者做过统计，《水浒传》整部作品中，共出现了60多个酒店，600多次饮宴活动，就单单一个"酒"字就出现了2000多次。虽然相关数据不一定非常精确，但从一定程度上说明了《水浒传》中有丰富的酒文化。《水浒传》第82回关于宫廷御宴豪饮的描述："赤瑛盘内，高堆麟脯鸾肝；紫玉碟中，满酊驼蹄熊掌。桃花汤洁，缕塞北之黄羊；银丝脍鲜，剖江南之赤鲤。"可谓是："四方珍果，盘中色色绝新鲜；诸郡佳肴，席上般般皆奇异。"行者武松更是对酒十分痴迷："不管是酸甜苦涩，还是滑辣清香，是酒就要喝三碗。"可以说，作品借助"酒"这个道具塑造了一个个栩栩如生的人物形象，构建一个个精彩纷呈的故事片段，酒成就了水浒英雄，也是酒成就了《水浒传》。《水浒传》中还有许多丰富多彩的民俗节日，如宋江与众多兄弟的宴会活动："宋先锋大摆宴席，庆贺宴赏……""上元节至，东京年例，大张灯火。"这些关于北宋时期社会生活的描写，能够丰富中小学生的传统文化知识，拓展中小学生的知识领域，增加中小学生对中华传统节庆、饮食、饮酒等文化形态的认识。

①孔倩."双减"政策下少儿出版的发展路径 [J].出版广角，2022（4）：55-57.

第二，水浒文化融入中小学课程教学，能够提高中小学生对传统文化的认同感。《水浒传》是中国四大名著之一，是传统文学、传统经典的重要代表。在经过几百年流传后，水浒故事已经是家喻户晓、妇孺皆知，并逐步形成了以替天行道、尚武精神、忠义报国等为重要内容的水浒文化。如，水浒文化中梁山好汉的忠、义精神，已深深融入中国传统文化，成为社会大众的价值信仰；水浒文化中的尚武精神、侠义精神等也深深影响了一代又一代的中国人，成为人们反抗压迫、反抗侵略的重要精神力量。《水浒传》中有许多涉及民俗文化的内容，描写了东京的元宵节、小市镇的日常生活，如饮食、风俗、节日、服饰、建筑、刺字。《水浒传》和水浒故事衍生出来的水浒文化产品、历史遗迹名胜、影视网络作品等，十分丰富。认同和自信源于认识和了解，因此，将水浒文化融入中小学课程，可以帮助中小学生更深入、全面地了解北宋时期的历史面貌、民风民情，丰富传统文化知识储备，进而探寻到与传统文化情感上的共鸣、血脉上的相通、生活上的相近，在文化浸染中培养起对中华传统文化的强烈认同感。比如，虽然历经岁月流转，但是水泊梁山的左军寨、黑风口、忠义堂等遗迹仍留有完好，这些人文景观是水浒文化的重要内容，也是开展中小学生水浒文化教育的重要资源。显然，将水浒文化融入中小学课程教学，能够丰富中小学生的优秀传统文化知识，提高中小学生对古代战争、农民起义、传统社会生活的认识和了解[1]。

第三节　水浒文化融入中小学课程的问题与挑战

水浒文化博大精深、内容丰富、源远流长，在长期历史演化中已深深融入中华民族的文化心理、民族性格，成为中华传统文化的重要内容，影响了一代又一代的中国人，成为中华民族抵御外族入侵、反抗帝国主义侵略的重要精神力量。在新时代中小学传统文化教育中，应当将水浒文化融入中小学课程教学，以水浒文化培养少年儿童的人生观、价值观和道德观等，培育少年儿童的传统文化素养。水浒文化在融入中小学课程的过程中，仍面临许多问题和挑战。

第一，中小学校对优秀传统文化教育的重视不够。处于社会主义新时代的中国，正在大力提倡建设文化自信，积极传承中华优秀传统文化，寻求优秀传统文化的"两创"发展。但是，有些中小学的教育教学仍以知识传授为单维育人目标、以考试成绩为唯一衡量标准，对优秀传统文化教育重视不够，从而形成了重智育、轻德育的不良倾向，也导致许多中小学生对传统文化不甚了解，对传统节日、传统思想等认同不足。比如，在《水浒传》《西游记》等古典文学名著教

---

①李一慢. 文化自信，童书先行：2017年中国少儿图书出版盘点 [J]. 科技与出版，2018（3）：22-26.

学中，教师往往将这些经典名著当成考试内容，更加重视古典名著的知识点讲解，试卷考什么就重点讲什么，看重成绩，忽视了古典文学名著的文学价值、文化价值、育人价值。而且，中小学生的学业负担比较重，平时在学校要学习各种知识，放学以后还要完成各种课后作业，星期天或节假日要参加各种培训班、特长班，在这种情况下，中小学生根本没有时间充分阅读文学名著，尤其是《水浒传》这种大部头的古典文学名著。此外，中小学校传统文化教育还存在许多认知偏差，如许多教师或家长将传统文化教育机械地等同于单纯地诵读经典、阅读古典文学，偏离了优秀传统文化教育的核心本质；更为严重的是还有许多家长将中小学生读《水浒传》视为不务正业，甚至持反对态度。其实，这种认识是十分片面的，不利于水浒文化在中小学课程教学中传承[①]。

　　第二，许多小学生对《水浒传》缺乏阅读兴趣，主动学习意识缺失。在互联网高度发达的现代社会中，中小学生的娱乐方式越来越多样化、虚拟化，如网络短视频、网络游戏等电子产品替代纸质图书成为中小学生休闲娱乐的重要方式，在完成学习任务后，许多中小学生都会选择以玩网络游戏、刷抖音等方式打发时间。通过《调查问卷》可知，多数中小学生并不反对看《水浒传》，但是由于阅读古典文学名著对中小学生而言确实存在较大的挑战，因此多数中小学生认为《水浒传》不如网络游戏、网络短视频等有吸引力，自己更愿意玩网络游戏、刷抖音，不愿主动阅读《水浒传》。还有许多中小学生表示，平时的学习压力和作业任务比较多，业余时间本来就很有限，很少有时间看课外读物，自己看《水浒传》完全是为了应付考试，或者是为了应付老师布置的学习任务。在应试教育模式下，许多教师会将水浒文化的知识点、考试点等整理出来，让学生背诵和练习，即便学生不阅读《水浒传》，也能够了解古典名著的许多考点，导致中小学生缺乏主动阅读《水浒传》整部作品的动力。此外，中小学生阅读能力较差、阅读方法不恰当，这些也影响水浒文化在中小学课程教学中的渗透。有些中小学生片面重视知识学习，整日忙于做作业、做练习等，忽略了阅读能力、文学审美能力的培养，阅读能力、文本鉴赏能力较差，碎片化、浅显化阅读现象突出，根本无法深入地、沉浸地品读一部长篇古典名著。在阅读《水浒传》等著作时，中小学生往往只是死记硬背一些简单的故事情节、人物形象等所谓的考点，对作品的思想主题、语言风格、艺术形象、艺术审美等认识得不够深刻。

　　第三，社会评价仍是水浒文化顺利融入中小学课程的阻碍因素。虽然《水浒传》是中国古典文学名著之一，但是《水浒传》中确实有不少色情、暴力、杀戮等故事情节和细节描写，水浒文化中的人物形象也有较大争议，如果引导不当，很可能会给中小学生的道德观、价值观等带来负面影响。比如，潘金莲与西门庆

---

①施良方.课程理论：课程的基础、原理与问题 [M].北京：教育科学出版社，1996：45.

之间的色情挑逗、奸淫关系；武松杀死潘金莲、西门庆等过于血腥和暴力的故事情节；《水浒传》中几次出现的妖魔鬼怪、封建迷信的故事内容。这种带有情色、残暴、虚幻、迷信色彩的描写，对少年儿童的价值观、道德观等往往会产生不利影响。此外，《水浒传》中很少有纯粹光辉正面的女性形象，或被冠以大胆凶狠、杀人如麻的恶人名号，如"母大虫"顾大嫂和"母夜叉"孙二娘；或被认为是不守妇道、淫荡不堪的妇人，如潘金莲、贾氏、阎婆惜；还有逆来顺受的"一丈青"扈三娘，仗势欺人的白秀英，歌姬李巧奴等等。从总体上看，水浒文化中有许多"暗色调"的内容，如果不能恰当处理，往往会给中小学生带来许多负面影响，即所谓"水浒有毒"论，这无疑是水浒文化融入中小学课程教学面临的重要问题之一。再如，在谈及《水浒传》和水浒文化时，有不少读者会认为，《水浒传》是古典文学名著，表达了对阶级压迫、政治腐败等问题的不满，赞扬了武松、鲁智深等梁山好汉的反抗精神，是一部难得的优秀佳作。但是，仍然有不少人往往会产生一些负面认知、错误解读，有些读者将水浒文化理解为滥杀无辜、以暴制暴、宣扬暴力、鼓吹迷信等等，并简单地认为水浒文化与和谐社会建设格格不入；有些读者认为，水浒文化有太多的重男轻女、男尊女卑思想，将女性污名化、贬低化，与人人平等、男女平等的现代观念格格不入。显然，人们对水浒文化、水浒精神的认知存在许多分歧和误区，这些给水浒文化的传承带来许多挑战和困扰。在这种情况下，许多教师和家长由此也产生犹疑，甚至不认同中小学生阅读《水浒传》，生怕《水浒传》中的江湖义气、暴力杀戮等对中小学生产生不良影响[①]。

第四，中小学校《水浒传》教学中存在许多问题。在中小学课程教学中，教师对《水浒传》的阅读指导、阅读评价等存在许多问题，这些影响了水浒文化融入中小学课程。首先，在《水浒传》阅读版本的选择上存在许多分歧。当前，中小学生阅读的《水浒传》版本比较多，既有百回本版、金批本版等古典原作，也有郑渊洁版、凯叔版等优秀少儿版《水浒传》，以及数量庞大的普及动漫版《水浒传》，不同版本《水浒传》的故事情节和主要内容往往存在不小差异，适用的读者群体也各不相同，比如，百回本《水浒传》更加适合拥有一定阅读能力和生活阅历的高年级学生，凯叔版《水浒传》往往更适合小学生，普及动漫版《水浒传》则比较适合小学低学段甚至学龄前儿童阅读。然而，究竟选择何种版本的《水浒传》融入中小学课程，不同的专家、教师和家长往往有不同的观点，存在明显分歧，这也是水浒文化融入中小学课程必须解决的一个问题。

此外，虽然国家提倡素质教育已经很长一段时间了，但是应试教育的理念仍然有很大的影响力，中小学教师往往更重视语文、数学、政治、英语等文化课

①孔倩."双减"政策下少儿出版的发展路径[J].出版广角，2022（4）：55-57.

教学，对音乐、体育、美术等课程教学重视不够，对课外活动、实践教学等重视也不够，这些会给水浒文化融入中小学课程造成许多负面影响，限制水浒文化融入中小学课程的可能性。比如，在中小学语文、政治、历史等课程教学中，教师需要依据明确的课程标准、教材、教学内容、教学目标、课时安排等开展教学活动，并不能随心所欲地选择教学内容，这也会对水浒文化在文化课教学中的渗透形成壁障，不利于开展水浒文化融入中小学课程路径的多元化探索。中小学音乐、美术和体育课程是非常适宜融入水浒文化的课程类型，任课老师可以根据学生的学习兴趣、地方文化资源等开展有针对性的教学活动，比如，在音乐课堂上欣赏《水浒传》的戏曲、歌曲，在体育课堂上练习水浒拳、武松拳、林冲枪、杨志刀、燕青拳，在美术课堂上学习关于水浒人物的绘画、手工，等等。但是，由于音乐、美术和体育课程不是期中或期末考试的重要内容，许多中小学美术、音乐和体育课的课时数本就比较少，在有限的课时内是无法很好地开展水浒文化教育的。

第五，水浒文化在中小学课程中融入的深度和广度不够。在谈及水浒文化融入中小学课程问题时，人们只是简单地审视水浒文化在中小学语文、历史、美术、音乐等课程中的融入情况，比如，教材上《水浒传》选文在语文课堂教学中的开展情况，中小学生在语文课外阅读中的《水浒传》阅读情况，历史课堂上是否讲解水浒文化的相关知识，美术课堂上是否有涉及水浒文化的美术元素。但是，人们对水浒文化在中小学德育教学、研学旅行实践教育、校园文化建设等方面的融入情况关注不够，影响了水浒文化与中小学课程融合的广度。而且，中小学对水浒文化与各门课程融合的深度挖掘不够，往往浅尝辄止，不及内里，这在某种程度上影响了水浒文化在中小学课程中的融合效果。比如在中小学校园文化建设中，罕见水浒文化的痕迹。再如，水浒文化中的忠义精神、尚武精神、替天行道等思想文化，具有较大的思想正确性和道德合理性，有助于培养中小学生的责任感、道德感和正义感等，但是水浒文化在中小学德育活动中的融入不够，这些影响了水浒文化在中小学课程教学中的渗透。

第四节　水浒文化融入中小学课程的思路与方法

水浒文化融入中小学语文、历史、政治等课程，能够丰富中小学课程教学内容，推动中小学生的优秀传统文化教育，培养中小学生对优秀传统文化的认同感、亲近感，培育中小学生的民族传统文化自信心。同时，水浒文化融入中小学课程还有助于拓展学生的知识视野，提升中小学生的文学修养、道德素养和人文素质。因此，应当深入推动水浒文化与中小学课程相融合，探索水浒文化与中小学课程教学相融合的新模式，一方面要将水浒文化融入校本教材、语文课堂、历史课堂、地理课堂等，提高水浒文化与中小学课程教学的融合度；另一方面还应当将水浒文化融入中小学课外活动、传统文化教育、研学旅行课程等，打造以水浒文化为重要内容的实践课程体系，不断提高中小学生对优秀传统文化的认识和理解[①]。

一、发掘和整理各类水浒文化资源

在中小学传统文化教育中，只有深入发掘各种水浒文化资源，对水浒故事、水浒传说、水浒遗址、水浒文学、水浒精神等进行搜集、整理和整合，才能更好地弘扬水浒文化，推动水浒文化与中小学课程教学相融合。因此，应当对梁山、郓城、东平等地区的水浒文化资源进行发掘、梳理和整合，为水浒文化融入中小学课程奠定良好基础。

第一，结合中小学教学实际，梳理、归纳现有水浒文化资源。

《水浒传》是以宋江起义为故事原型，以民间传说、民间戏曲等为基本内容，由小说家施耐庵汇编、加工和再创造而形成的一部经典名著。水浒文化与《水浒传》有密不可分的联系，虽然不能将两者完全等同起来，但是水浒文化的形成和发展离不开《水浒传》这部经典名著。由此形成的文化包含人物角色、武术文化、民俗文化、遗址古迹、传说故事、艺术文化等等，十分丰富。从地域文化上看，水浒文化是广泛流传于山东梁山、郓城、东平、阳谷等地区的侠义文化和勇武文化，关于梁山英雄的武术、文学作品、评述、传说、影视剧、遗址等都是水浒文化的重要内容。比如，梁山县是水浒文化资源的核心分布区，拥有各种水浒遗址、景观等自然或人文资源，如水泊梁山风景区、虎头蜂、狗头山、孙二娘脚印、宋江莲、花荣射箭遗址、双雄镇关、水泊梁山摩崖石刻、宋江寨、忠义堂。郓城县也拥有许多水浒文化资源，如宋江河、光明寺、宋家村、曾头市、黄泥岗、十字坡、宋公庙、晁家庄、郓城县衙等水浒文化遗址，水浒纸牌、水浒麻将、山东快书、掌洪拳等非遗文化。同时，郓城县也是宋江、晁盖、吴用、刘唐等水浒人物所在地。东平县有芦苇草荡、荷花荡、水泊盘道、聚义岛、东平湖、三阮故里、晁盖墓、水浒文化旅游节、东平草编等水浒文化资源。阳谷县有景阳冈、古运河、祝家庄遗址、山神庙、武松打虎处、狮子楼、王婆茶馆、武大郎家、武大郎炊饼、景阳冈系列酒、景阳冈打虎、黄河号子等。从总体上看，要将水浒文化融入中小学课程，就需要结合中小学课程开发规律和教学特点整合梳理水浒文化资源，打造水浒文化教育平台。

---

①施良方.课程理论：课程的基础、原理与问题 [M].北京：教育科学出版社，1996：45.

第二，根据教育改革发展需要，积极开发水浒文化新资源。

时代发展，社会变迁，对中小学教育不断提出新挑战和新要求，推动中小学课程教学不断在内容和形式上寻求新突破、探索新路径。要做好水浒文化资源融入中小学课程，就要密切关注水浒文化发展动态，了解水浒文化资源开发现状，不断探索新方法，融入新资源。比如，可以从中小学传统文化教育需要出发，开发少儿水浒夏令营、水浒研学旅行等教育产品，为中小学生提高对水浒文化的认识和理解提供平台和机会。

首先，在水浒文化资源开发中，应当有意识提高对中小学生群体的适应性和针对性，并杜绝同质化建设、过度竞争等问题，对山东水浒 4 县的水浒文化资源进行整体规划、统一开发，打造个性化、品牌化、具有鲜明教育价值的水浒文化资源。如东平县戴村坝"大运河之心"申遗成功，成为世界文化遗产。

其次，在水浒文化资源开发中应当树立全域旅游的基本理念，将水浒文化旅游融入山东 4 县的产业发展、乡村振兴之中，实现水浒文化资源的多样化、多元化开发，为水浒文化融入中小学课程提供更多的潜在可能性。比如，可以开发水浒文化的养生游、研学游等产品和水浒人家、运河人家等水浒文化旅游项目，建设特色水浒小镇、水浒旅游度假区等旅游点。再如，可以推动水浒文化与运河文化相互融合，将聊城、泰安、济宁等古运河沿线的历史文脉、运河名镇等进行旅游开发。水浒 4 县可以以水浒文化资源为基础，开发中小学生传统教育基地，将水浒拳、武松拳、林冲枪、杨志刀、燕青拳、虎头蜂、狗头山、孙二娘脚印、宋江莲、宋江寨、忠义堂等水浒文化资源打造成中小学生传统文化教育品牌。

再次，在水浒文化开发中应当以尊重原著、尊重历史为重要前提，以时代化、市场化创新等为辅助手段。众所周知，水浒文化是以《水浒传》为重要依据的，如果没有《水浒传》这一古典名著，就不可能出现家喻户晓的水浒文化，同时，多数人对水浒文化的认识和理解也是基于《水浒传》的，他们按照《水浒传》中的描写来想象生活中的"真实水浒"。所以，在水浒文化资源开发中，一方面，应当充分尊重《水浒传》的人物形象、故事情节、历史背景等，不能随心所欲地杜撰水浒文化、捏造水浒故事等。另一方面，也应当进行时代化创新，比如以声光电等方式再现水浒故事、水浒遗址等，提高水浒文化的可观赏性，以水浒知识的趣味化融入，提高水浒文化的教育性。

此外，在水浒文化开发中，应当以忠义、侠义、尚武等为精神内核，开发山东 4 县的水浒人文资源，比如，应当大力开发武松拳、林冲枪、杨志刀、燕青拳等，打造梁山武术文化品牌，发挥水浒文化的精神力量和教育价值。

第三，深入开展水浒文化研讨活动，推动水浒文化入课程、入学校。

水浒文化研讨会是推动水浒文化传承发展的重要方式，有助于提炼水浒文化的精神内核，推动水浒文化的时代化发展，提高水浒文化的文化传承价值。菏泽学院等高校非常重视水浒文化研讨活动，举办了形式多样的水浒文化学术研讨会，对《水浒传》的文化渊源、各种版本、点评考证、人物形象、艺术特征、历史传播、社会价值等问题进行了深入研究。比如，2017 年山东省水浒研究会主办、菏泽学院承办了水浒文化学术研讨会，研究了《水浒传》的忠义思想、替天行道精神、儒家底色等学术问题，对《水浒传》的作者、版本和成书等进行了许多研究探讨；2020 年 10 月 18 日，梁山青山书院举办了以"弘扬水浒文化，传承忠义精神"为主题的研讨活动，李维东等研究者认为，《水浒传》是一部以忠义精神引领社会稳定的著作，这些对当代社会建设具有重要借鉴意义。从总体上看，学术界对水浒文化进行了许多研究，总结了水浒文化的内涵、特征、价值、传承等，但是在推动水浒文化入校园、入课程、入课堂等方面的研究还比较少，影响了水浒文化在中小学课程教学中的渗透。因此，师范院校、初中、小学等应当开展水浒文化融入中小学课程的教学科研活动，如水浒文化在中小学语文课程中的渗透、水浒文化与中小学历史教学的融合、中小学德育活动中的水浒文化、水浒文化与中小学研学旅行活动的结合，提高水浒文化与中小学课程教学的融合度，促进水浒文化在中小学生群体中的浸润与传承。

二、水浒文化融入中小学德育课程教学活动

习近平总书记指出，"基础教育是立德树人的事业，要旗帜鲜明加强思想政治教育、品德教育，加强社会主义核心价值观教育"，"坚持把立德树人作为中心环节，把思想政治工作贯穿教育教学全过程"，"要把立德树人的成效作为检验学校一切工作的根本标准"；"追求真善美是文艺的永恒价值"，只有不断追求真善美的道德境界，才能促使我们的民族永葆健康和希望。洛克的"白板说"认为，人的思想和灵魂就像一张白纸，后天塑造成什么样子，就会成为什么样子。对于中小学生而言，从小教给他们中国的、传统的、正能量的东西，他就会自然而然地认同中华优秀传统文化，成为中华优秀传统文化的继承者和弘扬者。中国古人就非常重视"文以载道"，高度重视学校教育的道德传承功能。但是，在现代中小学德育实践中，学校多以理论灌输、纪律教育等方式规范中小学生的言行举止，培养中小学生的道德习惯，忽视了学生的道德认知内化和道德信仰塑造，导致许多学生"知而不行，知行不一"，大大弱化了中小学道德教育的有效性。在这种情况下，就需要为中小学道德教育提供源源不断的"源头活水"，以寓教于乐、潜移默化的方式提高中小学生对优秀传统文化的认识和理解。

第一，将水浒人物故事融入中小学德育课程，丰富中小学德育课程资源。

水浒文化中有许多生动、吸引人的故事情节，有许多个性鲜明、栩栩如生

的人物形象，这些都是开展中小学生道德教育的良好素材。所以，应当推动水浒文化融入中小学德育课程，用水浒人物身上的忠义、尚武、侠义等精神品质凝练思品教学素材，丰富道法教材资源，培养中小学生足智多谋、爱国爱民、坚强勇毅、团结互助、爱憎分明等正确的道德观和价值观。

《水浒传》中的人物形象都非常鲜明，是宝贵的德育资源。吴用是水泊梁山的军师，他足智多谋而且懂得韬略，常常自比诸葛亮。鲁智深侠肝义胆，行侠仗义，粗中有细，爱憎分明，做人做事光明磊落，大智若愚，眼光高远。此外，梁山好汉的尚武精神还体现为一种爱憎分明、行侠仗义的侠义精神。在《水浒传》中，梁山英雄们对待兄弟肝胆相照、真诚相待、荣辱与共；对于受欺负的底层人民、弱势群体等，他们敢于两肋插刀、拔刀相助；对待官府压迫、黑恶势力等，他们敢于反抗，能够抱打不平，这些都体现了一种英勇、尚武的气概。如鲁智深、武松、杨志、李逵等梁山英雄多是武艺高强、力大无穷、勇敢顽强，能够路见不平、拔刀相助。梁山英雄展现了一种敢于反抗、敢于斗争的英雄气质，这种豪迈的英雄主义精神是社会底层受欺负者的精神寄托，为底层劳动人民提供了一种精神力量。

所以，可以将吴用、鲁智深等梁山好汉的故事融入中小学德育教材，用梁山好汉的故事教育中小学生，培养中小学生见义勇为、敢于担当、知难而上、尽心尽责等优秀品质。比如，由于当代中小学生出生在中华物质文明高度发展的新时代，大多生活条件优渥，缺少挫折、困难的磨炼，许多学生不能吃苦、害怕困难、遇到问题就想着退缩、遇到困难就想着放弃，这时教师就可以用鲁智深、武松等梁山好汉的故事激励学生，培养学生坚强的意志、顽强的品质；在长跑、短跑等体育比赛中，教师可以以梁山好汉"神行太保"戴宗为榜样，激励学生克服困难、勇往直前；在学生遇到考试成绩差、人际关系紧张等小挫折时，教师可以用林冲风雪山神庙、武松景阳冈打虎等水浒故事教育学生，引导学生正确面对生活中的得与失、顺与逆等，促使学生调整自己的情绪状态和生活态度。此外，教师可以以鲁提辖拳打镇关西、武松景阳冈打虎、吴用智取生辰纲等水浒故事为基础，结合学生的学习和生活，编排各种生活剧，在艺术熏陶中培养学生的正义感和道德感[1]。

第二，将水浒文化融入学生的道德教育实践，提高中小学生的道德认知水平和道德判断能力。

中小学生特殊的生理、心理发育特点决定了其在品德发展上有着十分鲜明的独特性。其处于发展变化的高峰期，可塑性、依附性、形象性逐步由强到弱，抽象性、思辨性、独立性、自觉性逐渐由弱到强，道德判断逐步由他律变为自律，道德信念也从无到有，道德意志也逐步增强，整体经历一个从前道德阶段（5 岁

---

[1]余进利.我国基础教育三级课程管理体制刍议 [J].当代教育科学，2003（12）：23-27.

以下）到他律道德阶段（5—10 岁）再到自律道德阶段的发展过程。由此可以看出，大多数中小学生的道德认知水平较低和道德判断能力较弱，利用水浒文化及水浒人物身上的争议性特点，可以很好地促进中小学生的道德思辨意识的建立和道德判断能力的提升。在水浒文化中，梁山好汉不仅拥有见义勇为、坚韧不屈、替天行道、有勇有谋等良好品格，同时也有一些性格缺陷、认识不足、偏颇行为等。比如，林冲武艺高强、有勇有谋、为人沉稳低调，但小心谨慎、安分守己，在遇到困难和压迫时往往委曲求全，从而酿成了自己的人生悲剧；李逵侠肝义胆、率真坦诚，但鲁莽蛮勇、脾气火暴、头脑简单，难免有过激行为；武松疾恶如仇、有勇有谋、有恩必报，但有滥杀无辜、罔顾司法的缺点。在中小学政治课、德育活动中，教师可以以水浒英雄的人生遭遇、所作所为等为案例，开展道德认知和道德判断教育，培养中小学生的道德辨别能力。

在德育课堂上，教师可以对梁山好汉的人物性格、所作所为等进行道德分析和价值判断，在潜移默化中培养中小学生正确的道德观和价值观。比如，可以以武松为哥哥报仇、杀死潘金莲和西门庆为例，让学生对这件事进行讨论和评价，引导学生思考：如果自己是武松，自己会怎么做？在现代社会中，武松的做法合不合法？当自己遇到暴力威胁或伤害时，自己应当怎么做？通过一系列的道德和法制问题，培养学生正确的道德观念，提高学生的法治意识。再如，可以让学生讨论 "鲁提辖拳打镇关西" 中鲁提辖赠送金家父女银两；帮助父女二人出逃，亲自护送金家父女逃出虎口；在状元桥故意激怒郑屠夫，三拳打死郑屠夫；为躲避官司而奔走等故事情节，分析鲁提辖的哪些行为是正确的、值得赞扬的，哪些行为是过激的、不值得提倡的。还可以让学生分析林冲、宋江、李逵等人物的性格特点和所作所为，评价究竟谁是 "真正的" 梁山英雄，怎样做才算真正的英雄。

此外，《水浒传》中的 "义" 是英雄好汉们的道德观念和行为准则，但是更多体现为社会底层被压迫者的 "义"，而不是封建伦理观中的伦理纲常之 "义"。在社会主义新时代，这种江湖义气也有许多不可取之处。为了维护自身利益，免受官府压迫、豪强欺负，社会底层劳动者自发形成的一种抱团思想，这些在流落他乡的游民身上有明显体现，他们往往最讲兄弟情义、江湖义气，能够路见不平、拔刀相助，甚至杀富济贫、以暴制暴，如武松、鲁智深、杨志。但是，如果我们对 "义" 产生错误认知，将 "义" 当成 "江湖义气" "哥们义气" "逞一时之勇" 等，反而会被 "义气" 所累、所害。在中小学德育课堂上，可以以梁山好汉的行侠仗义、替天行道、江湖义气等为重要内容，开展忠义文化教育，培养中小学生正确的道德观和价值观。比如，可以开展 "义气" 的主题班会，引导学生讨论什么是义气，梁山好汉中谁最讲义气。还可以让学生讨论在社会生活中，什么时候应当讲义气，什么时候不能讲义气，应当对谁讲义气，不能对谁讲义气，等等。这样能很好地培养中小学生正确的道德观和价值观。

三、水浒文化融入中小学基础课程教育

在传统教育理念影响下，语文、数学、历史、体育、美术、音乐等课程教学是中小学课程教学的主要方式，也是中小学生获取知识、产生认知与形成价值观的重要平台。所以，应当结合义务教育各学科课程标准和各学科教学特点，有选择性地将水浒文化融入中小学语文、数学、历史、体育等基础课程教学，不断提高中小学生对水浒知识、水浒精神的认知和了解，挖掘并发挥水浒文化的潜在育人作用。

（一）水浒文化融入中小学语文课程

作为中国历史上优秀的古典文学名著，水浒文化与三国文化一样源远流长，在从南宋到明朝中叶的几百年期间，市井百姓、儒家文人等不断加工和再创造，最终形成了带有浓重民族情结和民族心理色彩的水浒文化。借助语文课堂进行水浒文化的传承和教育是中小学语文课程的重要任务之一。

1. 水浒文化融入中小学语文课程教学的天然优势。

《水浒传》是水浒文化的核心代表和关键资源，是中小学语文教学的推荐书目，也是中小学生传统文化教育的重要素材，更有经典回目入选中小学语文教材，因此借由语文教材和语文课堂融入水浒文化资源是有天然优势的，而且将水浒文化融入中小学语文课程教学不仅有助于充实课堂教学，丰富语文教学形式，更有助于培养学生的文学修养，丰富学生的精神世界，提高学生的阅读能力和传统文化修养。从总体上看，1924年《水浒传》就入选过《新学制语文教科书》，1963年《水浒传》成为《全日制小学语文教学大纲》中的内容，1991年《中小学语文学科思想政治教育纲要（试用）》就列出了《景阳冈》《鲁提辖拳打镇关西》《林教头风雪山神庙》等篇目，2016年开始使用的部编版语文教材依然选用了《景阳冈》（五年级下册）、《智取生辰纲》（九年级上册），2022年《全日制义务教育语文课程标准》将《水浒传》列为语文课外读物。近年来，许多省份将《水浒传》列为中考内容，明确了中小学阅读教学目标。可见，《水浒传》始终是中小学语文教学的重要内容，也是培养中小学生传统文化素养的重要资源。所以，应当将水浒文化融入中小学语文课程，以课文学习、课外阅读、学习讨论、剧目表演、故事演绎等方式开展水浒文化教学，提高中小学生对水浒文化的认识和理解。

《水浒传》是现实主义与浪漫主义相结合的优秀著作，也是中国古典文学的经典作品，在中小学语文课程中开展水浒文化教育，能够培养学生的传统文化修养，提高学生对优秀传统文化的思想认同。因此，要按照教育部关于中小学生课

外阅读的要求,将《水浒传》作为中小学生课外阅读的重要内容,让学生在名著阅读中学习和了解水浒文化。从总体上看,小学低年级学生、小学高年级学生、初中生、高中生等不同年龄段的学生,在认知能力、审美习惯和阅读能力等方面有较大差异,所以,应当根据学生的年龄段、阅读能力等选择不同版本的《水浒传》,结合学生知识经验、生活阅历等方面的不同,有针对性地开展水浒文化教育,引导中小学生学习《水浒传》的部分内容和章节。比如,对于初高中生而言,应当将教材中的《水浒传》选文作为学习重点,将百回本版《水浒传》作为选学内容,引导学生精读、略读或浏览《水浒传》,掌握《水浒传》的故事情节、语言表述、叙事手法、思想内容等;对于小学低年级学生而言,可以将少儿影视剧《水浒传》、少儿动漫《水浒传》、凯叔版《水浒传》网络音频等作为学习内容,其用生动形象、浅显易懂的方式传播水浒知识、讲解梁山好汉的故事,可增进小学低年级学生对水浒文化的理解①。

2. 水浒文化融入中小学语文课程教学案例示析。

《水浒传》入选中小学语文教材的篇目是中小学语文课堂教学的重要内容,也是水浒文化融入中小学语文课程的直接方式。对语文教材中的《智取生辰纲》《景阳冈》《鲁提辖拳打镇关西》《林教头风雪山神庙》等篇目进行细致入微的讲解,是提高学生对水浒文化、《水浒传》创作背景、北宋末年的时代背景、《水浒传》思想主题等进行深刻理解和知识储备的直接而有效的渠道。本部分以《智取生辰纲》这篇课文为例,探索水浒文化在中小学语文课堂上的融入方式:

人民教育出版社九年级上册《智取生辰纲》一课选用的是"杨志押送金银担,吴用智取生辰纲"这一回中最为精彩的一个段落,主要故事情节是吴用、晁盖、阮小二等梁山好汉与押运生辰纲的杨志等人斗智斗勇并最终劫取生辰纲的事件,在整个斗智斗勇的过程中的人物形象描写、故事情节描写、环境氛围营造、角色语言运用都非常精彩。在这一部分的语文课堂教学中,由于课文内容较多,故事背景、故事情节等比较复杂,教师可以将课程内容分成两个课时。

教学目标:

(1)知识与技能目标:深入研读课文,把握小说的概念、任务、情节、写作手法等知识点,掌握小说中矛盾冲突刻画的方法;对晁盖、杨志、吴用等人物形象进行深入分析,发掘小说的思想主题和艺术风格;品味智取生辰纲之"智"、白文夹杂的语言艺术魅力。

(2)过程与方法目标:探究明线与暗线相结合的双线叙事结构,理解天气等环境描写的重要作用;了解北宋末年的时代背景,结合时代背景理解梁山好汉的性格、特征。

---

①余进利. 我国基础教育三级课程管理体制刍议 [J]. 当代教育科学,2003(12):23-27.

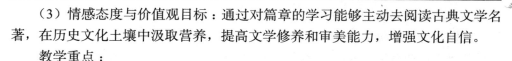

（3）情感态度与价值观目标：通过对篇章的学习能够主动去阅读古典文学名著，在历史文化土壤中汲取营养，提高文学修养和审美能力，增强文化自信。

教学重点：

（1）人物形象。

杨志之智。杨志是将门之后，武举人出身，因为丢掉花石纲而丢了官职，穷困潦倒，甚至沦落到卖掉宝刀，后来因为杀了泼皮牛二而被发配到大名府。在大名府期间，杨志受到了蔡京的女婿梁中书的赏识，成为一名小小的提辖。杨志非常知恩图报、忠心耿耿，在押送生辰纲时不敢有一丝懈怠，为了确保生辰纲的安全，不断地变换行走路线，时时刻刻提高警惕。他原来是"从大路投东京进发"，在行走过程中却走上了"崎岖小径"。同时，为了减少贼人对生辰纲的注意，杨志往往是起五更便行，在日中炎热时仍不歇息。这些充分显示了杨志的小心谨慎、精明警觉等。

杨志之俗。作为一名称职的军官，杨志有勇有谋，警惕性非常高，而且精明干练，但是杨志也有许多人性弱点，如他急功近利，一心想着如何押运生辰纲，丝毫不顾及众军汉、老都管的死活，对手下士兵往往是打骂呵斥，这些导致杨志与手下的士兵不和睦，惹得士兵心存怨气。足智多谋的吴用恰恰利用了杨志的蛮横、粗鲁和急功近利，让杨志等人喝了蒙汗药。

（2）叙事结构。

《智取生辰纲》的叙事结构非常巧妙，有明暗两条线索，这两条线索都围绕生辰纲展开，明线是杨志等人如何押送生辰纲，暗线是吴用、晁盖等人如何夺取生辰纲。文章用大量篇幅写了杨志等人押送生辰纲，用少量笔墨描写吴用等人夺取生辰纲，这种巧妙的故事结构能够激发读者的好奇心，让读者感到眼前一亮。

（3）环境描写。

《智取生辰纲》对黄泥冈的环境、天气等进行了细致入微的描写。如"晴明得好""酷热难行""一轮红日当天""没半点云彩"，这些生动的描写，展现了智取生辰纲时的炎热天气。同时，文章还描写了杨志等人的动作、情态，如"雨汗通流""气喘了行不上""热了行不动""这般天气热，兀的不晒杀人"，这些表现了押送生辰纲的众军汉的狼狈状态，也暗示了众军汉与杨志之间的内部矛盾。在黄泥冈的环境描写中，文章用到了"崎岖小径""南山北岭""强人出没的去处"等语言渲染环境，埋线铺笔，暗示即将有突发事件发生。这些天气描写、人物情态描写、地理环境描写等等，推动了故事情节的发展，也为晁盖、吴用等人智取生辰纲提供了可乘之机。

（4）智取生辰纲之"智"。

《智取生辰纲》一文详细描写了杨志与吴用等人的斗智斗勇，文章对这种

"斗智" 描写得格外精彩。如杨志押运生辰纲时，总是改变出行时间，由原来的早上出发改为辰时动身，申时歇息，导致众多军汉怨声载道，又苦又累又渴，这时吴用等人以逸待劳，静静地埋伏在黄泥冈的树林里，等待杨志等人羊入虎口。杨志等人一开始走大路，后来选择走小路，而吴用等人伪装成枣贩子，恰恰与杨志等人不期而遇，为杨志等人设置了埋伏圈。众军汉在黄泥冈处与杨志产生了激烈冲突，在树下歇息。吴用等人让白胜挑着酒担子去黄泥冈，但杨志处处提防，不让众军汉饮酒。吴用等人演了一场戏，让杨志等人看不出什么端倪，然后趁机将蒙汗药下到酒中，在杨志等人喝了酒后，吴用等人将生辰纲取走。

（5）语言魅力。

《水浒传》成书于元末明初时期，当时的白话文还不太成熟，仍夹杂着许多文言字词，如 "去休""休见他罪过" 等都是文言性质的表述，这些表述使语言更加简洁明了。同时，水浒故事经过许多说书人的改动，语言表述更加生动形象，贴近百姓生活语言，具有较强的可读性，如 "农夫心内如汤煮，公子王孙把扇摇""喃喃呐呐""絮絮聒聒"，这些表述都带有鲜明的口语色彩和民间色彩，语言通俗易懂，读起来朗朗上口。

教学设计：

（1）学生初读，初步把握：让学生初读课文，对《水浒传》的故事背景、思想主题、故事情节、人物形象等进行相关资料查阅，对水浒故事、水浒文化等有整体感知，能够对杨志、吴用、晁盖等水浒人物进行简单介绍。

（2）教师引导，科学融入：教师结合《水浒传》作品及其创作的时代背景，从总体上对小说的写作风格、故事情节、人物形象、作品主题等等进行分析，渗透融入水浒文化的相关内容，并引导学生就人物形象、故事情节、思想主题等开展小组讨论，交流心得体会。

（3）师生研读，总结提炼：教师可以将《水浒传》中 "杨志卖刀" 这一故事情节与《智取生辰纲》进行对比分析，让学生总结和提炼杨志的性格特点和不足之处。

（4）拓展延伸，辨正探析：教师可以让学生总结杨志押送生辰纲失败的原因，分析杨志粗暴蛮横、急功近利的性格特点；还应当让学生分析晁盖、吴用等人劫取生辰纲是否合理。

教学反思：

《智取生辰纲》可以说是《水浒传》中最精彩的内容之一，情节没有明显的斗争冲突却依然激烈曲折、引人入胜，角色生动形象、特点鲜明，给读者留下了深刻印象，叙事结构、环境描写、语言运用、细节处理等都有过人之处，是《水浒传》艺术成就的集中体现，是水浒文化的重要组成部分，蕴含着丰富的育人资

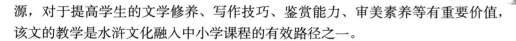

源，对于提高学生的文学修养、写作技巧、鉴赏能力、审美素养等有重要价值，该文的教学是水浒文化融入中小学课程的有效路径之一。

（二）水浒文化融入其他基础教育课程

前文论述到水浒文化内容丰富、样态多元，蕴含着巨大的潜在教育资源，而且《水浒传》作为一部优秀的文学作品，其价值和作用也是多重的，因此，除了德育和语文课程的教学实践外，在中小学历史、美术、体育、音乐等课程中融入水浒文化，依然有巨大的开展空间和可行性，能进一步丰富水浒文化与中小学课程融合的深度和广度，提高学生对水浒文化的认识和理解，助力水浒文化的推广、传承和发展，推动传承中华优秀传统文化目标的落实。

1. 水浒文化融入中小学历史课程。

将水浒文化融入历史课程教学之中，以唯物辩证的历史观考察水浒故事和水浒文化，提高中小学生对水浒文化的认识和理解。

（1）文史互现，趣味学历史

自古文史不分家，通过文学作品和历史互现的方式，将枯燥的历史知识与生动曲折的故事情节结合起来，可以大大提升历史学习的趣味性，提高学生学习历史的积极性和实效性。

胡适说过，《水浒传》是一部奇书，在中国历史上的地位比《左传》和《史记》还要高得多，这部奇书打破了真人真事的历史局限性，将农民起义的历史故事汇集成有条理的奇书。中小学历史课程中北宋时期的政治经济文化、明清小说和戏剧等课程内容与水浒文化有关。在中小学历史教学中，将家喻户晓的水浒故事、梁山好汉等引入历史课堂，往往能够增加中小学生对历史知识、历史文化和历史故事的兴趣，同时也有助于培养学生正确的历史观和文化观。所以，可以将水浒文化融入中小学历史课本，在历史课程教学中深入浅出、详略得当地融入《水浒传》历史背景、社会现实、梁山英雄等相关内容，引导学生从历史观、唯物观的视角看待水浒文化、梁山英雄，提升历史学习的思辨性。比如，在北宋末年宋江、方腊等农民起义的课程教学中，教师可以对陈胜吴广起义、黄巾军起义、黄巢起义、宋江起义等农民起义进行对比分析，引导学生总结农民起义的历史背景、产生原因、利益诉求、政治理想、最终结局等；还应当让学生总结农民起义大多以失败而告终的原因，中国历史上农民起义的历史局限性，北宋时期宋江起义与其他农民起义的相同和不同之处，宋江农民起义故事在中国社会中源远流长的原因，等等。教师可以让学生在网络平台、校图书馆等平台查阅相关资料，以小组讨论、辩论赛、小讲师等活泼有趣的组织形式展开历史教学，引导学生深刻认识水浒故事、水浒文化的形成背景，培养学生唯物辩证的历史观、价值观。

在中小学历史教学中，还可以将水浒文化融入明清小说和戏曲教学中，从历史视角考察《水浒传》的创作背景、创作目的、思想主题等，增加中小学生对水浒文化、梁山好汉、行侠仗义、替天行道等内容的理解。

（2）水浒文化融入中小学历史课程教学案例示析。

下面以七年级历史下册中的《小说与戏剧》为例，探索水浒文化融入中小学历史教学中的实践路径。

教学目标：理解《水浒传》的时代背景和创作背景，了解《水浒传》在中国传统文学史上的重要地位，激发阅读原作的兴趣和动力；借助对《水浒传》的评价、总结，提升历时地分析事物的能力，逐步养成独立思考、自主探索的思维习惯；认识到《水浒传》的文学魅力、历史价值，增加对中华优秀传统文化的自信心和自豪感。

教学重点：《水浒传》的时代背景和思想主题。

教学难点：明清小说繁荣发展的背景及原因。

教学过程：

环节一：介绍《水浒传》产生的时代背景。明清时期，市民阶层的扩大、市民文化的发展、文学艺术形式的创新等社会状况的不断变化，推动了小说、戏曲等大众文学的繁荣发展，诞生了许多脍炙人口的优秀著作。如《三国志通俗演义》《水浒传》《西游记》，这些文学著作多以民间口口相传的历史故事、评书等为基础创作，具有深厚的历史背景和群众基础。

环节二：讲解《水浒传》创作的重要原因。《水浒传》作者施耐庵是一个正直善良的知识分子，他从小就聪慧过人、才思敏捷，13岁就读完了四书五经，年轻时曾经在钱塘为官，为官期间为人清正、为官清廉，后在山东郓城为官时由于得罪地方恶势力和贪官污吏，受到排挤和打击，便辞官回乡。这种人生经历使施耐庵对封建官场、贪官污吏、社会矛盾等有深刻认识，也为他创作《水浒传》创造了良好条件。晚年期间，施耐庵以民间广为流传的宋江起义为故事原型，以政治腐败、官逼民反、替天行道、反抗压迫等为思想主题，描写了宋代末年鲁智深、武松、宋江、晁盖、林冲等好汉反抗官府压迫的斗争故事，塑造了一个个生动鲜明、个性突出的水浒英雄形象。

环节三：讲解《水浒传》的故事情节、人物形象等。《水浒传》描写了林冲、杨志、鲁智深、武松、宋江等好汉行侠仗义、抱打不平的英雄之举，在地方豪强、贪官污吏的压迫下，他们被迫走上了反抗道路，并最终在梁山聚义、替天行道。《水浒传》中的人物形象非常鲜明，宋江、李逵、武松、鲁智深等性格鲜明、个性突出，比如，宋江胸怀大志、仗义疏财，武松疾恶如仇、有勇有谋、有恩必报，鲁智深力大无穷、粗中有细、爱憎分明，吴用足智多谋而且懂得韬略。

环节四：讲解《水浒传》的历史价值。《水浒传》表达了对贪官污吏、官场腐败的不满和痛恨，对底层人民反抗精神的赞扬。《水浒传》以入木三分的人物描写、生动鲜明的英雄形象等，开创了白话章回体小说的先河。《水浒传》在中国文学史、文化史的坐标系上有着重要的位置，是一部具有伟大历史意义和历史价值的著作，对中小学生教育具有举足轻重的作用。

2. 水浒文化融入中小学体育课程。

水浒文化融入中小学体育课程教学，有助于培养中小学生尚武忠义的精神、坚毅勇敢的品质、健康强壮的体魄等优秀素养。《水浒传》是中国古典文学史上的瑰宝，不仅拥有很高的文学价值、审美价值、思想价值等，还记载了大量的武术知识、体育文化、军事常识等，是非常宝贵的体育教育资源，在进行科学删选与合理设计的基础上将之融入中小学体育课程是切实可行的，对中小学体育教学具有重要意义，而且鲁西南地区的个别学校已经在为此做着积极尝试，也有不少科研成果出现。

如《水浒传》中提到的子午门功夫、水浒拳、武松刀、燕青拳等众多武术项目，以及角抵、相扑、射箭等运动项目就具有很好的强身健体作用，化用到中小学体育课程中必将对提高中小学生身体素质有积极促进作用。另外，书中还有许多打斗场景和战争画面的描写，比如，在清河县城内，武松大闹狮子楼，杀死了杀兄仇人西门庆，在两人的打斗过程中，西门庆使用双剑、武松使用单刀，你来我往打斗了 30 多个回合，没有分出胜负，最后武松使用了少林绝学将西门庆杀死；在鲁提辖拳打镇关西、王进与史进比试武艺等情节中，作者都详细描写了具体打斗场景。因此，教师可以将《水浒传》中的传统武术等体育项目融入中小学体育教学，以传统体育项目培养学生的身体素质和体育技能。比如，可以根据不同学段学生的身心发育特点，在现有的中小学体育课程里有选择地增设传统武术教学内容，或者将传统武术进行创造性、趣味性的设计和编排后融入常规体育课程中，让学生认识和练习水浒拳、燕青拳、梅花拳等《水浒传》作品中的传统武术项目，并将水浒英雄勇于反抗、不畏强权的豪迈气魄和扶贫济弱、抱打不平的正义精神融入拳法武术的学习中，这样不仅能够增强学生的身体素质，培养学生的体育技能，还能够增进学生对水浒文化的认识和理解，更能帮助学生养成坚强果敢、勇于担当的优良精神品质，促使他们成长为朝气蓬勃、堪当大任、报国为民的新时代好少年。

3. 水浒文化融入中小学音乐课程。

水浒文化不仅包括忠义思想、尚武精神、侠义精神、孝贤精神等传统文化思想，还包括以水浒故事、水浒传说等为载体的戏曲、评书、歌曲等说唱艺术，如：田连元评书《水浒传》，单田芳评书《水浒传》，山东快书《武松打虎》《李逵夺鱼》，戏曲《李逵负荆》《黑旋风双献功》，评剧《阎婆惜》《逼上梁山》《武松与潘金莲》，越剧《林冲》《花田错》，豫剧《宋江杀楼》《时迁偷鸡》《智取生辰纲》，楚剧《乌龙院》《打渔杀家》，川剧《醉打山门》《武松打虎》《血溅鸳鸯楼》。同时，还有许多关于《水浒传》的歌曲，如《好汉歌》《风中月》《天时地利人和》《王进打高俅》《醉红颜》《水泊梁山》，在民间广为传唱。显然，这些评书、戏曲、歌曲等是中小学音乐教学的良好素材。在中小学音乐教学中，教师可以在合适的教学节点和场合将这些关于水浒故事的音乐作品融入中小学音乐教学，提高中小学生对传统音乐文化的认识，培养中小学生的传统音乐文化认同感，增强文化自信意识。比如，在传承优秀传统文化活动月或直接的传统戏曲教学中，可以将关于水浒故事的越剧、豫剧、评剧、川剧等有选择、多形式、分学段地融入教学过程，通过《宋江杀楼》《打渔杀家》《逼上梁山》《水泊梁山》等戏曲艺术欣赏，增加中小学生对水浒文化的认识和理解。再如，在当代音乐教学中，可以将《好汉歌》《醉红颜》《风中月》等作为教学内容，让学生演唱这些音乐作品。同时，教师可以以"水浒文化"为主题，开展音乐演唱会，让学生排练、演唱各种音乐作品，这样能够巧妙地将水浒文化融入音乐活动[①]，达到音乐教学与文化传承双重目标的完美融合。

4. 水浒文化融入中小学美术课程。

水浒文化中蕴含着丰富的民间美术文化资源，如关于梁山好汉的木版年画、剪纸、泥塑，将这些美术元素融入中小学美术教学，能够很好地培养中小学生的艺术素养和传统文化素养，提高中小学生的审美能力、动手能力。首先，将水浒文化融入中小学美术校本课程。《义务教育艺术课程标准》明确提出，可以运用自然景观、自然材料、文体活动、传说、故事、重大历史事件、人类文化遗物等进行美术教学。《校本课程开发与管理指南》也明确提出，美术教师要观察生活，寻找有文化意义的场景，进行校本课程资源开发。这些充分说明，将水浒文化、梁山好汉、水浒故事等融入中小学美术教学是非常必要的。因此，应当将水浒文化中的风俗习惯、器物造型、人物角色、传统服饰等作为美术创作的重要素材，融入中小学美术教学活动之中。施耐庵书画院、施耐庵公园、水浒书画研究会等都是开展中小学美术课程教学的重要实践平台。也可以在学校美术课程课堂教学时，将梁山好汉、水浒遗址、宋代服饰等融入绘画、手工、剪纸等美术活动之中。其次，在中小学美术教学中要合理选择水浒文化。可以根据中小学美术课程的特点，结合 2022 版《义务教育艺术课程标准》不同学段美术课程目标要求，将水浒文化融入绘画、木版年画、皮影戏、剪纸、服饰、建筑构造、泥塑等美术教学活动。比如，可以将中小学生最熟悉的李逵、武松、宋江、燕青、林冲、鲁

①郭元翔. 学校课程制度及其生成 [J]. 教育研究，2007（2）：77-82.

智深等水浒英雄人物融入美术课堂，让低学段学生画水浒人物的简笔画；让高学段学生制作水浒人物的泥塑、木版画等，用彩塑、废旧材料等制作水浒人物的脸谱、车马、兵器等。同时，还可以让学生设计梁山好汉的服饰。此外，教师还可以以电视剧《水浒传》中的人物为蓝本，开展水浒人物的水墨画教学，让学生以夸张、变形的方式塑造梁山英雄，表现人物的个性和特征。这样，在美术课程教学中，学生通过亲手制作与编绘，在学习梁山好汉的绘画、木版年画、剪纸等美术知识和技能的同时增加了对水浒知识和水浒人物了解，美术学科教学多维目标顺利实现，借由中小学美术课堂实现了传播水浒故事、传承水浒文化的目的。

四、水浒文化融入中小学教育实践活动

优秀传统文化是中华民族的文化基因和思想灵魂，也是中华民族赖以生存和延绵发展的精神动力。但在市场化、全球化和网络化的影响下，西方"普世价值"、自由主义、个人主义等价值观念大肆泛滥，洋节日、洋品牌、西方生活方式等受到许多年轻人的推崇，中华优秀传统文化被许多人所遗忘、所抛弃，甚至视为陈旧、封建、落后的代名词，这些严重影响了民族文化自信和国家文化软实力。在这种情况下，应当高度重视优秀传统文化传承工作，将自强不息的奋斗精神、仁义礼信的传统道德、鞠躬尽瘁的奉献精神、舍己为国的家国情怀等优秀传统文化融入学校教育体系，培养少年儿童正确的文化观和价值观。开展中小学优秀传统文化教育是培养中小学生的文化认同感、归属感的重要方式，也是培育文化自信的有效途径，有助于培养中小学生正确的人生观、价值观、政治观和道德观。所以，应当将水浒文化融入中小学传统文化教育，以地方课程、校本课程等方式开展水浒文化教育。

第一，将水浒文化融入地方课程和校本课程。地方课程和校本课程是传承优秀地域文化、开展非遗教育的重要方式和有效载体，将水浒文化融入地方课程和校本课程，有助于很好地传承行侠仗义、替天行道、勇于斗争等水浒精神。所以，山东、江苏等与水浒文化关系渊源深厚的地区，应当依托丰富的水浒文化资源，如水浒遗址，编写以水浒文化为重要内容的具有浓厚地域特点的地方课程，增强课程的地方适应性。而当地中小学校则可以结合传统和优势，将水浒故事、水浒遗址、水浒戏曲等融入课程，开发适合本校实际情况的水浒文化校本课程，提高中小学生对水浒知识、水浒精神的认识和理解；还可以开设水浒文化的社会实践课程，带领学生学习水浒拳、参观水浒博物馆等，激发中小学生对水浒文化的兴趣，寓教于活泼多样的活动之中。以菏泽郓城县为例，郓城县是名副其实的水浒故里，许多梁山好汉、水浒故事等都诞生于这片沃土，所以郓城县应当深入发掘关于水浒文化的历史文献、民风民俗、民间传说、戏曲、名吃、遗址、特产

等，并将这些水浒文化融入中小学课程体系和课堂教学，编制自己的校本教材，形成自己的校本课程体系，充分激活水浒文化的历史价值和教育价值。

第二，将水浒文化融入校园文化建设，营造良好的传统文化教育环境。校园文化是传统文化教育的重要平台，学校的雕塑、标语、壁画、黑板报、宣传栏、校园广播、名人名言等都是开展水浒文化教育的重要平台。所以，学校可以将水浒文化融入校园文化建设，潜移默化地培养学生忠诚、勇敢、担当、不怕困难等精神品质。比如，可以在学校的黑板报上宣传梁山好汉不怕困难、反抗压迫的小故事；可以在学校的墙壁上制作水浒英雄的漫画，增加学生对水浒文化的认识和理解；可以在课间操、上课前等时间，通过校园广播的方式播报《水浒传》的小故事，讲解梁山好汉英勇、智慧和忠义的故事；还可以开展水浒文化的征文比赛、故事会等活动，让学生讲解水浒精神，说说自己心中的梁山好汉有什么值得学习的地方等，以形式多样的方式增加学生对水浒文化的认识和理解。

从总体上看，水浒文化融入中小学校园文化建设时，应当坚持方向性原则、整体性原则、艺术性原则等。首先，应当坚持立德树人的基本原则，按照中小学德育和思政教育的要求对水浒文化的内容进行审核把关，将符合主流价值观和政治方向的水浒文化融入校园文化建设，将暴力、杀戮、哥们义气等消极文化排除于校园文化建设之外。其次，应当从中小学校园文化建设的总体原则和整体思路出发，选择与学校的校园文化主题相适应的水浒文化，如可以将水浒拳、武松刀、梁山遗址等梁山文化融入校园文化的优秀传统文化板块；将梁山文化的忠义精神、尚武精神等融入校园文化建设中的德育板块。此外，在校园文化建设中，应当以生动形象、灵活多样的方式传播水浒文化，以个性鲜明、性格突出的梁山好汉教育和影响学生，潜移默化地培养学生正确的价值观和道德观。比如，可以在学校墙壁上画武松打虎、鲁提辖拳打镇关西等漫画，以梁山好汉的勇猛过人、疾恶如仇等培养学生勇敢、正直的品格[①]。

第三，将水浒文化融入中小学保护传统文化的教育活动。历经几百年的发展，水浒文化已成为民族传统文化的重要形式，也成为非物质文化遗产的重要内容。但是在市场经济大潮中、在商业利益冲击下，水浒文化遭到了践踏，如一些企业或地方政府对水浒文化进行"庸俗化"改编，将水浒文化异化为色情、暴力、江湖义气的野蛮文化，导致水浒文化中的忠义、诚信等文化内核逐渐消失。有些作者对水浒文化的情节、人物等进行肆意改编，严重破坏了水浒文化的精神内核，也给少年儿童道德观、价值观教育带来负面影响。所以，在中小学生传统文化教育中，应当大力宣传《中华人民共和国著作权法》《中华人民共和国非

①高莉．历史演义、英雄传奇、世情小说的比较研究：以《三国演义》《水浒传》《金瓶梅》为例 [J]．湖北函授大学学报，2017，30（8）：2.

物质文化遗产保护法》等法律法规，以《水浒传》为案例讲解非遗保护的重要意义、主要内容、法律法规等，促使中小学生对水浒文化的法律意义、非遗保护等有深刻了解；还应当将水浒文化作为中小学生非物质文化遗产教育的重要内容，推动水浒文化入教材、入课堂，促使少年儿童能够理解和把握水浒文化的内在本质，推动水浒文化的传承发展。比如，可以开展水浒文化的教育实践活动，带领中小学生参观水浒文化遗址、水浒文化博物馆、水浒文化主题公园等，提高中小学生对水浒文化的感性认识；可以通过宣传材料、网络视频、影像资料等，详细介绍水浒文化的产生背景、基本内容、时代价值等，增加中小学生对水浒文化的认识与理解，为进一步传承和保护水浒文化奠定基础。

五、水浒文化融入中小学网络学习活动

随着互联网的广泛普及，"互联网＋"成为传统行业转型发展的新趋势，"互联网＋教育"成为时代发展的新趋势。在这种情况下，多媒体教学，网上授课，线上、线下相结合的混合式教学，翻转课堂教学等教学新模式层出不穷，成为中小学教学改革的新方向。在互联网时代，微课、慕课等线上教育成为课程教学的重要方式，为中小学课程教学改革提供了新思路，如在新冠疫情期间，教师可以通过网络平台开展课堂教学、批改学生作业、与学生进行交流互动等，推动了中小学课程教学模式创新。可以说，网络平台已经成为中小学课程教学的重要工具，在这种情况下，应当高度重视网络资源、网络平台等在中小学课程教学中的作用，将水浒文化融入中小学网络课程教学之中。

第一，打造以水浒文化为重要内容的中小学网络课程资源平台，切实将水浒文化融入中小学网络学习活动。以《水浒传》为核心的水浒文化涉及的内容非常广泛，与中小学语文、历史、政治、音乐、体育等课程教学有密切联系，同时也与中小学传统文化教育、德育活动等密切相关。所以，可以由水浒文化发源地的教育主管机构或者几所学校联合打造中小学网络课程教学数据库，把关于《水浒传》的影视剧、动画片、图书等上传到网络平台上，把水浒拳、武松刀、水浒遗址的相关资料以及《好汉歌》《风中月》《天时地利人和》《王进打高俅》《醉红颜》等歌曲也上传至网络平台，为中小学水浒文化教育提供丰富的资源和素材。此外，可以将鲍鹏山版《新说水浒》、凯叔版《水浒传》、富强版《水浒传》、郑渊洁版《水浒传》等改编版《水浒传》作为中小学网络教学的重要内容，以生动形象的画面、声情并茂的音频、生动逼真的动漫等传播水浒文化，提高中小学生对水浒文化的亲近感和认同感[①]。

①高莉. 历史演义、英雄传奇、世情小说的比较研究：以《三国演义》《水浒传》《金瓶梅》为例 [J]. 湖北函授大学学报，2017，30（8）：2.

第二，以影视动漫、网络游戏、网络短视频等方式，在网络平台上开展水浒文化教育，提高中小学生对水浒文化的认识和理解。中小学校应该顺应互联网时代中小学线上教育发展的新趋势，不断创新中小学线上教学模式，将水浒文化融入中小学网络课程教学。比如，教师可以借助优秀网络平台，制作水浒故事、水浒遗址、水浒景区、水浒人物等水浒文化系列的多媒体课件、网络短视频等，以网络化、数字化的方式传播水浒文化，提高中小学生对水浒文化的认知和理解。此外，还可以用微课堂的方式讲解梁山好汉和水浒故事，增加学生对水浒文化的认识。或是让学生演唱《好汉歌》等歌曲，或是让学生自导自演《水浒传》的情景剧，或是让学生进行水浒人物画作网络展览，等等，这样能够很好地起到传播水浒文化，推进水浒文化的传承与创新。

六、水浒文化融入中小学研学旅行教育活动

研学旅行是学校根据地域传统文化、地域自然资源、学生年龄特点、学科教学需要等，组织学生共同参加集体活动、社会实践、外出旅行等教育活动，在集体活动、参观考察、生活体验中拓展学生的知识视野，丰富学生的课外知识，培养学生对生活的热爱、对自然的亲近等道德品质。研学旅行是 "读万卷书，行万里路" 的传统教育理念在素质教育理念指导下应运而生的新形式、新体现，有助于培养学生的创新能力、实践能力、社会适应能力。2013 年，国务院在《国民旅游休闲纲要》中提出，要推动中小学生研学旅行，并将研学旅行作为素质教育的重要内容。2016 年，教育部等共同发布的《关于推进中小学生研学旅行的意见》明确指出，中小学可以通过有计划、有组织的方式开展集体旅行、集中食宿等活动，将学习和体验、教育和旅行等结合起来，在研学旅行活动中培养中小学生正确的道德观和价值观，激发中小学生对国家、人民和优秀传统文化的热爱。

水浒文化遗址、水泊梁山风景区等都是开展研学旅行的重要资源，也是水浒文化融入中小学实践课程的重要方式。《水浒传》所描写的州府镇县有 90 多个，其中郓城县更是宋江、晁盖、吴用等英雄好汉的故里，《水浒传》的英雄好汉中有 72 人在郓城。虎头蜂、狗头山、孙二娘脚印、宋江莲、宋江寨、忠义堂等水浒文化遗址，以及特色水浒小镇、水浒旅游度假区、济宁等古运河沿线的历史文脉、运河名镇等，这些都是开展中小学生研学旅行活动的重要资源。水浒拳、武松拳、林冲枪、杨志刀、燕青拳等也是中小学生研学旅行活动中可以学习的重要文化资源。显然，形式多样、丰富多彩的水浒文化为中小学生研学旅行活动创造了良好条件，非常有利于开发研学课程、开展研学活动。因此，应当推动中小学生研学旅行活动，打造以 "水浒文化" 为主题的研学旅行基地，实现水浒文化与中小学生研学活动的有机融合。

第一，在山东、江苏等水浒文化资源丰富的地区，学校可以从当地的水浒文化资源出发，就近开展水浒文化研学旅行活动。山东省水浒文化研学基地以水泊梁山景区为主体，通过水浒文化资源与研学旅行相结合的方式，以弘扬和传承中国传统文化，培养学生爱国情怀，提高综合实践能力为目标，打造水浒文化与素质教育体系相结合的亮点工程。水泊梁山景区研发的"寻梦水浒故里 领略英雄豪情 水泊梁山三日游研学课程"获得了 2021 年第二届山东省研学旅游创新路线设计大赛三等奖。

中小学校可以精心制订中小学生研学旅行实践教育方案，组织学生参观水浒旅游度假区、特色水浒小镇、施耐庵陵园、施耐庵文化园等，让学生领略形式多样的水浒文化。下文以兴化市安丰中心小学的"走进水浒文化"校外研学活动为例，介绍中小学研学旅行活动。

首先，制定实施方案。依据市教育局关于研学旅行实践活动的政策文件，精心制订研学旅行活动方案，明确活动背景、活动目标、组织方式、实施过程、注意事项等。

其次，做好准备工作。充分开展研学旅行活动的准备工作，为参观施耐庵文化园、施耐庵陵园等提供良好条件。如让学生阅读《水浒传》的有关书籍，查阅施耐庵的有关资料。充分做好研学旅行活动的安全教育工作，如在活动之前对学生进行安全教育，安排好出行路线，明确教师的安全教育职责、带队老师任务，制定突发事件应急方案。与文化园、陵园的负责人提前进行沟通，为本次活动做好充分准备。

再次，落实实施过程。带队老师带领学生开展"走进水浒文化"研学活动，先到达校外实践教育基地——施耐庵文化园，带领学生走进施家桥村，参观农民画家绘制的梁山好汉墙画。然后在豆腐坊参观传统豆腐的制作工艺、制作过程，学生可以亲自体验传统豆腐的制作方式。在施耐庵陵园中，组织学生聆听导游对施耐庵生平故事、《水浒传》创作背景的讲解，并参观水浒文化的邮票纪念册、图片、模型等有水浒印记的重要物品，感受博大精深的水浒文化。在书法展厅中，学生可以参观优美、各具风格的书法作品，了解水浒文化的博大精深。最后，在施耐庵陵墓之前，学生鞠躬敬礼，表达了对这位大文学家的敬仰之情。

最后，总结心得体会。在校外研学活动结束后，让学生写参观施耐庵文化园、施耐庵陵园的心得体会，并组织学生对水浒文化、水浒精神、传统文化等开展学习讨论活动。

第二，教育部门可以与梁山风景区共同打造水浒文化研学旅游产品，建立以体验水浒文化、了解传统文化、学习忠义精神等为重要内容的研学文化品牌，将水浒文化与中小学教育有机结合起来。从总体上看，水浒文化所蕴含的忠、义、孝、勇等价值观与新时代德育思想有许多相通之处，打造水浒文化研学旅游产品有助于传承优秀传统文化、弘扬主流价值观。比如，忠文化体现了水浒英雄的价值信仰，彰显了顶天立地的 "大我"，武松、鲁智深等水浒英雄身上都有一种忠诚精神。在社会主义新时代，这种忠文化有助于培养少年儿童忠于国家、忠于职守、忠于使命的价值信仰，培养中小学生勇于追求梦想、不愿轻易放弃的人生信念。再如，水浒文化中的义文化体现了一种替天行道、救难济困、匡扶正义的道义精神，将义文化融入中小学研学旅行活动有助于培养中小学生助人为乐、积极行善、情系苍生的道义精神。在这种情况下，济宁市以水泊梁山风景区为主体，以忠义精神、尚武精神等为思想内容，打造了具有教育性、安全性和文化性的研学旅行实践课程体系，如 "水浒文化修学游" "武术文化修学游" "民俗文化研学" "跟着名著游梁山" "探秘水浒"，实现了水浒文化与中小学素质教育的有机结合①。

当前许多学校所在区域缺乏水浒遗址、水浒拳、水浒戏曲等水浒文化资源，在这种情况下，学校可以组织学生到济宁市的水浒 4 县开展研学旅行活动，让学生领略丰富多彩的水浒文化。学生可以 "闯关上梁山"，到水泊梁山风景区开展研学旅行体验活动，学习历史悠久、妇孺皆知的水浒文化。学生还可以参加梁山功夫练习、水浒知识问答、水浒人物模演等活动，学习梁山好汉团结互助、行侠仗义、替天行道的好汉精神。比如，河南濮阳市就组织 1000 多名学生到水泊梁山风景区进行参观学习，开展了 "忠义梁山修文武　水浒故里探国粹" 的研学实践活动，在水泊梁山景区内举办了 "欢乐英雄" "戏说水浒" "武韵梁山" 等主题活动，让学生在水浒寨齐唱《好汉歌》，在义字广场学抱拳礼，在黑风亭聆听扬琴声。此外，教师还带领学生攀登忠义堂，以情义、道义和忠义为主题讲解梁山好汉的故事，传播水浒忠义精神，引导学生自觉担当、勇于负责、不怕困难。研学活动不仅可以丰富学生对水浒文化的认识，也让学生的 "水浒英雄梦" 从文本走向现实，使学生更加真切地了解了水浒文化的历史渊源和永恒魅力，从而更加喜欢水浒，更加喜欢中国古典文学名著，更加喜欢中华优秀传统文化！

①张军凤.论中华优秀传统文化传承背景下的少年儿童图书馆工作 [J]. 才智，2018（35）：83.

第十一章　研究成果的相关结论及价值和意义

第一节　研究成果的相关结论

在中美经济和科技竞争加剧、中西方意识形态竞争激烈的全球化时代，文化自信直接影响着社会成员的民族文化认同感、社会心理认同感，影响着中华民族的凝聚力、向心力和创新力，影响着中国的制度创新、科技创新、经济发展等方方面面。文化自信是实现中华民族伟大复兴的重要思想动力，不仅能够祛除人民心中的文化自卑感，还能够彰显中华优秀传统文化的魅力。中华民族是拥有几千年历史传统的伟大民族，诞生了孔子、老子、李白、苏轼、曹雪芹、王阳明、关汉卿等一大批拥有世界影响力的哲学家、思想家、文学家，产生了儒家思想、道家思想、法家思想等优秀传统思想文化。在优秀传统文化滋养下，中华民族克服了重重艰难险阻，始终屹立于世界民族之林。毫无疑问，优秀传统文化是中华民族最宝贵的精神文化资源，也是中华民族生生不息、延绵发展的精神动力，更是中华民族最值得骄傲的"资本"。传承优秀传统文化是中华民族文化自信的集中体现，也是提升中华文化影响力的有效途径。2017 年，中共中央办公厅、国务院办公厅出台《关于实施中华优秀传统文化传承发展工程的意见》，明确提出传承优秀传统文化，提升社会成员的民族文化自信。党的二十大报告更是提出"推进文化自信自强，铸就社会主义文化新辉煌"的历史性要求，这充分彰显出党中央对我国文化自信建设的高度重视。显然，从文化自信视角研究《水浒传》少儿版的改编与接受，有助于推动优秀传统文化传承，提高少年儿童的传统文化认同感，培养少年儿童的文化自信意识。鉴于此，本书研究了文化自信视域下的《水浒传》少儿版的改编和接受问题，在对相关文献资料进行梳理、分析和总结的基础上，对市场上的各种少儿版《水浒传》进行了比较研究，并对少儿版《水浒传》的传播效果、受众接受情况等进行了调查研究，对水浒文化融入中小学课程进行了探索。在深入研究《水浒传》少儿版的改编与接受后，本书得出以下结论。

一、《水浒传》是四大古典名著之一，是开展优秀传统文化教育的重要教材

《水浒传》是中华优秀传统文化的典型代表，作品以宋江、武松、鲁智深等梁山好汉行侠仗义、替天行道的故事为线索，描写了农民起义者不畏强暴、勇于反抗、追求正义的斗争精神，展现了农民起义队伍的发展、壮大过程，深刻反映了北宋年间的阶级矛盾、政治斗争、官员腐败等社会面貌。《水浒传》歌颂了农民起义者除暴安良、行侠仗义、敢于斗争的革命精神，所描写的绿林好汉形象、绿林文化习俗在民间社会产生了深刻影响，深深融入了中国传统文化和民族文化心理，如"路见不平，拔刀相助""四海之内皆兄弟""除暴安良"的优秀文化品质，已浸润到每个人的精神世界，成为社会大众的精神信仰和价值共识。学者石麟认为，《水浒传》描写了人类灵魂是不可征服的，这种精神贯穿于人类历史的始终，也贯穿于世界各地的革命反抗①。从总体上看，《水浒传》是一部内容丰富、思想深邃、主题庞大的文化经典著作，它深刻影响了中华民族的文化心理、民族性格和精神信仰，在民间社会和民间文化中有广泛的影响力。比如，《水浒传》被改编成为评书、苏州评弹、山东快书等艺术形式，在民间社会中广泛流传，"武松打虎""鲁智深倒拔垂杨柳""林冲风雪山神庙"等水浒故事历来为人们所津津乐道；《水浒传》所倡导的重义轻利、劫富济贫、替天行道等道德观念，成为大众评判是非对错的重要价值标准。以上这些充分说明，《水浒传》是一部脍炙人口、广泛流传的古典名著，《水浒传》中的故事情节、人物形象等已经深入人心，《水浒传》所倡导的道德标准、价值观念等已深深融入社会心理和民族性格，在这种情况下，《水浒传》已经成为优秀传统文化教育的重要教材，也成为培养少年儿童传统文化自信的重要内容，因此，少"可"读水浒，也须读水浒！

二、少儿版《水浒传》改编与出版面临许多问题，给少年儿童传统文化教育带来许多不良影响

鲁迅先生认为："无论从那里来的，只要是食物，壮健者大抵就无需思索，承认是吃的东西。惟有衰病的，却总常想到害胃，伤身，特有许多禁例，许多避忌；还有一大套比较利害而终于不得要领的理由，例如吃固无妨，而不吃尤稳，食之或当有益，然究以不吃为宜云云之类。但这一类人物总要日见其衰弱的，自己先已失了活气了。"对于古典文学名著，"吃"自然是要"吃"的，因为"要培养完全国民，对于本国文化中心所寄，国文常识所在，伟大人物前言往行之足以为人模范的，倘一无所知，这还成什么国民"②？但作为文化传承主体的少年儿童

①石麟.宋江的文化遭遇[J].水浒争鸣，2006（5）：17-20.
②林轶西.初中国文科读书问题之研究[J].教育杂志，1924，16（6）：4.

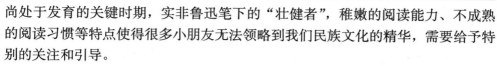

尚处于发育的关键时期，实非鲁迅笔下的"壮健者"，稚嫩的阅读能力、不成熟的阅读习惯等特点使得很多小朋友无法领略到我们民族文化的精华，需要给予特别的关注和引导。

作为少年儿童非常喜爱的优秀古典文学名著，《水浒传》的各种改编版本比较多，如《水浒传》的连环画、动漫、网络游戏、图书。仅从图书来看，截至2023年1月16日，在京东图书商城搜到"共2.3万+"种商品链接，当当网上能搜到的商品链接有27176个。从总体上看，少儿版《水浒传》的图书多是装帧精美、色彩鲜艳、插画较多、带有拼音注解等，并且多数少儿版《水浒传》都对人物形象、故事情节等进行了大量删减，降低了少年儿童的阅读难度，也更加符合新时代少年儿童的阅读心理和审美趣味。同时，网络平台上还可以检索到许多考试版本的《水浒传》，这些图书多以知识点介绍为核心，以新课标要求为导向，具有鲜明的应试性、知识性等特征。虽然各种少儿版《水浒传》图书数量较多，能够满足不同少年儿童的阅读需要，但是少儿版《水浒传》在质量上良莠不齐，质量上乘、符合儿童阅读心理的优秀作品并不多。比如，有些少儿版《水浒传》以爆笑夸张、诙谐搞笑等为主要特征，插画有恶搞之嫌，将优秀经典著作改编成了商业化、低俗化的儿童作品。再如，有些少儿版《水浒传》被改编成了典型的考试工具书，读物内部时不时出现知识拓展、真题预测、考练手册等模块或册子，对儿童的文学修养、审美能力和价值观培养等意义不大。此外，少儿版《水浒传》出版市场存在同质化竞争严重、粗制滥造现象明显、盲目迎合读者需要等不良倾向，许多出版社并不考虑儿童图书的社会效益，什么读物销售数量大、什么读物经济效益好，就出版什么样的作品。这些不仅影响了少儿版《水浒传》的改编质量，也影响了少年儿童的传统文化教育，甚至导致少年儿童对优秀传统文化的误读和错解，必须引起相关监管机构和从业人员的重视和警醒。

三、应加强少儿版《水浒传》的出版管理工作，不断提高少儿版《水浒传》的出版质量

少儿阅读教育是全民阅读活动的重要内容，也是培养少年儿童的传统文化修养的重要方式，对传统文化自信建设具有重要意义。为了提高少儿版《水浒传》的改编质量，提高少年儿童对优秀传统文化的认同度和亲近感，应当加强少儿读物出版的审核工作，建立完善的少儿读物内容审核机制，将低俗、庸俗的垃圾图书、快餐文化等清理出少儿出版市场；还应当大力宣传少儿图书出版的法律法规，提高相关人员的图书改编、制作的水准和品质。

总而言之，应当以少儿版《水浒传》的改编与接受问题为切入点，深入推动少儿版古典文学名著改编与出版工作，不断提高少儿对古典文学名著和优秀传统

文化的认识和理解。首先，应当树立以少年儿童读者为中心、以传承优秀传统文化为导向的少儿图书出版理念，不断提高少儿古典文学名著的改编质量和出版品质。比如，改编者应当以敬畏古典名著、敬畏传统文化、敬畏读者的心态，开展少儿图书改编工作，将传承优秀传统文化、培育传统文化自信等作为图书出版的重要目标，对古典文学名著进行创造性转化和创新性发展，以新时代文学话语解读古典名著，以儿童喜闻乐见的语言展现传统文学经典的神韵和价值，出版机构应当完善出版物内容审核机制，从文学价值、文化传承、社会效益等层面对少儿古典文学名著出版进行审核，将低俗庸俗、博取眼球、兜售噱头等低质量少儿图书排除于出版市场之外。其次，有关部门应当加强少儿图书市场监管工作，依据《出版管理条例》等法律法规，开展少儿出版市场整顿工作，不断净化少儿出版市场环境，为优秀的少儿版古典名著提供良好生存空间，为优秀传统文化教育提供坚实的监管保障。此外，应当从网络化、数字化的时代环境出发，推动少儿图书出版多元化发展，推动儿童音频 APP、少儿动漫、少儿影视剧、少儿游戏等少儿名著改编工作，以灵活多样、声情并茂的方式改编古典名著，提高少儿对古典名著、优秀传统文化的接受度和认同度。

从接受情况看，少年儿童对《水浒传》有浓厚兴趣，对武松、李逵、鲁智深等人物形象记忆犹新，仰慕武艺高强、替天行道、无所畏惧的英雄好汉，但是多数少年儿童对《水浒传》的理解仅仅停留于表层次阅读上，对《水浒传》所折射的传统文化、价值理念等理解不多。许多家长对儿童读《水浒传》持保留意见，甚至认为《水浒传》的打打杀杀、血腥暴力等场面会对儿童产生负面影响。所以，在《水浒传》改编中应当以接受美学、文化过滤等为理论指导，以少儿的身心健康、认知水平、阅读心理等为重要依据，对《水浒传》中的故事情节、思想内容、语言表达等进行删减、修改等，使改编内容更加符合儿童的阅读心理、阅读习惯、价值观培养、认知能力。此外，应当提高少儿版古典文学名著的趣味性、生动性和形象性，用图文并茂、声情并茂的视频或音频等方式对古典名著进行改编，激发少儿的好奇心和求知欲；应当高度重视古典名著改编中的思想正确性、内容正能量等道德底线，始终坚持 "绿色改编" 的基本理念，将暴力、杀戮、色情、封建迷信等内容进行删除，以更好地培养少年儿童的价值观和道德观。

四、水浒文化融入中小学课程的总结与反思

在漫长历史进程中，《水浒传》逐渐成为家喻户晓的文学作品，疾恶如仇的武松、足智多谋的吴用、行侠仗义的鲁智深、直率暴躁的李逵等人物形象深入人心，武松打虎、鲁智深倒拔垂杨柳、鲁达拳打镇关西等故事情节妇孺皆知。在数百年延绵传承中，以忠义思想、不畏强暴、勇于反抗、替天行道、除暴安良等为

重要内容的水浒文化被下层民众所广泛认同和接受，农民起义成为底层民众反抗阶级统治、官府压迫的重要方式。同时，《水浒传》提倡的忠、勇、信、义等也成为劳动人民所尊奉的道德标准和伦理原则，历代农民起义都继承了水浒文化中的"八方共域，异性一家"的社会理想。可以说，水浒文化已经成为中国传统文化中不可分割的一部分，成为民族心理、民族性格的重要内容。水浒文化融入中小学课程能够提升中小学生文学修养与审美能力，培养中小学生正确道德观、价值观和人生观，推动中小学生优秀传统文化教育，等等。水浒文化融入中小学课程面临许多问题，如中小学校对优秀传统文化教育的重视不够；许多中小学生对《水浒传》缺乏阅读兴趣，主动学习意识缺失；社会评价仍是水浒文化顺利融入中小学课程的阻碍因素；水浒文化在中小学课程中融入的深度和广度不够，等等。因此，应当深入发掘和整理各类水浒文化资源，推动水浒文化融入中小学德育实践活动、基础课程教育、教育实践活动、网络学习活动、研学旅行教育活动等方面教育教学活动的探索和实践，助推水浒文化的宝贵财富和文化精粹真正融入广大少年儿童的血脉肌理和灵魂记忆，切实地传承下去。

五、应当为少年儿童群体提供高质量的古典名著改编版本，净化少儿图书市场，优化少年儿童阅读环境，助力国家文化自信建设

从发展趋势上看，随着互联网、自媒体、智能化、云计算等新一代信息技术和平台的广泛普及，少年儿童的学习方式更加多样化，网络音频、网络视频、游戏、动漫等成为少年儿童学习传统经典的重要方式。凯叔版《水浒传》在微信公众号、凯叔讲故事 APP、喜马拉雅等平台上的走红，充分说明了少儿十分喜欢网络版、音频化、视频化的少儿版古典名著。但从总体上看，优秀的少儿版《水浒传》网络资源仍比较少，不能满足少年儿童对优质网络文化的需要。所以，在今后的少儿版古典名著改编中，应当树立多元化的、多样化的改编理念，将《水浒传》《西游记》等古典文学名著改编成音频、视频、动漫、游戏等形式，满足少儿多样化的阅读需要。少儿版《水浒传》改编虽然取得了许多成绩，如改编方式丰富多样、改编内容更加精彩、更符合儿童阅读需要等，但是仍有许多不足之处，需要我们不断创新和发展。笔者相信在改编人和出版人的共同努力下，少儿版《水浒传》改编的内容会越来越丰富，故事会越来越精彩，能够更好地培育少儿的传统文化自信！

第二节　研究成果的价值和意义

坚定文化自信，必须深入挖掘中华优秀传统文化中蕴含的深刻内涵与精髓，并结合时代要求不断推陈出新，创新发展。《水浒传》是中华四大古典文学名著之一，享有很高的世界声誉，水浒文化是鲁西南文化的典型代表，是齐鲁文化的璀璨明珠，是中华优秀传统文化的重要组成部分，凝聚着中华民族的价值取向和精神追求，是涵养国人文化自信的重要源泉。本研究对于推动《水浒传》少儿版改编及水浒文化的创造性转化和创新性发展具有较高的价值和意义。

一、研究成果的创新之处

囿于 "少不读水浒" "水浒有毒" 的文化自困，《水浒传》在少儿群体中的传播与接受一直存在无数非议和巨大争议，因此少儿版《水浒传》的改编与接受研究在某种程度上是一项具有较高创新性和较大突破性的科研工作。

第一，《水浒传》的传播与接受历史悠久，但传统的《水浒传》研究基本上都是 "大人的事"，与孩子无关，相关文献资料非常之少，这是水浒研究的巨大遗憾。本项目突破水浒研究的思想窠臼，将水浒研究从成人世界转向少儿群体，把《水浒传》及水浒文化在少儿群体中的传播与接受作为研究对象，是对水浒研究方向的新开拓。

第二，本项目突破 "少不读水浒" 的文化自困，厘清少儿版《水浒传》改编出版的乱象，探寻古典文学名著在少儿群体中的接受传播规律，进一步挖掘《水浒传》及水浒文化的当代价值及其与少儿群体文化自信建设的关系，为少年儿童文化自信意识的建构贡献力量，是对中华优秀传统文化传承研究的新突破。

第三，水浒文化与中小学的融合总显得有些遮遮掩掩、似是而非、谨小慎微、浅尝辄止。《水浒传》选文的教学现状存在较多问题，缺乏宏观视角，视野比较狭窄，教学设计受课时限制，大多聚焦在具体课堂教学设计方法上，不敢做过多开发，价值解读和内涵挖掘较单一浅层传统，忽视了作品价值的综合性和丰富性，不利于水浒文化的创造性转化和创新性发展。本研究充分挖掘了水浒文化的丰富文化资源和教育资源，将之与中小学课程进行科学融合，提供了有参考性的设计案例，这在水浒研究领域也是具有较好创新性的成果。

二、研究成果的理论意义和实践意义

本项目的重要性体现在其理论意义上。

首先，《水浒传》的少儿版改编是《水浒传》传播与接受史中不可忽视的存在，本项目对《水浒传》少儿版改编与接受的研究，是在对自身文化充满坚定信心的基础上，努力突破"少不读水浒""水浒有毒"的文化自困，寻求《水浒传》传承的新路径；是对水浒研究局面的新开拓，丰富了水浒文化研究。其次，在文化自信视域下，《水浒传》少儿版改编与接受研究，从传承中华优秀传统文化和构建少年儿童文化自信的关系出发，在继承中谋创新，分析与挖掘《水浒传》的当代价值，提出利用优秀传统文化构建少年儿童文化自信的实践策略，对传承中华优秀传统文化、构建少年儿童文化自信有重要的学术价值和深远的历史意义。

本项目的重要性还体现在其实践意义上。

首先，本项目的研究可以对从事古典名著少儿版改编的作家、出版机构给予一定的指导建议和优化策略，助力其为少年儿童群体提供高质量的古典文学名著改编版本，净化少儿图书市场，优化少年儿童的阅读环境，为"全民阅读"计划保驾护航。其次，学校是文化强省战略的主要阵地和文化传承创新的重要基地，本项目的研究可以为经典名著进课堂做好前期铺垫和经验渗透，为中小学教师在课程资源开发、水浒文化价值挖掘与传承、水浒文化与教学实践的融合等方面提供一定的参考路径，推动更多优秀地方文化融入中小学教育教学实践，助力基础教育高质量发展。再次，少年儿童是文化传承的主体，在文化自信视域下，如何把传统文化的价值精华在马克思主义思想的指导下，通过合理转化、积极创新与理性传播，融入少年儿童的社会生活，提升当代少年儿童的人文素养，促进少年儿童对传统文化的记忆建构和内在吸收，进一步推动少年儿童文化自信意识的建构和教育工作的开展，是我们目前工作中急需解决的问题，本项目对这些问题的研究能在一定程度上回答这些疑问。

三、研究成果的社会影响

在推进国家文化自信建设和山东省文化强省战略的重大历史背景下，本项目突破历史范围，将水浒研究的视线下移，关注少年儿童这个特殊的受众群体的古典名著阅读现状，通过深入的调查研究，在当代《水浒传》少儿版改编与出版现状梳理、少儿版《水浒传》与原作比较分析、少儿版《水浒传》插图设计运用研究、少儿版《水浒传》的影视化制作、水浒文化与中小学课程的融合、少儿版《水浒传》对少年儿童群体的接受影响等方面做了相对专业的探索和深刻的阐释，形成的研究成果为少年儿童及其他受众在纷乱众多的少儿版《水浒传》版本中进行选择评价、阅读鉴赏拨开了迷雾、厘清了现象，为相关从业人员进行古典名著少儿版改编与出版寻找到了一些制作建议和优化策略，为中小学教师在教学实践中科学融入水浒文化提供了可参考的路径，为《水浒传》在少年儿童群体中的传播找出了规律、指引了方向，为促进少年儿童对以水浒文化为代表的中华优秀传统文化的记忆建构和内在吸收，实现中华优秀传统文化与少年儿童文化自信现实建构的契合提供了重要的理论参考和方法借鉴，这对推广古典文学名著、宣传和弘扬传统文化和助推国家文化自信建设具有非常重要的价值。

四、尚需深入研究的问题

至此，本项目的研究暂时告一段落。从整体上来说，在理论上和社会实践方面都取得了一定的成果，但还有一些问题尚需深入研究和进一步细化处理。

首先，尽管项目组在问卷的编制、发放、回收和数据处理上力求做到翔实完善，但仍有不足，如，少儿参与答题的比率较难把控，问卷所覆盖的地域位置、职业群体稍显集中，以后可将调查面进一步拓宽，并增加城乡之间、地域之间、群体之间的对比分析，将研究推向广深层面。其次，如何更加系统、全面地挖掘以水浒文化为代表的中华优秀传统文化中蕴含的当代价值，将之与少年儿童文化自信的培养融合起来，与当代社会更密切地联系在一起，使之更好地适应新时代发展要求，具体方法有哪些，这都是我们可以进一步思考和探讨的问题。另外，本研究仅是一个尝试性、阶段性的成果，鉴于篇幅、时间关系，以及作者本人学术积累尚浅，还有社会背景、时代语境等诸多不断发展变化的动态因素的存在，本书对其中的个别问题的研究和探索做得还不够深入和广泛，仍有可以继续完善的地方和进一步深入研究的空间，比如，在作品比较分析部分选择的少儿版《水浒传》虽然都是典型版本，但仍难以涵盖市场上所有少儿版《水浒传》的类型特点，无法做到更为详尽的比较分析；还有对水浒文化融入中小学课程的路径探索还不够具体细致，这也将是项目组今后不断努力的方向。期待更多志同道合者加入古典文学名著少儿版改编与接受研究的工作中来，为中国古典文学名著融入中小学课程教育教学出谋划策，共同为中华优秀传统文化在少年儿童群体中的弘扬与传承贡献力量！

结　　语

习近平总书记指出：“文化自信是一个国家、一个民族发展中最基本、最深沉、最持久的力量。”中华民族伟大复兴既需要强大的经济基础，更需要具有强大凝聚力、向心力、引领力和感召力的共同思想基础，而文化自信自强所产生的精神力量将使亿万中国人民紧紧地团结在一起。有了这样的力量，在新征程上，我们就更有信心去面对各种挑战，推进中华民族伟大复兴，铸就社会主义文化新辉煌。

文化自信是建设社会主义文化强国的重要目标，也是提升中华民族的软实力、创造力和凝聚力的重要前提，只有不断提升人们的文化认同感和文化自豪感，才能为中华民族伟大复兴注入源源不断的精神动力。中华民族有悠久的历史传统、博大精深的古典文化，这些是培育民族文化自信的重要资源，也是中华民族生生不息的持久动力。少年儿童对古典文学名著的阅读与接受事关文化传承和国家复兴大业，希望未来的古典文学名著改编者、少儿读物出版机构、少儿读物出版监管机构、儿童文学作家等相关人员和机构，都能以高度的社会责任感和担当精神对待自己的工作，推动古典名著的少儿版改编工作，担当中华优秀传统文化传承创新的历史使命，将古典名著改编成儿童喜闻乐见、深度热爱的文艺作品，为少年儿童群体提供高质量的古典名著改编版本，净化少儿图书市场，优化少年儿童阅读环境，助力国家文化自信建设。父母师长也应该担负起作为少年儿童阅读道路上引路人的责任，积极关注，主动学习，科学引导，激发少年儿童对于《水浒传》和其他古典文学名著的阅读兴趣，帮助其学会在阅读中去粗取精、辨伪存真、撷英拾萃、含菁咀华，因为“少年时代阅读两部好的文学作品，能够对人的一生产生不可估量的作用”①。并进而引导少年儿童建构起对中华优秀传统文化强烈的认同感和自豪感，树立在新时代新征程上为中华文化自信自强、中华民族伟大复兴好好学习、贡献力量的坚定信念。

---

①施耐庵.水浒传（少年儿童版）[M].郑渊洁，改写.北京：学苑出版社，1996：1.

参考文献

[1] 施耐庵 . 水浒传 [M]. 北京：人民文学出版社，1997.

[2] 施耐庵 . 水浒传 (少年儿童版)[M]. 郑渊洁，改写 . 北京：学苑出版社，1996.

[3] 施耐庵 . 水浒传 [M]. 郑渊洁，改写 . 南昌：二十一世纪出版社，2011.

[4] 黄季鸿，贺小敏 . 水浒传人物画传 [M]. 长春：吉林人民出版社，2007.

[5] 施耐庵 . 水浒传 (插图本)[M]. 辽宁：万卷出版公司，2001.

[6] 施耐庵 . 水浒传 (全二册)[M]. 北京：北京燕行天下图书发行有限责任公司，2018.

[7] 施耐庵 . 品读水浒 [M]. 金圣叹，评点 . 杜金，主编 . 北京：光明日报出版社，2007.

[8] 施耐庵 . 水浒传 [M]. 西安：陕西三秦出版社有限责任公司，2016.

[9] 大脚先生 . 半小时漫画水浒 [M]. 夏致，编 . 昆明：云南科技出版社，晨光出版社，2018.

[10] 施耐庵，罗贯中 . 水浒传 (儿童彩绘注音版)[M]. 昆明：云南出版集团公司，2009.

[11] 施耐庵 . 水浒传 [M]. 崔晓琪，绘 . 武汉：长江出版传媒股份有限公司，2016.

[12] 颜彦 . 中国古代四大名著插图研究 [M]. 北京：社会科学文献出版社，2014.

[13] 傅光明 . 品读水浒传（插图本）[M]. 济南：山东画报出版社 .2005.

[14] 柏宏军，李文勇 . 图说水浒传 [M] 北京：中央编译出版社 .2009.

[15] 鲁迅 . 鲁迅全集 [M]. 北京：人民文学出版社，2012.

[16] 鲁迅 . 中国小说史略 [M]. 上海：上海古籍出版社，2000.

[17] 游国恩 . 中国文学史 [M]. 北京：人民文学出版社，1964.

[18] 习近平 . 论中国共产党历史 [M]. 北京：中央文献出版社，2021.

[19] 新时代爱国主义教育实施纲要 [M]. 北京：人民出版社，2019.

[20] 童庆炳 . 文学理论教程（第五版）[M]. 北京：高等教育出版社，2015.

[21] 孔起英.儿童审美心理研究 [M].南京：江苏教育出版社，2004.

[22] 钟德芳.现代读者心理学概论 [M].北京：大众文艺出版社，2004.

[23] 康长运.幼儿图书故事书阅读过程研究 [M].北京：教育科学出版社，2007.

[24] 鲍鹏山.鲍鹏山给孩子讲水浒传 [M].成都：天地出版社，2021.

[25] 富强.水浒传（青少版）[M].北京：作家出版社，2015.

[26] 凯叔.凯叔水浒传：英雄大聚义 [M].长沙：湖南文艺出版社，2022.

[27] 施耐庵.水浒传 [M].张原，改写.北京：中国少年儿童出版社，2006.

[28] 鲁迅.鲁迅全集（第二卷）[M].北京：人民文学出版社，2012.

[29] 胡适.《水浒传》考证 [M].北京：北京出版社，2020.

[30] 施良方.课程理论：课程的基础、原理与问题 [M].北京：教育科学出版社，1996.

[31] 《水浒学刊》编委会.水浒学刊（第一辑）[M].济南：齐鲁书社，2019.

[32] 宁稼雨.水浒传导读 [M].北京：高等教育出版社，2019.

[33] 潘守皎.水浒文化与黄淮海社会 [M].北京：人民出版社，2016.

[34] 松居直.我的图画书论 [M].郭雯霞，徐小洁，译.乌鲁木齐：新疆少年儿童出版社，2017.

[35] 高日晖.《水浒传》接受史研究 [D].上海：复旦大学，2003.

[36] 夏朋飞.明清《水浒传》插图与评点的比较研究 [D].南京：东南大学，2017.

[37] 汪茜.少儿读物插画创作的美学研究 [D].长沙：湖南师范大学 .2009.

[38] 董宇.我国儿童文学图书重复出版现象研究 [D].南京：南京大学 .2016.

[39] 张晓云.论传统经典小说的儿童版图书改编 [D].济南：山东师范大学，2011.

[40] 刘晶晶.少儿图书出版产业集中度研究：以供给侧结构性改革为视角 [D].北京：北京印刷学院，2018.

[41] 贾芳芳."大出版时代"中国少儿图书出版的特点和要求 [J].哈尔滨师范大学社会科学学报，2018(6)：188-192.

[42] 吴静.如何把好少儿图书质量关 [J].编辑理论与实践，2020：66-68.

[43] 陆谦.《水浒传》残害生命现象论析 [J].新西部，2007(14)：143-144.

[44] 陈文新.论《水浒传》题材及价值内涵的多元性 [J].菏泽学院学报，2006，28(3)：44-46.

[45] 林长山.《水浒传》在清末民国语文教育中接受状况探析 [J].语文建设，2017（6）：66-69.

[46] 梁永峰.中国少儿读物插图现状与对策研究 [J].艺术教育，2007(0)：52-53.

[47] 石麟 . 宋江的文化遭遇 [J]. 水浒争鸣，2006(5)：17-20.

[48] 林轶西 . 初中国文科读书问题之研究 [J]. 教育杂志，1924，16(6):1-9.

[49] 陈燕敏 . 浅谈《水浒传》招安描写对历史逻辑的高度忠实 [J]. 福建广播电视大学学报，2012(3)：41-42.

[50] 刘玉芝 . 非物质文化遗产视角下水浒文化保护研究 [J]. 菏泽学院学报，2018(3)：10-15.

[51] 孔倩 . "双减"政策下少儿出版的发展路径 [J]. 出版广角，2022(4)：55-57.

[52] 吴瑜 . 自媒体儿童有声读物的品牌建构与传播策略：以《凯叔讲故事》为例 [J]. 传媒，2017(24)：68-69.

[53] 李一慢 . 文化自信，童书先行：2017 年中国少儿图书出版盘点 [J]. 科技与出版，2018(3)：22-26.

[54] 习近平：在文艺工作座谈会上的讲话 [EB/OL].（2014-10-15）[2022-10-15].http：//www.xinhuanet.com/politics/2015-10/14/c_1116825558.htm?z=9.

[55] 余进利 . 我国基础教育三级课程管理体制刍议 [J]. 当代教育科学，2003(12)：23-27.

[56] 郭元翔 . 学校课程制度及其生成 [J]. 教育研究，2007(2)：77-82.

[57] 高莉 . 历史演义、英雄传奇、世情小说的比较研究：以《三国演义》《水浒传》《金瓶梅》为例 [J]. 湖北函授大学学报，2017，30 (8)：2.

[58] 张军凤 . 论中华优秀传统文化传承背景下的少年儿童图书馆工作 [J]. 才智，2018(35)：83.

[59] 左志红 . 中金易云"双 11"战报显示：网络渠道增长 23.5%，实体渠道减少 28.75% [N]. 中国新闻出版广电报，2020-11-16(008).

[60] 张璐 . 从"凯叔讲故事"看音频公众号的发展之道 [J]. 采写编，2017(02)：80.

[61] 李默 . 互联网环境下少儿广播发展思路探索：以儿童内容品牌"凯叔讲故事"为借鉴 [J]. 中国广播，2018(4)：62-66.

[62] 中国产业研究院 . 2020—2025 年中国少儿图书出版行业深度分析及发展前景预测报告 [R]. 北京：中国产业研究院，2020.

[63] 中国新闻出版研究院 . 第十七次全国国民阅读调查报告 [R]. 北京：中国新闻出版研究院，2020.

[64] 中国新闻出版研究院 . 第十八次全国国民阅读调查报告 [R]. 北京：中国新闻出版研究院，2021.

附　　录

关于《水浒传》少儿版改编与接受现状的调查问卷

尊敬的家长朋友：

您好！我是菏泽学院教师教育学院的教师，非常感谢您在百忙之中参与本次问卷调查。本问卷源自 2020 年度山东省社会科学普及应用研究项目"文化自信视域下《水浒传》少儿版的改编与接受研究"，旨在了解古典文学名著《水浒传》进行少儿版改编的现况和在当代少年儿童群体中的接受现状，从而更好地推进古典文学名著的阅读与传承。调查采用匿名方式，所收集的资料仅供学术研究使用，无其他用途，敬请您认真阅读题目后根据自身实际情况进行选择和填写，如果能和孩子一起完成将更好。再次感谢您的配合与支持！祝您生活愉快！

1. 您目前的长期居住地是？［单选题］（　）A. 农村 B. 乡镇 C. 县区 D. 城市

2. 您的年龄阶段是？［单选题］（　）A.20—30 岁 B.30—40 岁 C.40—50 岁 D.50 岁以上

3. 您的文化程度是？［单选题］（　）A. 小学 B. 初中 C. 高中 D. 专科 E. 本科 F. 硕士及以上

4. 您的职业是［单选题］（　）A. 教师 B. 公职人员 C. 企业人员 D. 农民或工人 E. 个体经营户 F. 自由职业者 G. 其他

5. 您孩子的性别是？（如果您有两个宝宝，任选其中一个宝宝参与即可，谢谢）［单选题］（　）A. 女 B. 男

6. 您孩子的年龄是？［单选题］（　）A.0—6 岁 B.7—10 岁 C.11—14 岁 D.14—17 岁

7. 您孩子是什么时候开始接触水浒故事的？［单选题］（　）A. 幼儿园 B. 小学 1—3 年级 C. 小学 4—6 年级 D. 初中 E. 高中

8. 您孩子最早接触水浒故事的渠道是什么？［单选题］（　）A. 大人讲述 B. 语文教科书 C. 图画书 D.《水浒传》原著 E. 水浒影视剧 F. 水浒电竞游戏 G. 水浒文化产品（泥人、雕塑、文玩、绘画等等）H. 其他

9. 您孩子喜欢读水浒故事吗？[单选题]（）A. 喜欢 B. 不喜欢

10. 您觉得您孩子目前对《水浒传》内容的了解属于什么程度？[单选题]（）A. 非常了解 B. 一般了解 C. 零星了解 D. 完全不了解

11. 您孩子是否完整读过《水浒传》原著？[单选题]（）A. 是 B. 否

12. 您孩子目前读过几种版本的《水浒传》？[单选题]（）A.0 种 B.1 种 C.2 种 D.3 种 E.4 种及以上

13. 对于《水浒传》，您孩子更喜欢以下哪种接受方式？[单选题]（）A. 纸质阅读 B. 水浒影视剧 C. 电子阅读 D. 水浒电竞游戏 E. 其他

14. 在接触过的《水浒传》纸质作品中，您孩子最喜欢哪种版本？[单选题]（）A. 经典原著版本 B. 普通简编版本 C. 应试用改编版本 D. 漫画卡通版本 E. 其他

15. 您和孩子在选择《水浒传》改编读本时，最关注的是什么？[多选题]（）A. 改编者是不是名家 B. 出版社是不是权威 C. 有没有插图以及插图的风格 D. 有没有注音和注释 E. 有没有导读 F. 内容删减是否得当 G. 其他

16. 您认为插图设计在《水浒传》少儿版中的作用有哪些？[多选题]（）A. 增加趣味性 B. 使作品形象化 C. 辅助解释功能 D. 纯粹是博眼球 E. 没有多大作用 F. 产生思维定式，不利于想象力的发挥 G. 对文字阅读是一种干扰

17. 您认为少年儿童版《水浒传》对孩子的学习和阅读有没有帮助？[单选题]（）A. 有 B. 没有

18. 您认为孩子读少年儿童版《水浒传》可以有什么收获？[多选题]（）A. 激发阅读兴趣，提高文学修养 B. 了解古代社会生活，丰富历史知识 C. 积累文字知识，提高写作能力 D. 了解侠义精神，培养英雄情怀 E. 了解中华优秀文化，提升文化自信 F. 消磨排遣时光，愉悦放松心情 G. 其他

19. 您对孩子看《水浒传》持什么样的态度？[单选题]（）A. 支持 B. 无所谓 C. 反对

20. 您听说过"少不读水浒""水浒有毒"之类的言论吗？[单选题]（）A. 听说过 B. 没听说过

21. 您赞同"少不读水浒""水浒有毒"之类的言论吗？[单选题]（）A. 赞同 B. 不赞同

22. 您孩子对水浒的整体印象是什么？[多选题]（   ）A. 时代久远，不好理解 B. 故事精彩，好看有趣 C. 人物生动，性格多样 D. 毒害心灵，误导读者 E. 反抗压迫，张扬血性 F. 血腥野蛮，暴力倾向 G. 其他

23. 您孩子对《水浒传》中人物群体的整体印象是？[单选题]（）A. 英雄好汉 B. 土匪流民 C. 凶神恶煞 D. 蛮武好斗

24. 您孩子对《水浒传》中的人物角色最喜欢、印象最深的是？［单选题］（ ）A. 武松 B. 鲁智深 C. 宋江 D. 林冲 E. 李逵 F. 其他（请写出名字）_____

25. 您孩子会如何评价"鲁提辖拳打镇关西"这个故事？［单选题］（ ）A. 过于血腥 B. 正常举动 C. 鲁莽行径 D. 没什么，无所谓

26. 假如遇到和鲁提辖相似的境况，您孩子可能会怎么做？［单选题］（ ）A. 挺身而出 B. 置若罔闻 C. 选择其他更安全有效的方式

27. 您认为对孩子阅读而言，有没有必要对《水浒传》中的血腥暴力情节进行删减？［单选题］（ ）A. 有 B. 没有

28. 您有没有给孩子阅读《水浒传》提供过指导与建议？［单选题］（ ）A. 有 B. 没有

29. 为了提高孩子阅读《水浒传》的效果，您希望获得什么样的帮助和指导？［单选题］（ ）A. 提供专家导读 B. 开展讲座指导 C. 亲子阅读辅导 D. 进行实地观览 E. 其他（敬请注明）_____

30. 您对未来将要进行古典文学名著改编的作者和出版机构有什么希望和建议吗？如果有，敬请简要作答。

_____

_____